I0736632

LOST WOLF

WILDE WÖLFE

MILA YOUNG

INHALT

WILD WÖLFE

Lost Wolf
Broken Wolf
Fated Wolf
Cursed Wolf

LOST WOLF

Mein Schicksalsgefährte schickte mich in den Tod.

Aber ich kann nicht so leicht getötet werden.

Vor allem nicht, wenn vier Wikingerwölfe eine Leidenschaft in mir wecken, die Feuer in meinen Adern und Hitze in meinen Knochen entfacht. Sie sehen mein Potenzial, sehen mich trotz meiner einzigartigen Mischung der Dunkelheit.

Mit mir an ihrer Seite wollen sie unsere kaputte Wolfswelt erobern.

Aber es ist ein tödliches Spiel, auf das ich mich nicht einlassen werde, ohne selbst ein paar Forderungen zu stellen.

Hilf mir, Rache an meinem Schicksalsgefährten zu nehmen. Koste es, was es wolle.

** * **

*Lost Wolf spielt in der gleichen Welt wie die **Ash Wölfe Serie**, mit einigen bekannten Charakteren. Das Buch kann gelesen werden, ohne die **Ash Wölfe** zu kennen.*

PROLOG

Ich wünschte, ich könnte sagen, dass mein Leben ein Happy End haben wird, aber ich habe schon vor langer Zeit akzeptiert, dass das nicht mein Weg ist. Mein Status als Omega hat schon immer Alphas angezogen, die mich als ihr Eigentum beanspruchen. Ich habe das mein ganzes Leben lang gewusst, es wurde mir eingebläut, seit ich sprechen kann. Ich hatte Jahre Zeit, mich auf mein Paarungsritual vorzubereiten. Aber jetzt, wo die Nacht gekommen ist, will ich nur noch weglaufen.

Macht mich das schwach?

Vielleicht ..., aber ich ziehe es vor, zu denken, dass es mich zu einer Überlebenskünstlerin macht. Schließlich leben wir in einer kaputten Welt, die von einem Virus verwüstet und von Wolfsrudeln beherrscht wird, in der Omegas wie meine Schwestern und ich offenbar nur zum Schwängern und Gebären gut sind. Aber was ist die Alternative? Außerhalb des Rudels der Sturmwölfe leben und der Gnade abtrünniger Wolfsmenschen ausgeliefert sein, die uns töten werden? Nein, danke. Also müssen wir uns damit abfinden, auch wenn das bedeutet, dass wir lügen müssen und ein falsches Lächeln aufsetzen, um sicherzustellen, dass wir unseren Kopf auf den Schultern behalten.

Wir sind hier aufgewachsen, und hier sind wir am sichersten.

Mein Vater hat uns immer gesagt, dass *man alles tun muss. Lass sie nur nie sehen, was du wirklich bist.*

"Bist du nervös?", fragt Kaira und lenkt mich von meinen Gedanken ab. Sie kämmt mein langes Haar, während ich in der Mitte unserer kleinen Steinhütte sitze. Zu sagen, dass ich nervös bin, wäre eine Untertreibung, und ich schaue zu meiner Schwester auf, deren Panik auf ihrem Gesicht mein verknotetes Inneres widerspiegelt. Wie ich hat sie ein schmales Gesicht, eine dünne Nase und volle Lippen. Aber während ihre Augen die Farbe des blauesten Himmels haben, erinnern mich meine an einen brennenden Sonnenuntergang. Mein Vater sagte, ich müsse aus dem Feuer geboren sein, um so helle bernsteinfarbene Augen zu haben.

Meinen beiden kleinen Schwestern zuliebe setze

ich eine tapfere Miene auf, um sie zu beruhigen. Auch wenn mich die Angst beschleicht, dass ich das Ritual heute Abend irgendwie ruinieren werde.

Ich sollte herumhüpfen und dankbar sein, dass ich in diesem Rudel meinen Schicksalsgefährten gefunden habe. Andernfalls würde ich einem anderen Wolfswandler zur Brunft gegeben werden, da mehr als die Hälfte des Rudels aus Alphas besteht, die ihre Partnerin nicht gefunden haben. Der Rest ist eine Kombination aus Betas und Omegas, die der Gnade dieser Alphas ausgeliefert sind.

Deshalb brauche ich einen starken Mann an meiner Seite, damit ich meine Schwestern vor den anderen in diesem Rudel schützen kann. So habe ich Zeit, ihnen zu helfen, ihre wahren Schicksalsge-fährten zu finden.

Ich atme tief durch und lehne mich zurück, während Kaira weiter mein Haar kämmt.

Mein Magen tut weh, je mehr ich an das denke, was kommen wird. *Mondgöttin, vergib mir, sollte ich mich vor lauter Nervosität über meinen Partner erbre-chen müssen.* Das wäre das genaue Gegenteil einer perfekten Nacht.

"Glaubst du, er wird uns gut behandeln, wenn wir alle zusammenziehen?", fährt meine Schwester fort. Ich höre die Beklommenheit in ihrer Stimme, die meine Nervosität noch verstärkt. Wir haben die Grausamkeiten im Sturmwolfsrudel gesehen, einem

Clan, der einst von unserem Vater geführt wurde. Wir mussten mit ansehen, wie Vater vom jetzigen Alpha besiegt und getötet wurde, nachdem unsere Mutter im Wald verschwunden war. Sie nannten sie eine Verräterin, weil sie das Rudel verlassen hatte, und unser Vater zahlte den Preis dafür.

"Wie könnte er nicht", antworte ich. Martell ist neu in unserem Rudel, und bei unserer ersten und einzigen Begegnung hat es in meinem Körper gekribbelt, und ich habe mich sofort nach ihm gesehnt. Insgeheim hat mich meine Reaktion erschreckt, denn es ist etwas Unergründliches, sich bereits mit jemandem verbunden zu fühlen, den ich kaum kenne. Ich vermute, dass ich mit der Zeit mehr Zuneigung zu meinem Partner entwickeln werde, dass ich Emotionen empfinde, die über das stechende Verlangen hinausgehen, das sich in meinem Körper in seiner Nähe entzündet.

"Ich wäre nervös", mischt sich Jae vom anderen Ende des Raumes ein, die im Schneidersitz auf ihren Decken sitzt und ein Blumengesteck flechtet. Sie verzieht ihr Gesicht in unsere Richtung. "Hast du gesehen, wie groß Martell ist, und seine Nase? Wie sollst du ihn da küssen?"

Kaira und ich lachen beide. Jae ist mit vierzehn Jahren die Jüngste von uns, sie ist also noch nicht ganz so weit, dass sie Jungs interessant findet. Und es ist besser, wenn sie das so lange wie möglich bleibt.

Kaira beugt sich vor und flüstert mir über die Schulter. "Mutter hat mir mal gesagt, dass Küssen das *Mildeste ist,* was du in deiner ersten Nacht zu befürchten hast, Schwester. Bist du dazu bereit?"

Mein Magen krampft sich bei dem Gedanken zusammen, aber darum geht es doch, wenn man seinen Seelenverwandten findet, oder? Die Vollendung deiner Verbindung.

"Wie schwer kann das schon sein?", antworte ich selbstbewusster, als ich mich fühle. Mutter hat uns die Grundlagen erklärt, nachdem wir alle unsere erste Wolfsverwandlung erlebt haben. *Lass den Mann die Kontrolle übernehmen, wenn er dich besteigt. Es wird weh tun,* sagte sie, *aber das geht vorbei.*

Kaira dreht sich zu mir um und zieht lange Strähnen meines dunklen Haars über eine meiner Schultern, wo sie mir bis zum Bauch fallen. Wie Jae hat sie kürzeres Haar, das die Farbe von Eicheln hat, mit einer leichten Welle darin. Sie hat es immer hinter die Ohren gesteckt, wodurch ihr mit Sommersprossen übersätes Gesicht zur Geltung kommt. Sie ist wunderschön, und selbst mit ihren sechzehn Jahren - drei Jahre jünger als ich - hat sie schon die Aufmerksamkeit vieler Alphas in diesem Rudel auf sich gezogen. Der oberste Alpha, der das Rudel der

Sturmwölfe anführt, ist der Einzige, der die Wölfe bisher davon abgehalten hat, uns zu erobern.

Ich lecke mir die trockenen Lippen und versuche, den Gedanken an das, was heute Abend kommt, zu verdrängen. Ich werde mich darum kümmern, wenn es passiert.

"Erledigt." Jae eilt herbei, um Kaira zu helfen, den Blumenschmuck in mein Haar zu stecken.

Ein heftiges Klopfen ertönt an unserer Haustür.

"Er ist bereit für dich", ruft eine männliche Stimme von außerhalb unserer Hütte, und plötzlich schwitze ich und vergesse, ruhig zu bleiben.

Ich bin sofort auf den Beinen und mein langes, tiefblaues Kleid fällt mir bis zu den Knöcheln. Es ist ein einfaches Kleidungsstück, das in der Taille mit einem Gummiband zusammengehalten wird, und der geschwungene V-Ausschnitt ist mit getrockneten Blumen verziert, die meine Schwestern mit mir gebastelt haben. Das Kleid gehörte einst meiner Mutter, und wenn ich es trage, habe ich das Gefühl, dass sie noch bei mir ist.

Ich verlagere mein Gewicht von einem Fuß auf den anderen und versuche, so gut es geht, nicht zu viel darüber nachzudenken. *Geh einfach und lächle. Er wird mich besteigen und dann dem obersten Alpha beweisen, dass ich geblutet habe, um meine Jungfräulichkeit zu bestätigen.*

Bei dem Gedanken daran krümme ich mich

zusammen. Soll ich einfach daliegen und die anderen zusehen lassen? Schweiß rinnt mir den Rücken hinunter, während ein Zittern mich erschüttert.

Ich kann das auf keinen Fall tun.

"Atme tief durch. Du siehst wunderschön aus", sagt Kaira schnell und mustert mich von Kopf bis Fuß. "Und jetzt geh, lass ihn nicht warten."

Jae umarmt mich einfach, und ich erwidere ihre Umarmung, halte sie fest und wünsche mir, stattdessen bei ihnen zu bleiben.

"Das reicht, sonst ändert Narah noch ihre Meinung", unterbricht Kaira. "Wir sind heute Abend unter uns, wie wäre es, wenn wir ein paar Spiele spielen?"

Das Klopfen an der Tür ertönt erneut, und ich zucke in meiner eigenen Haut zurück, weil ich nicht mitbekomme, was Jae sagt.

"Ich komme", rufe ich.

Mit schnellen Schritten gehe ich zur Tür, fummle an meinen Haarspitzen und wickle sie um meinen Finger, weil ich nicht sicher bin, ob ich dazu bereit bin. Dabei springt ein schwacher Funke goldener Energie über meine Fingerknöchel. Das passiert immer, wenn ich nervös bin oder Angst habe, obwohl ich sonst nichts damit anfangen kann. Mutter hat es uns nie beigebracht.

Kaira schlägt mir auf die Hand. "Zeig ihm nicht

deine Magie", flüstert sie wütend. "Willst du, dass man dich entdeckt? Verbinde dich erst einmal mit ihm, und wenn er sich in dich verliebt hat, wird er dich vielleicht als Verfluchte akzeptieren."

Verfluchte.

Ich hasse das Wort, das sie für Halbblüter wie uns benutzen. Halb Wolf, halb Hexe. Mutter warnte uns als Kinder, sagte uns, dass sie ihr ganzes Leben lang ihre verfluchte Seite versteckt hatte und dass wir dasselbe tun müssten, um zu den Wölfen zu gehören. *Keine Seite würde euch akzeptieren,* sagte sie immer. *Ihr seid weder eine reine Hexe noch eine reine Wölfin. Also müsst ihr so tun, als wärt ihr eine, um nicht zu einer Ausgestoßenen zu werden. Lasst die Wölfe glauben, dass ihr einer von ihnen seid.*

Ich nicke meiner Schwester zu und umarme sie. "Ich weiß, und es wird mir gutgehen." Wölfe sind nicht dazu bestimmt, Magie zu besitzen, aber Kaira und ich schon. Jae hatte das Glück, verschont zu bleiben.

Ein Omega zu sein, ist in dieser verwüsteten Welt schon ein Nachteil, aber eine Verfluchte zu sein, ist ein Todesurteil.

"Geh jetzt." Kaira stößt mich mit einem kleinen Schubs in den Rücken voran.

Ich öffne die Tür, und eine kühle Brise weht über mich hinweg, aber sie kann das Feuer, das mich verschlingt, nicht vertreiben.

Ein Wachmann mit kurzgeschnittenem Haar und kleinen Augen begrüßt mich mit einem schiefen Grinsen. Sein Blick gleitet an meinem Körper hinunter und lässt meine Haut jucken. "Du hast dir Zeit gelassen, Omega", knurrt er, als er sich von mir wegdreht.

Ich tausche einen Blick mit Kaira, die mir winkt, ihm zu folgen.

Ich verliere keine Zeit und gehe schnellen Schrittes hinter dem Wachmann her, über die zerbrochenen Steine, die von unserer Hütte in die Mitte unseres Rudeldorfes führen. Kleine Hütten sind über das grasbewachsene Land verstreut, aus ihren Schornsteinen quillt Rauch. Unser Rudelgebiet ist von Stacheldrahtzäunen umgeben, nur für den Fall, dass es Zombies so weit in den Norden schaffen. Gerüchten zufolge wimmelt es im Süden Rumäniens von ihnen, und in letzter Zeit wurden sie auf der Suche nach Nahrung auch in dieser Richtung gesehen.

Der Mond scheint hell, und nur der Schrei einer Eule liegt in der Luft. In solchen Nächten schleichen Kaira und ich uns oft hinaus, um in unseren Wolfs-gestalten im Wald jenseits des Stacheldrahtzauns auf Nahrungssuche zu gehen. Wenn die Viecher draußen sind, sind wir schnell und leise. Ich schätze, das könnte der Vergangenheit angehören, wenn ich jetzt einen Gefährten habe, der für uns sorgen wird.

Es dauert nicht lange, bis wir in den Vorgarten eines Steinhauses einbiegen, das mindestens dreimal so groß ist wie meines. An den Fenstern hängen Vorhänge, und die Wände weisen keine Risse oder Löcher auf wie viele der anderen Häuser. Zwei Wachen stehen an der Tür und unterhalten sich mit Lovis, dem Oberhaupt der Sturmwölfe. Der Mann, der meinen Vater getötet hat, aber meine Schwestern und mich unter seinem Kommando beschützt. Ich verabscheue ihn, würde ihm diese Gefühle aber nie zeigen.

Er mustert mich mit dunklen Augen. Härte überspült sein faltiges Gesicht, und sein angespanntes Grinsen vertieft die verheilten Narben auf seiner Wange und seinem Hals.

Ich senke meinen Kopf, als ich mich nähere, um Respekt zu zeigen. So bin ich nun mal erzogen worden. Zeige Loyalität gegenüber allen Alphas.

"Narah." Er ergreift mein Kinn und zwingt meinen Kopf, seinem Blick zu begegnen. "Du siehst hübsch aus heute Abend in diesem Kleid."

Ich kann mich nicht einmal zu einem Lächeln aufraffen, so sehr schnürt sich meine Kehle zu.

Seine Wachen tuscheln und flüstern in der Nähe, ihre Augen verweilen auf mir. Es ist nicht das erste Mal, dass sie mich anstarren, was ein weiterer Grund ist, warum diese Paarung notwendig ist. Meistens macht es mich wütend, wie sie mich hungrig anstarren, als würde es ihnen alles abverlangen, mich nicht anzugreifen. Ich bin keine Närrin und weiß, dass Lovis' Zeit als oberster Alpha bald zu Ende geht. Es gibt so viele, die in den Schatten auf ihren Moment warten, ihn zu ersetzen. Ich muss sicherstellen, dass meine Schwestern und ich geschützt sind, bevor das passiert.

"Du siehst deiner Mutter jeden Tag ähnlicher", murmelt Lovis, eine Schwere schleicht sich in seinen Blick, dann räuspert er sich. Er spricht immer liebevoll von ihr, obwohl ich mich nicht erinnern kann, dass sie oft miteinander gesprochen haben, als sie noch lebte. "Martell ist ein glücklicher Mann." Ein Hauch von Eifersucht schwingt in seiner Stimme mit, dann lässt er mein Kinn los und tritt zur Seite, bevor er die Tür zum Haus aufstößt.

Hoch erhobenen Hauptes gehe ich hinein, spüre die Augen der Wachen auf mir und hasse es, dass sie Omegas nur für eine Sache gut finden. Ich hasse es, dass ich mich einem anderen Alpha hingeben muss, um mich zu schützen. Ich hasse das so sehr, dass ich kaum atmen kann.

Ich ziehe die Tür hinter mir zu und lasse meinen Blick über einen offenen Wohnbereich schweifen. Zu meiner Rechten stehen ein kleiner Tisch mit Stühlen und eine Schale mit Äpfeln und Orangen, die überquillt. Mir läuft das Wasser im Mund zusammen, denn Obst ist schwer zu bekommen und wird sparsam unter den Rudelmitgliedern verteilt. In der Ecke steht ein Bücherregal, dessen Fächer mit einer Sammlung von Tierschädeln geschmückt sind. Aber es ist kein einziges Buch zu sehen.

Martell steht in der Tür zum Schlafzimmer und beobachtet mich mit zusammengekniffenen Augen, aber er zeigt keinen Ausdruck der Freude, mich zu sehen. Er ist groß und mindestens doppelt so breit wie ich, sein kurzes, gekämmtes Haar ist seitlich gescheitelt. Seine Arme hängen an den Seiten herunter, eine Hand hält den Hals einer Flasche, und er beobachtet mich mit demselben Hunger wie die Männer draußen. Dicke Bartstoppeln bedecken seinen Kiefer, sein Mund ist schmal, und sein Grinsen zeigt eine Reihe weißer Zähne. Alles an ihm schreit nach Macht. Er ist nicht der hübscheste Mann, aber ich suche jemanden, der uns beschützen wird. Und meine Wölfin hat ihn ausgewählt, das muss ich mir immer wieder vor Augen führen.

Seine dunklen Augen werden noch intensiver, und ich schlucke, weil meine Kehle so trocken ist. Plötzlich bin ich wie erstarrt und habe völlig vergessen, wie ich sprechen soll.

Eine Welle der Ungewissheit vermischt sich mit so vielen anderen Gefühlen ... vor allem mit dem Verlangen, das wie unsichtbare Hände über mich hinweg gleitet, meine Beine hinauf und unter mein Kleid. Auch meine Wölfin hält sich knapp unter der

Oberfläche auf und ruft nach ihm. Ich habe immer noch damit zu kämpfen, dass mein Körper einen eigenen Willen hat, wenn es um ihn geht … meinen Schicksalsgefährten.

Er stolpert plötzlich, fängt sich aber wieder. Wie viel hat er getrunken? Das ist nicht der Mann, dem ich vor einer Woche bei der Versammlung begegnet bin. Sicher, er war die meiste Zeit über ruhig, aber ich nahm an, dass er nervös war. Jetzt trägt er ein lockeres Hemd über seiner großen Statur, seine schwarze Hose ist an den Knien befleckt, und er ist barfuß. Ich kann nicht einmal sagen, ob er geradeaus gehen kann.

"Komm. Komm zu mir", fordert er, sein Gesichtsausdruck ist eine Mischung aus Härte und Erregung.

Die Art und Weise, wie er mir zuwinkt, bereitet mir Unbehagen, aber mein Omega-Wölfin springt auf sein Kommando an, und ich trete widerwillig vor. Die Realität dessen, was auf mich zukommt, schlägt mir entgegen. Ich kann das nicht tun. Meine frühere Tapferkeit ist jetzt eine Illusion, selbst als ich mich ihm nähere.

Draußen vor dem Haus höre ich die Männer reden, und der Raum scheint sich um mich herumzuschließen. Sie warten auf den Beweis, der bestätigt, dass Martell mein Erster ist. Der Beweis, dass er mich beansprucht hat und kein anderer Mann es wagen kann, mich zu berühren.

"Beeil dich", schreit er.

Ich versteife mich und meine Kehle schnürt sich zu.

"Erzähle mir ein wenig von dir", sage ich mit fester Stimme und zwinge mich, einige Meter von ihm entfernt stehen zu bleiben.

Er schnaubt. "Wozu?" Er nimmt einen langen Schluck aus seiner Flasche, der Alkohol spritzt auf sein Hemd, bevor er sie auf dem Boden abstellt. Hinter ihm wartet ein großes Bett mit Fellüberwürfen.

Die Galle steigt mir in die Kehle. Das geht alles viel zu schnell.

"Wir sollten uns kennenlernen, wenn wir Seelenverwandte sind." Ich zucke ein wenig zurück, meine Stimme bricht. "Was ist dein Lieblingsessen, wo warst du, bevor du dich diesem Rudel angeschlossen hast, solche Dinge?"

Er lacht, als hätte ich einen Witz gemacht, und kommt mit großen Schritten auf mich zu. Er streckt seine Hand nach mir aus.

Instinktiv strecke ich meinen Arm aus, um ihn abzuwehren. Er verengt daraufhin seine Augen.

"Du bist eine Kämpferin." Er knurrt, und in seiner Gegenwart erwacht meine Wölfin noch mehr zum Leben. Eine einzige verdammte Berührung, und schon ist sie da und schmachtet ihn an. Hitze durchströmt meine Haut, wenn ich ihm so nahe bin.

"Gut. Ich mag jemanden, der mit mir mithalten kann", verkündet er, und meine Brust streckt sich bei diesem kleinen Kompliment automatisch nach mehr von seiner Aufmerksamkeit.

Martell mustert mich, seine Augenwinkel kräuseln sich, während er grinst. Dann fällt seine Hand auf meine Schulter. In Sekundenschnelle reißt er den Stoff an meinem Arm hinunter, der Stoff reißt und ruiniert mein Kleid ... Mutters Kleid.

Ich keuche und stoße ihn weg. "Halt!"

Das Bedürfnis, wegzulaufen, bohrt sich in meinen Schädel. Er hat einen Knopf in meinem Kopf ausgelöst, einen, bei dem ich mich plötzlich von diesem Mann missbraucht sehe, benutzt, weil ich gesehen habe, wie er andere Frauen behandelt.

Ich habe mich geirrt und war so dumm, zu glauben, er sei etwas anderes als ein brutaler Kerl. Angst ergreift meine Wirbelsäule, während ein Feuer zwischen meinen Schenkeln entfacht wird. Meine Wölfin verrät mich völlig. Ich weiche zurück, um nicht zu weinen und schwächer zu wirken, als er mich ohnehin schon sieht.

Aber mit fleischigen Händen packt er mich an der Taille und hebt mich von den Füßen, und schleppt mich in sein Schlafzimmer. Ein leises Wimmern entweicht meinen Lippen durch die plötzliche Bewegung, mein Herz pocht gegen meine Brust, um zu entkommen.

"Wenn du die Unnahbare spielen willst, ist das für mich in Ordnung." Er knurrt und wirft mich auf sein Bett. "Ich ziehe eine Kämpferin jemandem vor, die nur daliegt."

Ich hüpfe auf die Matratze und klettere hektisch von der anderen Seite seines Bettes.

Aber er ist zu schnell, packt mich am Arm und zerrt mich zu sich zurück. Seine Hände zerren an meinem Rock und zerreißen noch mehr vom Stoff.

Ein Schrei verkeilt sich in meiner Kehle, und ich wehre mich mit einem Faustschlag. "Fass mich nicht an."

Er fängt meine Faust mit seiner Hand auf und gibt ein *schmatzendes* Geräusch von sich. "Du solltest hoffen, dass dein Körper mir viele Kinder schenkt, wenn ich mich in dir vergraben habe, oder ..."

Die Art und Weise, wie er seinen Satz unvollendet lässt, jagt mir eine Heidenangst vor dem ein, was mich erwartet. Seine Hand packt mich im Nacken und zieht mich zu sich heran. Sein Atem stinkt nach Țuică, einer lokalen Spirituose, die aus Pflaumen hergestellt wird, und ich muss mich bei dem Gestank fast übergeben.

"Kannst du unsere Wölfe spüren? Sie rufen sich gegenseitig. Du gehst nirgendwo hin, Seelenverwandte. Ich rieche deine Erregung. Du willst mich und ich werde dich eine Woche lang ficken."

Meine Finger umklammern seinen Arm, graben

sich mit den Fingernägeln in sein Fleisch, aber gegen einen so starken Mann kann ich nichts ausrichten.

Meine Wölfin erhebt sich wie gerufen, und es lässt sich nicht leugnen, dass wir vom Universum gepaart wurden. Aber er ist nicht der, den ich will. Ich dachte immer, meine Wölfin würde sich einen Mann aussuchen, zu dem ich mich hingezogen fühle und nicht nur meine Instinkte mich zu ihm führen. Aber alles an ihm stößt mich ab. Er sollte unser Retter sein, mein Leuchtfeuer in dieser dunklen Welt, aber jetzt fürchte ich, dass ich in die Höhle des Dämons gegangen bin.

"Ich kann deinen Schleim in meiner Kehle schmecken. Du hast keine Ahnung, wie wahnsinnig du mich machst." Er lässt mich los, und ich lasse mich zurück aufs Bett fallen, der Atem bleibt mir im Hals stecken. Ich schließe meine Beine und ziehe an dem Stoff, der meine entblößte Brust bedeckt. So habe ich mir das nicht vorgestellt. Nicht so.

Martell zieht sein Hemd über den Kopf, bevor er es hinter sich wirft und einen behaarten, mit Schnitten und blauen Flecken übersäten Körper zum Vorschein bringt. Die Ausbeulung in seiner Hose macht mich schwindlig.

Ich erschaudere. "Bitte, können wir es langsamer angehen?"

Sein Lachen fühlt sich an wie Krallen, die über meinen Rücken fahren.

"Zieh dich aus", fordert er, und in seiner Stimme liegt keine Zärtlichkeit.

Ich ziehe meine Knie an die Brust und drücke sie fest an mich, während ich nach dem nächstgelegenen Fenster Ausschau halte, das ich im hinteren Teil des Raumes finde. Es sieht groß genug aus, dass ich hindurchklettern kann, wenn ich schnell genug bin. Nur, was dann?

Es geht um meine Zukunft und die Sicherheit meiner Schwestern, aber ich weiß nicht, ob ich das durchziehen kann. Ein Schluchzen bleibt mir im Hals stecken, als ich dieses Monster wild anstarre. Meine Arme zittern, während ich meine gebeugten Knie umklammere und die Angst sich schnell ausbreitet.

Er kniet auf dem Bett, die ganze Seite der Matratze ist von seiner schieren Masse eingedrückt, und er packt mich am Knöchel. Er zieht mich näher heran, wobei mein Kleid bis zur Taille hochrutscht. Ich wimmere und zappele, um mich aus seiner Reichweite zu befreien. Er atmet schwer wie ein Wildschwein, sein Blick fällt auf meine Unterwäsche. Hastig schiebt er eine Hand zwischen meine Beine.

Feuer durchflutet meine Haut bei dieser einzigen Berührung. In meinem Inneren herrscht Krieg zwischen der Panik, die mir sagt, dass ich um mein Leben rennen soll, und meiner Wölfin, der nach ihm wimmert. Der Urinstinkt beansprucht mich, und ich kann nur daran denken, wie er mich zerfleischen, beißen, schlagen, verletzen wird. Ich hasse meinen Körper und meine Wölfin dafür, dass ich das will.

"Bitte nicht." Ich stoße ihn weg, aber der Bastard schlägt mir daraufhin mit dem Handrücken ins Gesicht.

Der Schlag schleudert mich zurück auf das Bett, und ich fasse mir an die Seite des Gesichts und schmecke Blut. Mein Gesicht brennt, als hätte jemand Feuer an meine Haut gehalten, und Tränen steigen mir in die Augen.

So sollte es nicht sein, wenn man einen Seelenverwandten hat. Mutter und Vater haben sich nie gestritten. Niemals.

Martells Hand schiebt sich erneut an meinen Beinen hoch, dieses Mal etwas rauer, bevor ich sie zusammenkneifen kann. Er packt meine Unterwäsche und reißt sie mir vom Leib. Ich schreie als Reaktion auf seine Aggression auf und versuche, mich von ihm zu befreien.

Wut schießt durch mich hindurch. Mit ihr rasen Funken der Macht meine Arme hinunter und stellen die Haare in meinem Nacken auf. Die Kraft schießt so schnell durch mich hindurch, dass ich nicht rechtzeitig reagieren kann.

Gelbe Fäden meiner Magie schnappen plötzlich

über meine Finger und schlagen nach außen, beißen seine Hand wie Vipern.

Er schreit vor Schreck auf, zuckt zurück und reißt seine Hand so schnell weg, dass ich erschrecke. Er starrt auf die dunklen Brandflecken, die seine Hand hinaufkriechen, und die Farbe weicht aus seinem Gesicht.

"Göttin, nein!" Ich schreie auf, erstarre im Bett und starre auf seine Hand, auf sein panisches Gesicht.

Er wird mich anzeigen. Er wird mich umbringen.

Wölfe verfügen nicht über Magie.

Verfluchte werden gefürchtet und verabscheut und abgeschlachtet.

"Was zum Teufel bist du?" Er rappelt sich auf und kann sich nicht schnell genug von mir lösen.

Ich richte meinen Blick auf die dunklen Flecken an seinen Händen, während er versucht, sie sauber zu reiben, der Schmerz ist deutlich in seinem Gesicht zu sehen. Ich habe ihn gerade verbrannt, und diese Flecken werden nie wieder weggehen. Mist! "Es ist nichts. Bitte, lass es uns noch einmal versuchen. Ich werde kooperieren."

Er starrt mich mit einem leeren Blick an, als ob er mich nicht mehr als seine Seelenverwandte, sondern als eine Fremde ansieht. "Ich habe dich etwas gefragt", bellt er, zieht die Schultern hoch und ballt die unverletzte Hand zu einer Faust.

Ich habe keine Ahnung, warum ich diese verkorkste Magie habe. Ich eile vom Bett auf die andere Seite, um etwas Platz zwischen Martell und mich zu bringen. Meine Hände zittern, als ich den zerrissenen Stoff meines Ärmels wieder über meinen Arm ziehe.

"Ich bin eine Wölfin. Deine Seelenverwandte", antworte ich und weiß nicht, was ich noch sagen soll. Meine Eltern haben mir immer gesagt, ich solle diesen Teil von mir verstecken, es niemandem erzählen, aber mit der Zeit fühlt es sich an, als ob die Kraft in mir zugenommen hat. In letzter Zeit hat sie von selbst gezündet.

"Einen Scheiß bist du", schnauzt er, schnappt sich sein Hemd vom Boden und reibt mit den Fingern über den Stoff. "Ich will keinen Freak als Gefährtin haben. Du bist eine dreckige Hexe! Eine Verfluchte, stimmts?"

Ich eile zu ihm, wohl wissend, dass Lovis mich und meine Schwestern umbringen wird, wenn er es herausfindet. Nichts mit Magie wird akzeptiert. "Ich bin nur eine Wölfin", beharre ich, und die Angst schnürt mir die Kehle zu. "Es ist nichts Ungewöhnliches an mir. Bitte, ich will, dass das funktioniert. Ich werde mich benehmen, ich verspreche es." Meine Stimme bricht vor Verzweiflung.

Ich greife nach seiner Hand, aber er weicht vor meiner Berührung zurück, seine Lippen verziehen sich vor Abscheu. "Fass mich nicht an, verdammt. Du bist nicht meine Gefährtin. Ich lehne dich ab." Er dreht sich um und marschiert zur Eingangstür.

Er lehnt mich ab? Ist das möglich?

Die Kälte durchdringt mich, zerreißt mich, und meine Wölfin wimmert bei seinen Worten. Ein Schmerz bohrt sich in meine Brust, als würde mein Herz in zwei Teile zerspringen, während meine Schultern zusammensacken und meine Knie auf den Boden schlagen.

"Nein, nein, das kann nicht sein." Ich schaukle hin und her.

Mein Seelenverwandter hat mich zurückgewiesen. Meine Wölfin wird sich nie binden. Ich werde für immer eine Ausgestoßene sein. Und ich kann nicht länger in diesem Rudel bleiben.

Außerhalb unseres Rudelzauns gibt es nichts außer Wildnis, abtrünnige Alphas, die mich zu Tode hetzen werden, und Zombies, falls ich den Wölfen entkomme.

Seine pochenden Schritte sind wie ein Trommelschlag zu meinem Untergang. Ich kann an nichts anderes denken als an das, was auf mich zukommt.

Tod.

Meine Schwestern! Scheiße!

Kaum auf den Beinen hechte ich zum Fenster und schiebe es auf. Mein Herz schlägt mir bis zum Hals. Als ich zurückblicke, sehe ich, wie Martell die

Vordertür aufschwingt. Das Entsetzen darüber, was ich getan habe, sitzt tief, denn der heutige Abend ist schrecklich verlaufen.

Ich springe auf und springe eilig aus dem Fenster.

Ich lande auf dem Rücken in einem Strauch, was sehr weh tut, aber ich habe keine Zeit, meine Tränen zu trocknen.

Warum zum Teufel sollte es mich kümmern, dass er mich zurückweist? Er ist ein Arschloch, das mich schlagen und vergewaltigen wird. Aber das ist es nicht, was ich betraure. Es ist meine Wölfin, die sich nach der seelenverwandten Verbindung sehnt. Ihr Schmerz durchzuckt mich, und meine Beine sind bereit, vor Schmerz unter mir zusammenzubrechen. Seelenverwandte treffen sich nur einmal, und ich wurde gerade von meinem beiseitegestoßen. Verbannt.

Die Angst überfällt mich. Ich stolpere in ein Gebüsch, aber ich kann mich nicht verlieren. Nicht jetzt ...

Ich halte mich in den Schatten und sprinte um die Rückseite der Häuser herum, in die Höfe hinein und wieder heraus, bis ich meine kleine, dunkle Hütte erreiche. Ich stürme durch die Hintertür herein und erschrecke Jae und Kaira, die auf der Decke sitzen und Karten spielen.

"Narah?" Kairas panische Stimme verstärkt

meine Angst noch. Sie ist auf den Beinen, ebenso wie Jae, und beide starren auf mein zerrissenes Kleid. "Was ist passiert?"

"Wir müssen das Rudel sofort verlassen", sage ich schnell. "Er hat meine Magie gesehen und mich als seine Gefährtin abgelehnt." Die Worte schmecken sauer auf der Zunge, und eine Welle unberechenbaren Leids bricht über mich herein. Der Schmerz zermürbt mich und schlägt immer wieder auf mich ein.

"Er *hat was*?", Kairas Augen werden groß, was meine Aufmerksamkeit erregt, und ich eile auf sie zu.

"Bekommen wir jetzt Ärger?", quiekt Jae. Ihre Hand, die immer noch eine Karte hält, zittert.

"Baby, wir müssen das Rudel sofort verlassen", beharre ich und nehme sie an der Hand. "Schnell, hol deinen Mantel und deine Stiefel. Ich werde dir später alles erzählen, aber wir sind hier nicht mehr sicher."

"Aber das ist Vaters Rucksack!" Tränen kullern über Jaes Gesicht, und ich ziehe sie in meine Arme. Ich wünschte, ich müsste sie dem nicht aussetzen, ich könnte sie davor bewahren, wie hässlich unsere Welt ist, wie gefährlich sie für Omegas wie uns ist. Mein Atem geht stoßweise, aber ich muss ihr zuliebe stark sein, damit wir entkommen können.

Ich ziehe mich zurück und streichle ihre feuchten Wangen. "Hör mir zu, Jae. Du bist so viel stärker, als du weißt. Und jetzt musst du für mich eine schnelle Läuferin sein. Du darfst nicht stehenbleiben, egal was passiert, okay? Kannst du das für mich tun?" Meine Haut juckt vor Dringlichkeit und ich werfe immer wieder einen Blick auf die Eingangstür.

"Wir sollten gehen", sagt Kaira mit hektischer Stimme und sprintet schnell durch das Haus, um Kleidung und Lebensmittel zu sammeln und in ihre Tasche zu stecken.

Jaes Gesicht wird blass. "Wohin rennen wir denn?"

Ich lecke mir über die Lippen, meine Gedanken schwirren. "Weißt du noch, wie wir einmal mit den anderen Frauen des Rudels am Fluss weiter oben im Norden fischen waren?"

Sie nickt schnell.

"Wenn wir den Fluss überqueren, gibt es sichere Orte, habe ich gehört." Ich hasse es, Jae anzulügen, aber sie ist noch so jung und sieht bereits verängstigt aus. Ich muss ihr Hoffnung geben, irgendetwas, damit sie weitermacht. Sobald wir dem Rudel entkommen sind, kann ich mir den nächsten Aktionsplan ausdenken. Aber im Moment kann ich nur ans Überleben denken.

"Der Fluss bei den Riesenkiefern?", fragt sie und ihr Kinn zittert.

"Ja, das ist der Ort. Und wenn wir jemals getrennt werden, treffen wir uns immer dort. Ich werde dort auf euch beide warten, Wochen, Monate, Jahre. Wie lange es auch immer dauert. Jetzt müssen wir uns beeilen."

Wir rennen durch das Haus, ziehen Mäntel und schwere Stiefel an und nehmen eine Tasche mit minimalen Vorräten und eine Decke mit. Mein Verstand ist zu sehr mit der Angst beschäftigt, als dass ich wirklich wüsste, was wir mitnehmen sollten. Schnell hole ich den Anzünder vom Tisch und eile zur Speisekammer, wo ich meine Jagdmesser einsammle, und sie in meine Stiefel stecke. In diesem Moment entdecke ich Mutters goldene Brosche in Form eines Vogels mit einem großen Smaragd. Sie könnte beim Tauschhandel nützlich sein, also nehme ich sie auch mit.

In dem Moment, in dem wir durch die Hintertür in die Dunkelheit schlüpfen, hämmert es an der hölzernen Eingangstür.

Ich zittere, mein Verstand ist wie betäubt, weil unser Leben so schnell aus dem Ruder gelaufen ist, aber ich werde nicht zulassen, dass sie uns einholen und verletzen.

Kälte dringt in meine Knochen und ich zittere stärker. Ich bleibe hinter Jae, als Kaira die Führung übernimmt. Die Nacht verdeckt uns, während ein eisiger Wind vorbeizieht. So sollte das Ritual nicht enden, und ich gehe den Vorfall in Gedanken immer wieder durch. Es ist alles meine Schuld. Ich habe zu sehr gegen Martell gekämpft, was dann meine Magie entfesselt hat. Und wenn ich eine echte Hexe gewesen wäre, dann hätte ich gewusst, wie ich sie einsetzen muss, um ihn zum Schweigen zu bringen. Aber ich habe nicht einmal die Fähigkeit, das zu tun. Vielleicht bin ich wirklich verflucht. Vielleicht verdiene ich diese Bestrafung.

Aber meine Schwestern nicht.

Kaira erreicht den Drahtzaun hinter unserem Haus, durch den sie und Jae nachts hinausschlüpfen. Sie zerrt an dem durchgeschnittenen Draht, um eine kleine Öffnung freizulegen, und Jae schlüpft hindurch. Ich ergreife Kairas Hand, bevor sie ihr folgt. "Nimm Jae und lauf. Wage es nicht anzuhalten. Ich werde versuchen, sie in eine andere Richtung zu locken."

"Narah, nein", keucht sie, ihre Augen sind groß und glitzern im Mondlicht. Ihr Körper zittert unter meiner Berührung, und ich drücke sie fest an mich, bevor sich meine Entschlossenheit auflöst. "Kümmere dich um sie. Wir treffen uns am Fluss, in Ordnung?" Ich greife nach meinem Stiefel, ziehe eine Klinge heraus und drücke sie ihr in die Hand. "Geh! Schnell!" Ich stoße sie an, als sie sich nicht bewegt.

Sie stolpert, aber sie hört nicht auf, mich anzustarren, während eine lose Träne aus ihrem Augenwinkel entweicht. Mein Herz ist bereits in Hunderte von Splittern zersprungen vor lauter Angst vor dem, was uns draußen in der Wildnis erwartet. Aber zuerst müssen wir die Sturmwölfe überleben.

"Ich liebe dich, Narah", flüstert sie, dann dreht sie sich um, schlüpft durch das Loch und verschwindet in der Nacht.

Ich höre Stimmen von weiter weg aus dem Gebiet des Rudels. Sie sind auf der Suche nach mir und kommen hierher.

Verzweifelt werfe ich mich durch die Lücke im Drahtzaun.

Jemand packt mich von hinten am Arm und zieht mich zurück in die Dunkelheit hinter meiner Hütte.

Die Angst schlägt mir in den Magen, als ich zurückstolpere und über meine eigenen Füße stolpere. Ich hebe den Kopf zu einer dunklen Gestalt, die über mir steht, und ein Knurren gleitet über seine Lippen.

Martell.

Verdammt!

"Du verdammte Schlampe!" Der Schlag kommt aus dem Nichts, und ich sehe ihn erst, als er seitlich in meinem Gesicht einschlägt. Meine Beine brechen unter mir zusammen, und ich schreie vor Schmerz, als ich umfalle. Der Schmerz breitet sich seitlich in meinem Kopf aus, und meine Sicht verschwimmt immer weiter. Ich lande auf der Seite und starre durch den Drahtzaun hinaus auf meine Schwestern, die davonrasen. Sie sind nur zwei Schatten, die in der Dunkelheit verschwinden, schon so weit, dass ich bezweifle, dass sie jemand bemerkt hat.

Wage es nicht stehenzubleiben.

Er packt mich am Arm und zerrt mich über den Boden, in meinem Kopf dreht sich alles, ich sehe nur noch Sterne.

Der Schrecken ist messerscharf und schneidet in mich hinein, weil ich heute Abend alles so schlimm gemacht habe. Ich zwinge mich, aufzustehen, aber ich stolpere nur über mich selbst, weil Martell sich so schnell bewegt.

"Bitte, es ist nicht so, wie du denkst", flehe ich zwischen gedämpften Schreien, und meine Kehle zersplittert, weil ich das erstickte Schluchzen zurückhalten muss.

"Du bist erbärmlich", knurrt er mir über die Schulter zu und lässt nicht locker, mich über den Boden zu zerren, wobei Steine und Zweige an meiner Haut reißen. "Ich kann nicht glauben, dass ich dich ficken wollte."

Ich stoße gegen ihn, meine Beine baumeln hinter mir, und ich bin vor Schreck erstarrt. Doch meine Wölfin winselt immer noch nach ihm, mein Körper schwirrt vor einem Bedürfnis, das für mich keinen Sinn ergibt.

Als er endlich zum Stehen kommt, weine ich und schnappe nach Luft.

Wir befinden uns an den Haupttoren, die in das

Gebiet des Rudels führen. Zwei Wachen stehen in der Nähe, brennende Fackeln werfen Schatten auf ihre finsteren Gesichter. Ich kenne sie, habe sie schon öfters gesehen, aber jetzt sehen sie mich an, als wäre ich Dreck. Martell begegnet meinem Blick, und ein unbarmherziges Lächeln breitet sich auf seinem Mund aus.

Sein Griff lockert sich und ich lasse mich auf den Boden fallen. Ich blicke auf, mein Blick schweift zu Lovis, der aus dem Schatten tritt, und ich zähle mindestens sechs weitere Alphas aus dem Rudel, die mich umgeben. Ich kann mir nur meinen eigenen Tod wünschen, dass sie mich nicht sehr leiden lassen werden.

"Bitte." Ich drehe mich zu Lovis um, immer noch auf Händen und Knien. "Du kanntest meine Eltern. Das war das Rudel meines Vaters."

"Sie ist eine verdammte Verfluchte", brüllt Martell, woraufhin die anderen Männer das Wort wiederholen. "Wie konntet ihr nicht wissen, dass sie in eurem Rudel ist?" Seine Worte sind wie Gift.

Lovis schüttelt den Kopf und senkt ihn, als hätte meine bloße Anwesenheit ihn gedemütigt und seine Position als Alpha infrage gestellt.

Meine Kehle ist wie zugeschnürt, und ich kann kaum atmen. In Lovis' Gesichtsausdruck ist keine Spur von Sympathie oder Zärtlichkeit zu erkennen.

Alles, was bleibt, ist purer Zorn, seine Augen glühen vor wilder Wut.

"Du bedeutest mir nichts", spuckt er mir die Worte entgegen. "Dein Vater wusste, dass du eine Verfluchte bist, und hat uns alle belogen. Und genau wie er wirst du den höchsten Preis dafür bezahlen. Genau wie deine Schwestern, die Ungeziefer sind." Er winkt mit der Hand einem seiner Männer zu. "Bringt sie her."

"Halt!", brülle ich, die Wut trifft mich mitten im Herz. Ein elektrischer Funke springt über meine Arme und knistert wie Feuer in meinen Fingerspitzen. Gelbe Blitze schießen nach außen, verpuffen aber genauso schnell wieder. Es ist meine Schuld, dass ich meine Kraft immer unterdrückt habe, und jetzt, wo ich sie brauche, ist sie tot.

"Verflucht!", rufen die Männer und halten Abstand. Sie starren mich verächtlich an, während sich Martells Gesicht verfinstert. Seine Schultern biegen sich nach vorne, als würde er sich in seinen Wolf verwandeln und mich im selben Moment in Stücke reißen.

Meine Lungen pumpen heftig nach Luft. Die Welt dreht sich zu schnell um mich, während mir das Grauen den Rücken hinunterläuft. Ich rufe wieder meine Kraft an und mache eine Faust, aber es passiert nichts.

Kein Funke.

Keine Magie.

Nichts.

"Tötet sie", befiehlt ein Alpha.

Ich erschaudere vor ihrem Hass. Diese Männer sind barbarisch, Wilde, Ungeheuer.

Lovis wendet seine Aufmerksamkeit Martell zu. "Sie ist deine Seelenverwandte, also liegt die Entscheidung bei dir."

"Wir sind Seelenverwandte fürs Leben. Das kannst du nicht tun", flehe ich. Weitere Männer schreien nach meinem Tod. Ich rapple mich auf, aber jemand tritt mir in die Kniekehlen und ich falle zurück auf den Boden. Tief im Inneren weiß ich, wohin das führt, und ich muss fliehen.

In Sekundenschnelle reißt mich Martell wieder auf die Beine und wirft mich über seine Schulter, mein Verstand ist vor Angst gelähmt.

Ich schlage mit den Fäusten auf seinen Rücken und versuche, ihn mit den Beinen zu treten, aber sein Arm ist wie Eisen um sie geklammert. "Du musst das nicht tun."

Er bewegt sich jetzt schnell durch die sich öffnenden Tore, rennt fast. Die Dunkelheit verschluckt uns, und ich strecke meine Hände aus und flehe meine Macht an, zu erscheinen. Ich tue alles, damit ich Martell damit so hart treffen kann, dass er zerbricht.

Bitte arbeite, bitte.

Ich klappere mit den Zähnen, während ich auf seiner Schulter hüpfe und schreie. Heiße Tränen fließen über mein Gesicht und meinen Hals.

"M-m-martell, ich bin nicht gefährlich. Du bist mein Seelenverwandter." Meine Stimme bricht, und ich fühle mich wie im Treibsand gefangen.

"Du wirst nie etwas haben, was ich will. Du bist Dreck", krächzt er, dann stößt er mich abrupt von seiner Schulter.

Das Nächste, was ich weiß, ist, dass ich fliege.

Ich erwarte, dass ich auf dem Boden aufschlage, aber ich falle immer noch. Und die Realität zerrt mich in alle Richtungen. Er hat mich vom Rand der Klippe geschleudert, die an unserem Rudelgebiet entlangführt.

Er verschwindet aus meinem Blickfeld, als ich schnell hinunterfalle, und die Nacht stiehlt mich.

Ich schreie und schleudere meine Arme und Beine nach außen. Mein Herz zerspringt in meiner Brust, als ein Lichtfunke über meinen Händen aufflackert und meine Kraft entzündet.

Plötzlich knalle ich mit dem Rücken gegen etwas, hart und schnell. Die Dunkelheit dringt ein und raubt mir meine Magie, meine Hoffnung, mein Leben.

EINS

Einen Tag später

Meine Augenlider klappen so schnell auf, dass sie schmerzen. Orangefarbene Linien durchziehen den Himmel, als ob er in Flammen stünde, als ob die ganze verdammte Welt brennen würde. Erst als ich versuche, meinen Kopf zu heben, schreit jeder Zentimeter von mir, als würde jemand Klingen über meinen Körper ziehen. Ich schlucke an meiner trockenen Kehle vorbei und wimmere, weil es so weh tut, genau das zu tun. In meinem Mund schmeckt es metallisch und klebrig. Ich strecke meine Zunge heraus und fahre mit ihr über die rissigen Lippen.

Ich stöhne, während mein Magen bebt, und es tut mir so weh, dass ich mich nicht bewegen kann, ohne dass mir schlecht wird. Weinend liege ich da und erinnere mich daran, wie ich von der Klippe geworfen wurde. Ich habe keine Ahnung, wie ich das überlebt habe. Aber da mein Körper schreit, als stünde ich kurz vor dem Tod, bin ich mir nicht sicher, ob ich das als Überleben bezeichnen würde.

Martell hat mich zurückgewiesen, und ich spiele die Nacht in meinem Kopf noch einmal durch, wie schlimm es endete, wie die Qualen an meinem Körper nichts sind im Vergleich zu dem Schmerz, ihn zu vermissen. Mein Herz schlägt schneller, während meine Wölfin sich auf mein Inneres stürzt und mir die Schuld dafür gibt, dass wir unseren Seelenverwandten verloren haben.

Ich möchte schreien, dass ich mich nach einem solchen Monster sehne, also kneife ich die Augen zusammen, um die Tränen zu unterdrücken. "Ich brauche ihn nicht", krächze ich.

Als ich endlich die Augen öffne und den Kopf drehe, um mehr von meiner Umgebung zu sehen, schießt ein stechender Schmerz durch meinen Schädel. Die Welt kippt um ihre Achse, und ich versteife mich, bis sie sich beruhigt hat.

Ich liege am Fuß der Klippe, umgeben von zerklüfteten Felsen. Dahinter liegt ein dichter Wald aus wilden Bäumen und Gras, die Blätter wehen im Wind. Ich habe keine Ahnung, warum ich, wie durch ein Wunder ich nicht auf den scharfen Felsen gelandet bin und aufgespießt wurde.

Mit einem Stöhnen beiße ich mir auf die Lippe, um den quälenden Schmerz zu vertreiben, während ich mich aufrichte. Ich gehe es langsam an und atme bei jeder Bewegung flach ein.

Als ich die Felswand hinaufblicke, kann ich nicht glauben, wie tief ich gefallen bin und dass ich noch lebe.

Ich taste meinen Körper nach gebrochenen Knochen ab, keuche beim Anblick meiner Finger und hebe sie vor mein Gesicht.

Die obere Hälfte ist schwarz, wie gefärbt, als hätte ich sie in Tinte getaucht. Nur, dass es Magie ist, wie die, die ich bei Martell benutzt habe. Und ich erinnere mich an den Sturz, den Funken der Macht, dann wurde ich ohnmächtig. Magie ist die einzige Erklärung dafür, warum ich einen solchen Sturz überlebt habe und warum ich jetzt das Zeichen einer Verfluchten trage.

Meine Kraft hat mich gerettet ... irgendwie.

Wie Martell es getan hat, reibe ich meine Finger, aber es geht nicht weg. Mutter hatte zwei schwarze Finger, die ebenfalls von ihrer Magie angesengt waren und die sie immer mit Handschuhen bedeckte. Sie hatte auch keine Kontrolle über ihre

Magie, deshalb sagte sie uns, wir sollten unsere nicht benutzen.

Die Magie in deinem Blut ist instabil, sie ist wild und kann dich genauso leicht verletzen oder töten wie andere. Deshalb hat sie Kaira und mir nur eine Fähigkeit beigebracht: andere Magie aufzuspüren, damit wir Hexen aus dem Weg gehen können.

Ich wackle mit den Zehen und reibe mit den Händen langsam das Gefühl in meine Beine zurück. Irgendwie hat mich meine Magie gerettet, und jetzt muss ich hier weg, bevor Martell zurückkommt.

Als ich mich umdrehe, um aufzustehen, peitscht Feuer in meine Seiten, und ich bleibe stehen. Ich muss es langsam angehen. Ich fülle meine Lungen, spanne meine Muskeln an und gehe in die Knie, dann drücke ich mich auf meine Fersen.

Ich stehe auf, und meine Knie wackeln. Ein pochender Schmerz bohrt sich in meinen Hinter-kopf, und ich zucke zusammen, als ich meine Hand nach oben strecke. Meine Finger streifen über getrocknetes Blut, das in meinem Haar getrocknet ist, und ich suche auf meiner Kopfhaut nach der Wunde, finde aber nichts. Alles, was bleibt, ist die Sauerei dessen, was mich hätte töten sollen. Und der Schmerz. Meine Augen weiten sich, und ich weiß nicht, wie ich mich fühlen soll, nachdem ich so viel verloren habe, um zu überleben.

Ich stehe aufrecht und mache meinen ersten

Schritt auf unsicheren Füßen, dann stolpere ich in den Wald.

Dort drücke ich mich mit dem Rücken an einen Baum, hole Luft und warte darauf, dass der Schmerz in meinem Körper nachlässt. Ich blicke zurück auf die Klippe und kann immer noch nicht glauben, was passiert ist. Mein Verstand und mein Herz sind ein Schlachtfeld aus Wut und Sehnsucht, aber egal, was passiert, ich werde niemals an Martells Seite zurückkehren.

Ich muss mich konzentrieren ... und meine Schwestern finden.

Zwei Monate später

MIT EINER BEHANDSCHUHTEN Hand breite ich das Kartenspiel verdeckt auf dem Tisch aus und schaue dann auf, um Finns eifrigem Blick zu begegnen. Er ist ein Stammkunde, ein jüngerer Beta, der seine Schicksalsgefährtin noch nicht gefunden hat und unbedingt herausfinden will, wo sie ist. Jede Woche ist es die gleiche Frage. Aber wer bin ich schon, dass ich mich beschwere, wenn ich durch seine Bezahlung einen Platz zum Schlafen in der Taverne und etwas zu essen im Bauch habe?

Lautes Gelächter dringt in den kleinen Raum, den ich in der Taverne gemietet habe, aber Finn scheint es nicht zu bemerken. Er konzentriert sich auf die Karten. Ich mache den Gästen sehr deutlich, dass ich keine Hexe bin. Ob sie mir glauben oder nicht, ist ihre Entscheidung.

Wir sind in einer Stadt, die keinen Namen hat, weil sie angeblich nicht existiert. Nur die tödlichsten Wolfsmenschen kommen hier durch, diejenigen, die Geheimnisse haben, und andere, die nicht gefunden werden wollen. Keiner stellt Fragen. Es ist eine sichere Zone, die von einem selbst ernannten Sheriff geleitet wird, einem ausgestoßenen Alpha, der sich nicht scheut, sein Gewehr zu benutzen, um jeden auszuschalten, der ihn herausfordert.

Das habe ich schon ein paar Mal erlebt. Wenn der Mann sagt, dass man die Regeln seiner Stadt befolgen soll, dann sollte man sie auch befolgen.

Ich bin seit zwei Monaten in dieser Stadt und warte darauf, dass meine Schwestern am nahegelegenen Fluss auftauchen, also verkaufe ich Wahrsagungen, um meinen Lebensunterhalt zu verdienen. Und solange ich meine Vorhersagen vage halte, werden diejenigen, die an Wahrsagerei glauben, meine Worte ihren Umständen anpassen. In der Öffentlichkeit bleibe ich getarnt und komme niemandem zu nahe, falls jemand von den Sturm-wölfen in die Stadt reist.

Die Kerze auf dem Tisch flackert plötzlich, obwohl es keine Fenster gibt, und der Duft von Sandelholz ist heute aus irgendeinem Grund stärker.

"Zieh eine Karte", fordere ich Finn auf.

Er streckt seine Hand über die Kartenreihe und wartet darauf, dass sein Instinkt eine Karte auswählt. Sein Finger fällt auf eine, und er schiebt sie über den Tisch zu mir.

Ich drehe sie um und sehe das Bild eines Mannes, der auf einem Bett liegt und neun Schwerter auf seinem Rücken trägt.

Finn zischt, lehnt sich in seinem Stuhl zurück und fährt sich nervös mit der Hand durch sein kurzes, goldenes Haar. "Das ist schlimm, nicht wahr?"

"Keine Karte ist jemals gut oder schlecht. Diese Karte steht für Angst, die dich daran hindert, das zu finden, was du wirklich willst."

Er mustert mich, dann nickt er langsam. "Was noch? Kannst du tiefer schauen?"

"Natürlich", antworte ich, denn ich weiß, wenn er mir diese Frage stellt, will er die Worte hören, wie er die Frau seiner Träume findet. Ich meine, wollen wir nicht alle die Antworten vom Universum? Ich möchte meine Schwestern finden und nicht die meisten Nächte aufbleiben und mich so sehr um sie sorgen, dass ich nicht schlafen kann. Aber keine Karte der Welt wird mir diese Antwort geben.

Meine Finger tanzen über die Karte, ich schließe die Augen und atme tief ein, um ihm den Eindruck zu vermitteln, dass ich meditiere. Ich sollte mich schuldig fühlen, weil ich diese Männer um ihr Geld betrüge, aber ich tue es nicht. Nicht, wenn ich weiß, dass keiner von ihnen vor irgendetwas zurückschrecken würde, um mir zu schaden, wenn er die Gelegenheit dazu hätte. In dieser Stadt gibt es eine "Kein Kampf"-Regel. Wer sie bricht, verlässt die Stadt in einem Leichensack. Seit ich hier angekommen bin, habe ich so viele Dinge über die Welt entdeckt, die mir nie jemand erzählt hat. Zum Beispiel, dass nicht alle Alphas außerhalb des Rudels der Sturmwölfe abtrünnig sind. Dass der nördliche Teil Rumäniens ein Mekka für alle möglichen Rudel aus ganz Europa ist, ohne dass ein einziger Alpha für das gesamte Gebiet zuständig ist. Das hat mit der Tatsache zu tun, dass auch Hexen in diesem Gebiet leben. Sie werden von allen gefürchtet.

Noch ein tiefes Einatmen, und ich rutsche in meinem Sitz hin und her, um es mir bequem zu machen.

Die Luft fühlt sich dick an, wie Schlamm, und ein wenig klebrig. Oder es könnte daran liegen, dass ich eine unruhige Nacht hatte oder heute Morgen am Fluss geweint habe, weil ich mir Sorgen gemacht habe, dass Kaira und Jae das Schlimmste widerfahren ist.

Deshalb habe ich letzten Monat jemanden ange-heuert, der nach ihnen sucht. Ich dachte mir, wenn ich schon mit Monstern zu tun habe, kann ich auch eines anheuern, das für mich arbeitet. Ragnar, ein Alpha aus Dänemark, behauptete, er wisse, wie man verlorene Leute findet. Natürlich ging er nicht näher darauf ein, genauso wenig wie ich darauf einging, wie ich ihn durch die giftigen Wälder bringen könnte, wie er es verlangte. Wenn er meine Schwestern findet und zurückbringt, werde ich ihn in den verwunschenen Wald führen, der mit magischen Fallen gespickt ist, die ich aufspüren kann. Es ist gut, zu wissen, dass die einzige Fähigkeit, die meine Mutter mir beigebracht hat, sich als nützlich erweisen wird.

Ein Geflüster kommt von links.

Ich versteife mich, öffne ein Auge und sehe nichts als den leeren Raum, in dem Finn und ich an dem kleinen Tisch sitzen.

"Hast du etwas gesehen?", fragt er.

"Ja", lüge ich, was vielleicht meine neue geheime Fähigkeit ist, denn ich kann hervorragend flunkern.

Sein Atem stockt, aber ich schließe meine Augen noch ein wenig länger, um die Erfahrung zu bestätigen.

Ein Knurren dringt an mein rechtes Ohr, verschwimmt in meinem Kopf, und plötzlich bin ich in der Dunkelheit verloren, verloren in Bildern, die auf meine Gedanken prallen.

Irgendetwas stimmt nicht, und mir stellen sich die Haare auf den Armen auf.

Im Bruchteil einer Sekunde werde ich aus dem Zimmer gerissen und stehe nun mitten im Wald, umgeben von hohen Tannen. Etwas rinnt an meinem Arm entlang, und als ich nach unten schaue, halte ich eine Klinge fest, die in dem weichen Fleisch meiner Brust steckt. Ich überlege kurz, und als ob die Realität mich einholen würde, werden auch der quälende Schmerz und meine Panik stärker. Ich schreie, aber meine Stimme versagt, und mein Körper versteift sich, denn jede Bewegung ist die Hölle. Ich stolpere zurück gegen einen Baum, kaum in der Lage, Luft zu holen. Noch mehr Blut fließt meinen Arm hinunter und bedeckt meine Kleidung.

Was ist hier los?

Ein Knurren kommt von irgendwo aus dem dichten Wald, das Geräusch wird lauter.

Ich reiße meinen Kopf hoch, als Kaira aus dem Schatten tritt, in Pelze gehüllt. Sie studiert mich, ihre Augen sind fast weiß, und auf ihrer Stirn sind vier weiße Punkte, die vom Haaransatz bis zum Nasenrücken reichen. Weitere Punkte sitzen über ihren Augenbrauen. Ich kenne diese Art der Kennzeichnung nicht und weiß auch nicht, woher sie kommt.

Jae tritt ebenfalls aus der Dunkelheit hervor, ihre Haut und ihre Augen sind normal.

"Hilfe", flehe ich.

Kaira bewegt sich nicht, aber Jae stürzt mit großen Augen auf mich zu. "Narah", brüllt sie.

Von rechts kommt eine Bewegung, und ich reiße meinen Kopf in diese Richtung, aber sie ist so schnell, dass ich zunächst nicht begreifen kann, was ich da sehe.

Das Nächste, was ich weiß, ist, dass der größte graue Wolf, den ich je gesehen habe, auf Jae zustürzt und sie zu Boden drückt. Das Tier stößt ein donnerndes Knurren aus, das den Boden unter mir erschüttern lässt.

Jae schreit, stößt ihre Hände gegen die Bestie und tritt ihr in den Bauch.

Kaira lacht nur, und ich verstehe nicht, was da los ist.

"Jae", schreie ich und versuche, mich zu bewegen, aber ich stolpere nur auf die Knie.

Der Wolf beißt ihr in den Hals, so wild, so schnell, dass mir bei dem Geräusch von zerreißendem Fleisch schlecht wird. Ihre Schreie verwandeln sich in gurgelnde Laute. Er zieht sie mit ihrer Kehle im Maul weg, und das Blut spritzt über Kaira, die weiter lacht.

"Jae", murmle ich. Mein Herz krampft sich zusammen.

Sie kann nicht tot sein ... sie kann nicht tot sein.

Ich schlage seitlich auf dem Boden auf, meine Brust krampft, und das Letzte, was ich sehe, ist Kaira, die vor mir kauert und den Kopf zur Seite neigt.

"Du hast dich für die falsche Seite entschieden, Schwester", sagt sie.

Meine Augenlider klappen auf, und ich bin wieder in der Taverne. Unwillkürlich entweicht ein Schrei meinen Lippen. Erschrocken stoße ich mich vom Tisch und von Finn weg. Der Stuhl unter mir kippt nach hinten und reißt mich mit sich. Ich falle um, meine Beine bleiben unter dem Tisch hängen und reißen auch diesen mit. Tarotkarten werden in die Luft geworfen, die Kerze wird quer durch den Raum geschleudert. Alles geschieht so langsam, und doch galoppiert mein Herz, und meine Kehle schnürt sich zu.

Der Tod von Jae.

Mein Tod.

Kaira ....

Nein, nein, nein! Das würde sie nicht tun.

Ich kämpfe mich aus dem Gewirr von Tisch und Stuhl, während Finn das kleine Feuer löscht, das sich auf dem Stoff an den Wänden entzündet hat. Die Stoffe hatte ich angebracht, um dem Raum ein einheitlicheres Aussehen zu geben.

Tränen trüben meine Sicht, ich weiß nicht, was

ich gerade gesehen habe. Ich hatte noch nie Visionen ... noch nie. Das kann nicht das sein, was ich erlebt habe.

Finn ist da und hebt den Stuhl von mir, dann packt er mich am Arm und zieht mich auf die Beine. "Was zum Teufel war das? Du hast die ganze Zeit Jaes Namen geschrien. Siehst du sie als meine zukünftige Partnerin?"

Ich blinzle ihn an, unfähig, klar zu denken. Ich knirsche mit den Zähnen, weil ein Teil der Vision immer noch an mir haftet und sich über meinen Verstand legt. Ich befreie meine Hand aus seinem Griff und wende mich ab.

"Ich muss gehen", murmle ich.

Jaes Tod ist alles, woran ich denken kann, alles, worauf ich mich konzentrieren kann. Ich stolpere zur Tür, der Schrecken blutet in mich hinein.

"Ich habe dich bezahlt, also will ich auch gelesen werden", fordert Finn, schlägt seine Hand auf meine Schulter und seine Finger graben sich in mich. Sie sind wie Stahl und zwingen mich, stehenzubleiben.

Ich drehe mich zu ihm um und schüttle seinen Griff ab, meine Lippen kräuseln sich auf seinen Befehl hin. Wut durchströmt mich, als sich sein angewiderter Blick auf mir niederlässt und sich seine Nasenflügel aufblähen.

Ich krame meine Hände in die Tasche, hole seine Bezahlung heraus und werfe ihm die Münzen zu. Die

Worte gleiten mir aus dem Mund. "Nimm es, denn du wirst deine Schicksalsgefährtin nie finden."

"Du verdammte Hexe", knurrt er, und seine schwielige Hand packt mich an der Kehle und zieht mich zu sich heran, seine Reaktion ist kalt und gnadenlos.

Vielleicht ist es die Angst vor dem, was ich gerade gesehen habe, aber ein neuer Mut überkommt mich, und ich schlage meine Fäuste gegen seine Brust. "Lass mich verdammt noch mal in Ruhe."

Aber mein Angriff ist schwach und unsicher, und ich schaffe es nur, ihn weiter zu verärgern.

Der Bastard brüllt und lässt mich los, woraufhin er mich an den Haaren packt. Er zerrt mich quer durch den Raum zu dem umgestürzten Tisch. "Ich zeige dir, wie deine Bestrafung aussehen wird."

Ich verpasse ihm einen Schlag nach dem anderen in den Arm, damit er mich loslässt, während ich hinter ihm her stolpere. Plötzlich rauscht etwas an mir vorbei, eine Explosion aus Luft prallt gegen meine Seite.

Finns Griff lockert sich, und ich entziehe mich seinem Griff. Erst dann bemerke ich, dass jemand anderes den Raum betreten hat. Jemand, der groß ist und sich wie ein Sturm bewegt. Er stürzt sich mit solcher Geschwindigkeit auf Finn, dass er durch die Holzwand geschoben wird. Aber der Angreifer, ein

Mann, der groß genug ist, um ein Bär zu sein, geht erneut auf ihn los und reißt ihn zurück, bevor er sein Genick packt und es bricht.

Das Brechen der Knochen ist laut und präzise. Es geht alles so schnell.

Ich kann nicht anders, als nach Luft zu schnappen, als Finns Körper tot zu Boden sinkt.

Zitternd weiche ich zurück, als der Angreifer sich zu mir umdreht, seine Hände abwischt und stolz grinst. Der Mann ist über zwei Meter groß, hat überall Muskeln und lächelt wie ein Verrückter. Blondes Haar fällt ihm tief über die Stirn, und seine stechenden haselnussbraunen Augen treffen auf meine. Ich sollte ihn nicht anstarren, aber er ist mehr als schön mit seinen starken Gesichtszügen. Außer, dass er gerade Finn getötet hat.

Wäre ich nicht schon verängstigt, wäre ich vielleicht vor diesem Wolfswandler in Ohnmacht gefallen, gegen den ich keine Chance hätte. Ich spüre die Energie seines Körpers, die Wellen der Elektrizität, die mir immer den Rücken hinuntertanzen, wenn ich in der Nähe eines Alphas stehe.

"Ist sie das?", fragt er lächelnd. Seine Frage verwirrt mich noch mehr.

"Du hast ihn umgebracht! Wer zum Teufel bist du?" Eine Gänsehaut läuft mir über die Arme.

"Falsche Frage", antwortet eine tiefe Männerstimme hinter mir. Ich drehe mich auf der Stelle um und stehe drei Männern gegenüber. Jeder ist genauso groß wie der andere, sie sind eine Wand aus Muskeln, mit starken Gesichtszügen und einem Aussehen, das mir sagt, dass sie nicht aus diesem Land stammen. Aber einen dieser Alphas erkenne ich sofort.

Alles schmilzt dahin, zurückbleibt nur die Hoffnung, dass der Mistkerl vor mir vielleicht meine Schwestern gefunden hat.

"Ragnar!"

ZWEI

Ich stehe in dem verwüsteten Raum und beobachte Narah von dem Moment an, als der tote Wolf es für in Ordnung hielt, sie durch den Raum zu zerren, um sie zu bestrafen. Ich bin mit dem Ablauf vertraut. Wenn der Wolf nicht bekommt, was er will, nimmt er sich etwas anderes von einem Omega. Ja, das ist der verdammte Kreislauf des Lebens. Aber heute treibt mir dieser Scheiß die Frustration in die Stirn.

Also habe ich Crius gebeten, das Problem zu lösen. Ich lasse nicht jeden umbringen, aber wenn sich mir ein Bastard in den Weg stellt, schneide ich einfach durch, um zu bekommen, was ich will. In diesem Fall: Narah.

"Ragnar", wiederholt sie meinen Namen, als ob ich sie beim ersten Mal nicht gehört hätte. Die kleine

Füchsin steht mit einem Schock im Gesicht da, ihre bernsteinfarbenen Augen leuchten fast, ihre vollen Lippen sind geöffnet, und ich kann nicht anders, als mich zu fragen, wie sie wohl schmecken würden. Ihr Duft vermischt sich mit dem Geruch des Feuers im Raum. Ich könnte mich leicht dem Mädchen mit dem herzförmigen Gesicht und den Feueraugen hingeben. Sie blicken an meinem Körper hinunter und wieder hinauf, ihre Faszination für mich ist offensichtlich.

Seit ich Narah getroffen habe, fesselt sie meine Gedanken über die normalen lustvollen Gedanken hinaus. Sie hat etwas an sich, das ich nicht genau benennen kann, und es ist nicht die Kaskade von Haaren in der Farbe von Raben, die ihr perfekt bis zur Taille fällt. Oder, dass ich nicht aufhören kann, das Heben und Senken ihrer Brust zu beobachten.

Mein Inneres zieht sich jedes Mal zusammen, wenn ich die Verletzlichkeit in ihrem Gesichtsausdruck und in ihren großen Rehaugen sehe. Es ist, als ob die ganze Welt ihr so viel Unrecht angetan hat, dass sie bereits akzeptiert hat, dass die Dinge bis zum Ende beschissen sein werden.

Wie lange ist es her, dass ich mich dafür interessierte, warum ein Omega verärgert war? Jahre?

Das hält mich nicht davon ab, die Kurve ihres porzellanweißen Halses zu bewundern, die sich bis zu ihren Brüsten hinunterzieht, die mit jedem

Atemzug gegen ihr geschnürtes Mieder drücken. Oder die Art, wie ihre schwarze Hose ihren Hintern und ihre Schenkel umschließt. Scheiße, am liebsten hätte ich sie nackt und um mich herum. Was auch immer es ist, sie hat mich in ihren Bann gezogen, und zwar über den üblichen zweiten Blick hinaus, den ich Omegas als potenzielle Bettgefährtinnen zugestehe.

"Hallo, Narah. Ich bin hier, um deinen Teil des Deals einzufordern."

Sie tritt vor, als wären allein meine Worte wie ein unsichtbares Band mit ihr verbunden. "Du hast also meine Schwestern gefunden?" Der Eifer in ihrer Stimme lässt mich scharf einatmen, und in meinem Kopf wirbelt die Wahrheit herum, von der ich weiß, dass sie sie nicht gut aufnehmen wird.

"Komm mit mir und wir können reden."

Sie rümpft die Nase und strafft die Schultern. "Nein, sag es mir jetzt. Hast du meine Schwestern gefunden oder nicht? Das ist doch keine schwere Frage." Ihre Stimme ist scharf, aber ich höre die Sprödigkeit hinter den Worten.

"Wir werden unter vier Augen sprechen", wiederhole ich.

Sie starrt mich ungläubig an, dann auf meine drei Männer und auf den Klumpen eines Wolfs-wandlers an der zertrümmerten Wand. Sie zieht die Stirn in Falten.

"Was ist hier los, Ragnar? Wer sind die Männer bei dir? Und warum hast du Finn getötet? Scheiße, er war mein am besten zahlender Kunde."

"Welche Frage soll ich zuerst beantworten?" Sie ist mutiger geworden, seit ich sie vor einigen Wochen das letzte Mal gesehen habe, was in einer Welt, in der die meisten Frauen schüchtern sind und auf die Knie fallen, um Alphas zu gehorchen, recht erfrischend ist. Vielleicht tut ihr das Leben in einer gesetzlosen Stadt gut. Ich mag Herausforderungen, und ich frage mich, ob sie der Aufgabe gewachsen ist.

Sie blickt zu dem toten Mann hinüber.

"Was ist schon ein Beta weniger auf dieser Welt?", antworte ich. "Und das sind meine Männer, Crius" - ich zeige auf den Mann hinter ihr, dann wende ich meine Aufmerksamkeit nach links und rechts - "Nikos und Stone".

Crius geht um sie herum und studiert sie wie ein Geier seine Beute. Der Kerl verspottet gerne jeden, den er kriegen kann, und das ist eine tolle Ablenkung für mich. "Wir haben dir einen Gefallen getan." Er streicht sich mit seiner mit Ringen verzierten Hand über die Kieferpartie und das Kinn bis zum Bart. "Du solltest uns danken." Er streicht ihr von hinten eine Locke ihres dunklen Haares aus dem Gesicht und atmet kurz ein.

"Ja, genau." Sie dreht sich von ihm weg, ihr Haar

entgleitet seinem Griff, ihr Blick verspricht Vergeltung, während sie sich von ihm abwendet.

"Ich kann mir einige Möglichkeiten vorstellen", fährt er unbeirrt fort. Er ist sehr hartnäckig.

Sie zittert nicht in seiner Gegenwart, was ich bewundere, obwohl es eine dumme Entscheidung ist, Crius den Rücken zuzuwenden. Aber sie muss auch wissen, dass ich nicht zulassen werde, dass ihr etwas zustößt, obwohl wir noch eine Rechnung offen haben. Von dem Moment an, als wir uns vor Wochen in der Taverne unterhielten, nachdem sie mein Gespräch mit dem Barkeeper über die tödlichen Giftwälder belauscht hatte, ahnte ich, dass sie keine gewöhnliche Omega ist. Niemand betritt diesen Wald, wenn er nicht sterben will, aber sie bot mir die Möglichkeit, in den Wald zu reisen, und das habe ich ernst genommen.

Sie lümmelt sich auf ein Bein und wendet ihren spöttischen Blick von Crius zu mir. "Es ist eine schlechte Idee, Finn zu töten. Der Sheriff in der Stadt ist ein schießwütiger Verrückter und hasst Kämpfe, aber lass dich von mir nicht davon abhalten, dich von ihm erschießen zu lassen. Tu dir keinen Zwang an."

"Ragnar, hast du das gehört? Sie macht sich Sorgen um uns." Crius legt eine Hand auf seine Brust, um einen Schock vorzutäuschen, und Stone neben mir kichert. "Können wir sie behalten? Sie ist so niedlich", gurrt Crius, während mein anderer Wächter an meiner Seite, Nikos, stöhnt. Er hat bei vielen Dingen keine Geduld.

"Narah, komm mit mir", befehle ich. "Meine Männer werden das Chaos aufräumen, als wäre nie etwas passiert."

"Erst, wenn du mir von meinen Schwestern erzählst." Sie macht keine Anstalten, sich mir anzuschließen, also packe ich sie am Arm und ziehe sie nach draußen in die Haupttaverne, wobei sich die Tür hinter uns schließt.

"Lass mich los", zischt sie und zerrt an meinem Griff, aber ich bin noch nicht bereit, sie loszulassen.

Alphas und Betas sind in der Taverne in alle Richtungen verteilt, die meisten betrunken, andere mit Frauen auf dem Schoß, sodass uns niemand Beachtung schenkt.

Ein paar schnelle Schritte und wir sind draußen in der Nachmittagssonne, der Wind wirbelt den Staub auf der Straße auf. Alte Holzhäuser stehen um uns herum. Es ist keine große Stadt, aber genug für eine Rast, Essen und Ficken für die Passanten. Wir haben auch ein paar solche Orte in Dänemark.

"Lass mich los." Narah reißt ihren Arm von mir, ihr schiefer Blick ist bereit, mich bei lebendigem Leib zu häuten. "Hast du meine Schwestern gefunden oder nicht? Wenn nicht, gib mir meine Brosche zurück, und wir sind fertig damit, dass du meine Zeit verschwendest." Sie spricht so frei, als hätte sie noch nie das Kommando eines Alphas gespürt, aber ihre Stimme zittert, und ihr Blick tastet ständig die Gegend um uns herum ab.

Ich beuge mich vor, nehme ihren Arm und ziehe sie zu mir, sodass wir nur einen Atemzug voneinander entfernt stehen. Sie ist so viel kleiner als ich, so nah, ihr Kopf reicht mir bis zur Nase, und wenn jemand anders so mit mir sprechen würde, hätte man ihn schon in einen Fluss geworfen. Aber sie hat etwas, das ich dringend brauche. Magie. Eine Wölfin mit Magie macht mich neugierig, denn sie sind eine Besonderheit. Außerdem mag ich ihren Duft sehr, ich atme ihn ein, er weckt meinen Wolf und gibt ihm etwas, wonach er sich sehnt.

Ich räuspere mich und erinnere sie: "Du und ich haben eine Abmachung getroffen, und das bedeutet zwei Dinge. Erstens, ich halte immer meinen Teil der Abmachung ein. Zweitens: Du hast dich unter meinen Schutz gestellt, bis wir unser Geschäft abgeschlossen haben. Bis dahin kann ich dir das Leben zur Hölle machen, oder wir können so tun, als ob wir miteinander auskommen. Es liegt an dir, aber ich bin sicher, dass du keine Probleme machen wirst, oder?"

Sie versteift sich gegen mich, zerrt an ihrem Arm und starrt mich mit starrem Blick an. "Wo sind meine Schwestern?", zischt sie, dann befreit sie sich aus meinem Griff.

Ich schlage zu, packe ihr Handgelenk und hebe ihre behandschuhte Hand zwischen uns. "Ist das der Ort, an dem du deine Magie aufbewahrst, Wolfsmädchen?"

Ihre Augen weiten sich, und sie reißt sich aus meinem Griff los, was mir ein Lachen entlockt. Sie hat etwas Rätselhaftes an sich, und je mehr wir uns streiten, desto mehr möchte ich sie immer weiter drängen und schubsen. Ich sollte mir nicht die Mühe machen, aber zu behaupten, sie würde mich nicht faszinieren, wäre eine glatte Lüge.

"Wenn ich überlege, wie du ständig das Thema wechselst, sagt mir das zwei Dinge", entgegnet sie grinsend. "Erstens: Du hast bei der Suche nach meinen Schwestern versagt. Zweitens hoffst du, mich ablenken zu können, denn ich muss eine Idiotin sein, die dir für die Hilfe vorhin dankbar sein sollte."

"Touché, kleine Füchsin, aber lass uns ein paar Dinge klären, ja?", antworte ich in einem ruhigen und gleichmäßigen Ton. Ich richte meine Aufmerksamkeit auf das dreistöckige Gasthaus auf der anderen Straßenseite der Taverne, und sie folgt meinem Blick zum Fenster im obersten Stockwerk. Der Vorhang ist zurückgezogen, und hinter dem geschlossenen Fenster steht Jae, winkt wie verrückt und schlägt mit der anderen Faust gegen das Fenster, um unsere Aufmerksamkeit zu erregen. Neben ihr verweilt einer meiner Männer, der verdammt gelangweilt aussieht.

"Jae", keucht sie, ihr Körper zittert, und als sie mich wieder ansieht, laufen ihr Tränen über die Wangen. Ich bin nicht oft überrascht, aber diese Reaktion trifft mich völlig unvorbereitet. Es ist selten, dass man in dieser Welt solche emotionalen Verbindungen sieht. Zu Hause habe ich meine Eltern nie weinen sehen, nicht einmal, als meine Schwester gewaltsam entführt und im Rahmen eines Abkommens zwischen unseren Clans an den Feind übergeben wurde.

Als mein Griff nachlässt, verziehen sich Narahs Lippen zu einem Lächeln, und als Nächstes reißt sie sich los und sprintet zum Vordereingang des Gasthauses. Sie verschwindet darin.

Ich dränge mich hinter ihr her, folge ihr in das Gebäude und gehe die Treppe hinauf. Das Klopfen ihrer schnellen Schritte auf der Treppe darüber verursacht ein immer stärkeres Ziehen in meiner Brust. Ich bezweifle, dass meine Familie jemals eine solche Begeisterung zeigen würde, mich zu sehen. Aber scheiß auf sie. Sie sind der Grund, warum ich in Rumänien bin, um mein eigenes Territorium abzustecken, um einen Weg zu finden, meine Schwester zu retten, weil meine Eltern einen Scheißdreck tun, um ja den feindlichen Wolfsclan nicht zu verärgern.

Mit der kleinen Gruppe von Anhängern, die ich

gewonnen habe, kann ich mein eigenes Territorium etablieren, da der gesamte nördliche Teil Rumäniens, der Wilde Sektor, keiner bestimmten Gruppe gehört. Ich habe mir hohe Ziele gesteckt und werde nicht nachgeben, und soweit ich sehen kann, liegt das Einzige, was zwischen mir und meinen Zielen steht, in den giftigen Wäldern.

Hier kommt meine kleine Füchsin ins Spiel.

Als ich das Zimmer erreiche, das wir für ihre Schwester Jae gemietet haben, springt Narah auf sie zu und zieht ihre Schwester in ihre Arme. Die beiden umarmen sich fest und Schniefen erfüllt den Raum.

Rai begegnet meinem Blick, und ich winke ihm mit der Hand, damit er vor dem Zimmer wartet.

Narah löst Jae aus ihrer Umarmung. Sie wischt sich die Tränen weg und streicht sich die Haare aus dem Gesicht. "Ich habe dich wie verrückt vermisst. Ich habe mir solche Sorgen gemacht."

Jae blinzelt schnell. "Die Dinge, die ich erlebt habe, Narah, werden dir den Kopf verdrehen. Im Süden gibt es so viele Zombies, dass es beängstigend ist, aber ich habe ein Mädchen getroffen, Meira, im Schattenland-Sektor, und sie ist immun gegen sie. Kannst du das glauben?" Sie redet so schnell, lächelt und weint. "Es ist so schön, wieder zu Hause zu sein." Sie wirft sich wieder in Narahs Arme.

Das letzte Mal, als ich es sah, steckte das Rudel des Schattenland-Sektors tief in der Scheiße zwischen den Zombies und einem Verrat von jemandem aus den eigenen Reihen. Ich hatte ihrem Alpha, Dušan, ein Versprechen gegeben, denn ich bin nicht herzlos. Er räumt in seinem Gebiet auf, sonst werde ich bei meinem nächsten Besuch auch seinen Sektor für mich beanspruchen und über ganz Rumänien herrschen. Außerdem habe ich ihm gesagt, dass ich das Alphatier des wilden Sektors, des nördlichen Teils von Rumänien, bin. Und ich will mich nicht als Lügner aufspielen.

"Bitte sag mir, dass du nicht gebissen wurdest?" Narah hält Jaes Arme fest und untersucht sie auf Verletzungen.

Jae schüttelt den Kopf.

Ich räuspere mich, um ihre Aufmerksamkeit zu erregen. "Wir brechen bei Tagesanbruch auf. Jae wird hier unter dem Schutz meiner Männer bleiben, bis wir zurückkehren. Ihr wird kein Leid geschehen. Du wirst die Nacht hier mit Jae verbringen." Ich wende mich zum Gehen, als hinter mir Schritte auf die Holzdielen klopfen.

"Ragnar", ruft Narah mich.

Ich wende mich ihr zu.

"Danke." Sie wirft ihre Arme um meinen Hals, ihr Körper schmiegt sich sanft an meinen, ihre Brüste drücken sich an meine Brust. Mein Puls springt an wie ein alter Motor, mein Schwanz zuckt. Ihr verlockender, verführerischer, süßer Honigduft wirbelt wieder herum und durchdringt jeden Zentimeter von mir. In meinem Kopf und meinen Nasenlöchern ... in meinen Adern und meinem Schwanz.

"Schon in Ordnung", sage ich, als sie weggleitet. Ich trete von ihr weg und verlasse den Raum, während mir die Hitze den Rücken hinaufkriecht.

Die Sache ist die, dass Alphas und Omegas dafür gemacht sind, zusammenzukommen, unsere Körper sind chemisch kompatibel für den Akt der Paarung. Es ist so ursprünglich und roh, aber ich habe mir seit dem ersten Mal, als ich sie traf, vorgenommen, dass ich mich auf die Mission konzentrieren würde, bis ich bekomme, was ich will. Ich mache mir keine Illusionen darüber, dass wir vom Schicksal begünstigt werden können. Diese Bestie ist vom Tisch, denn ich hatte meine Gefährtin schon in Dänemark getroffen, und das Miststück hat mich verraten. Was ich für Narah empfinde, ist animalische, reine Lust.

Eine sanfte Berührung stupst mich im Rücken an, und ich drehe mich auf dem Flur vor dem gemieteten Zimmer um. Es ist Narah. Sie macht die Tür zu, damit ihre Schwester nichts hören kann.

"Was ist mit Kaira?" Sie hält sich tapfer. Natürlich besteht sie jetzt darauf, es zu erfahren.

"Wie ich schon sagte, ich halte immer mein Wort." Ich greife in meine Tasche und hole die Brosche heraus, dann gebe ich ihr das Schmuckstück zurück, das ich Jae gezeigt hatte, damit sie mir vertrauen konnte, als ich sie im Schattenland-Sektor gefunden hatte. Ich habe alles in meiner Macht Stehende getan, um Kaira zu finden, aber ich habe es nicht geschafft.

Sie nimmt das Stück mit zittriger Hand, als wüsste sie, dass ich keine guten Nachrichten zu überbringen habe.

"Die Sache ist die", beginne ich. "Jae war ganz im Süden, in den transsilvanischen Wäldern, und sie hatte sich mit dem Omega des Rudels des Schattenland-Sektors angefreundet. Ich kann nur vermuten, dass deine andere Schwester auch in der Nähe war." Ich halte inne und versuche, Worte zu finden, die für sie leichter zu verdauen sind.

Sie starrt mich mit einem Blick an, der mir das Herz zerreißt. Wie lange ist sie schon in dieser beschissenen Welt und kümmert sich mehr um ihre Schwestern als um sich selbst?

Ich ignoriere das Trommeln meines Herzens und sage: "Wir haben jemanden gefunden, der Kaira gewesen sein könnte oder auch nicht."

Ihre Augen verengen sich. "Was soll das heißen?" Ihre Worte beben. Ich hasse es, ihr solche Nachrichten zu überbringen, aber ich zucke nicht mit der Wimper, während ich sie töte. Aber ich habe keinen Grund, ihr die Information vorzuenthalten, und wenn sie darauf besteht, dann gehört die Wahrheit ihr.

"Im südlichen Teil Rumäniens wimmelt es von Zombies, und das Mädchen, das wir sahen, war von den Infizierten halb aufgefressen worden, sodass es wie gesagt schwer war, ihre Identität zu erkennen. Sie schien jung und hatte kastanienfarbenes Haar." Ich zucke mit den Schultern. "Könnte jeder sein."

"Also." Ihr Gesicht wird blass, und die Räder in ihrem Kopf drehen sich. Selbst die kleine Geste, den Blick zu senken und die Schultern nach vorne zu ziehen, zeigt, dass sie versucht, sich selbst davon zu überzeugen, dass es nicht wahr ist.

"Und?", frage ich. Ihre Hoffnung, selbst in dieser beschissenen Welt, macht mich sprachlos.

Sie hebt den Kopf. "Das heißt aber nicht, dass es Kaira war."

"Nein, aber ich wollte es erwähnen, weil wir sie nicht finden konnten."

Etwas blitzt in ihren Augen auf, während meine Augen ihre festhalten, aber sie sagt kein Wort. Stattdessen zieht sie ihre Unterlippe zwischen die Zähne und knabbert sanft daran, als wäre sie plötzlich meilenweit weg. Narah entfernt sich leise von mir, öffnet die Zimmertür und geht hinein, um mich auszuschließen.

Ich stehe ein paar Augenblicke da und starre auf die Tür, weil ich das nicht zu meinem Problem machen muss. Ich bin kein Narr. Ich weiß, dass sie sich selbst auf die Suche nach ihrer anderen

Schwester machen wird, und das kann sie auch gerne tun, aber nicht bevor sie ihren Teil der Abmachung erfüllt hat. Ich hasse es, Aufträge nur halb zu erledigen, aber einer meiner Männer hat die Fähigkeit, Menschen aufzuspüren, und Kaira war nicht aufzufinden. Höchstwahrscheinlich ist sie tot, aber ich werde Narah nicht darauf ansprechen und ihr die letzte Hoffnung nehmen, die sie noch hat.

Flüstern und gedämpfte Schreie erreichen mich aus dem Zimmer. Ich habe genug Probleme in meinem eigenen Leben, um die Welt darin zu ertränken. Ich kämpfe damit, ihren Geruch aus meiner Nase zu bekommen und wegzugehen. *Ich muss sie aus meinem System entfernen. Und zwar sofort.*

Ich gehe die Treppe hinunter, weil ich frische Luft und eine lange Nacht mit Getränken und Essen brauche, um mich auf unsere Mission vorzubereiten. Rai ist unten am Haupteingang und hält Wache.

"Keine von ihnen darf gehen, bis ich Narah morgen früh abhole."

Er nickt.

Ich marschiere über die staubige Straße und zurück in die Taverne. Ich muss Narah aus meinem verdammten Kopf bekommen, bevor ich beschließe, dass sie mir gehört, um sie vor der Welt zu verstecken, um sie zu zerfleischen, bis ich mich völlig verliere.

DREI

"**K**önnen wir Narah vertrauen?", fragt Nikos, der sich auf dem Stuhl in der Taverne räkelt. Sein Blick wandert über den Tisch, von mir zu Ragnar, und landet schließlich bei Crius. Hinter seinen grünen Augen verbirgt sich wie immer Dunkelheit, und ich hasse es, dass ich nie an seinem Gesichtsausdruck erkennen kann, was er denkt. Ich hatte immer das Gefühl, dass er grüblerisch ist, aber nach außen hin zufrieden wirkt und seine Worte und sein Lächeln nur eine Maske sind. Aber wer bin ich, Ragnars Stellvertreter infrage zu stellen?

"So, wie ich das sehe", fährt er fort, "hat sie ihre Schwester wieder, was sollte sie also davon abhalten, uns in eine Falle zu locken?"

"Hast du Angst vor einem kleinen Mädchen?"

murmelt Crius, bevor er einen weiteren Schluck Bier aus seinem Becher nimmt. "Als ich sie das letzte Mal überprüft habe, war sie keine vollwertige Hexe, sondern eine von uns, und hmm, mal sehen, sie sucht immer noch nach ihrer anderen Schwester, nach der wir nach unserer Mission wohl weitersuchen werden."

"Oder noch besser", fügt Ragnar hinzu, "wenn sie während unserer Mission zurückkehrt, um Jae zu holen, wird Rai ihnen beiden die Kehle durchschneiden. Sie wird nicht von unserer Seite weichen, bis wir unsere Aufgabe erfüllt haben."

"Das ist fair." Ich hebe meinen Becher, denn egal wie sehr ich diese Omega beugen und ficken möchte, sie ist ein Gefäß, das wir zu unserem Vorteil nutzen können. "Skål", wiederhole ich dreimal.

Alle jubeln und wir stoßen unsere Becher zusammen, das Bier schwappt über die Ränder und läuft uns die Hände hinunter. Ich trinke den ganzen Becher in ein paar Schlucken aus, dann knalle ich ihn auf den Tisch. "Mehr."

Ich sehe Nikos' verdrehten Gesichtsausdruck, als hätte er seinen Standpunkt noch nicht zu Ende gedacht, und er gibt mir recht, als er sagt: "Wir haben alle Geschichten über Hexen gehört, über die Leben, die sie mit ihrer Magie gestohlen haben. Ich will damit nur sagen, dass wir vorsichtig sein müssen, da wir das volle Ausmaß ihrer Fähigkeit nicht kennen."

"Gutes Argument", gibt Ragnar zu. "Aber die kleine Füchsin ist nicht die Einzige mit Fähigkeiten unter uns." Er blickt in meine Richtung, und ich stähle mich. Die geringe Macht, die ich besitze, ist nicht einmal mit der einer Hexe oder gar eines Verfluchten vergleichbar. "Und sie wird unsere geringste Sorge sein, wenn wir die wirkliche Gefahr im Wald erreichen. Wenn überhaupt, wird sie vielleicht eine gute Verbündete sein." Er grinst und trinkt sein Bier aus.

Crius lehnt sich vor und drückt seinen Bauch an die Tischkante. "Sag mir, dass du davon sprichst, sie für dich zu gewinnen, denn ich bin bereit für einen Fünferfick mit ihr."

Nikos stöhnt. "Eher schneide ich dir das Herz heraus, als dass ich jemanden gleichzeitig mit dir ficke."

Die Mundwinkel von Crius ziehen sich mit finsterer Absicht nach oben, seine Hand greift nach unten und tastet nach seinem Schwanz in der Hose. "Du machst diesen komischen Scheiß mit deinem Auge, Nikos, es zuckt. Bekommst du einen Anfall, wenn du daran denkst, in ihre süße Muschi zu gleiten?"

"Fick dich", bellt Nikos, zieht die Schultern hoch und sieht aus, als wolle er sich über den Tisch stürzen. Es wäre nicht das erste Mal, dass die beiden einen Streit beginnen, der eine ganze Taverne in ein Schlachtfeld verwandelt. Kriege und Wut verbreiten sich wie ein Lauffeuer.

Ragnar beobachtet sie mit einem amüsierten Grinsen, und während ich die Show normalerweise genießen würde, spüre ich heute Abend, wie sich Unbehagen in meinem Rücken breitmacht. Meine Muskeln versteifen sich bei dem, was kommt, und das hat nichts mit dem verfluchten Mädchen zu tun, sondern damit, wohin wir gehen.

Die giftigen Wälder sind ein Synonym für den Tod. Niemand geht hinein und kommt unversehrt wieder heraus. Eine Geschichte erzählt von einem Dutzend Alphas, die dort hineingingen, und nur einer von ihnen schaffte es hinaus, sich gerade noch so am Leben haltend. Er sprach von den anderen, die zurückgelassen wurden, als wären sie nichts weiter als ein Haufen Asche, den ein unsichtbarer Angreifer hinterlassen hat.

Ich schüttle das Grauen ab, das schneller in mir aufsteigt als der eisige Wind zu Hause. Angst ist ein Weg zur dunklen Seite, und ich werde sie nicht zulassen. Schließlich macht die Angst den Wolf größer, als er ist. Ich habe das zu oft erlebt, als ich im Ulv-Rudel aufwuchs, wo die Anführer ein erschreckendes Bild von ihren Kriegern malten, um den Feind zu verängstigen. Die Hälfte der Zeit hat es funktioniert. In der anderen Hälfte kämpften wir wie die Teufel, für die sie uns hielten.

"Bist du bereit für morgen?", fragt mich Ragnar.

"Natürlich, Cousin. Du weißt, ich werde an deiner Seite nach Niflheimr reisen, wenn es nötig ist."

Er lacht übermütig und klopft mir mit der Hand auf die Schulter. "Deshalb bist du in meinem Team, Stone. Wir haben schon so viel zusammen durchgemacht. Haben endlose Schlachten geschlagen."

"Und mit unzähligen Omegas geschlafen." Ich lache. An manchen Tagen wäre ich froh, wenn es nur ihn und mich im Rudel gäbe, so wie früher, als wir in Dänemark aufgewachsen sind.

Ragnars Vater und meiner sind Brüder, und für mich ist Ragnar wie der Bruder, den ich nie hatte.

Ein Schatten fällt über uns. Ich drehe meinen Kopf und sehe, wie der Besitzer der Taverne eine große Platte mit Essen zu unserem Tisch trägt. Der Geruch von Braten und Gemüse lässt mir den Atem stocken. Unser Tisch füllt sich schnell mit Tellern voller Essen.

"Wo das herkommt, gibt es noch mehr", sagt er uns. Seine roten, runden Wangen und sein dicker Bauch sprechen von einem Mann, der Freude am Essen findet.

"Du bist zu großzügig", antwortet Ragnar.

Crius stürzt sich darauf, und wir essen alle direkt

von der Platte. Der Barkeeper kommt bald mit mehr Bier zurück.

Ragnar bestückt einen Teller mit einem gefüllten Brathähnchen, einer Portion Brot und Kartoffeln, und als er aufsteht, weiß ich genau, wohin er geht. Unser Alpha mag ein skrupelloser Bastard sein, aber wenn es um die geht, die unter seinem Schutz stehen, kennt seine Loyalität keine Grenzen. Wenn du dich mit ihm anlegst, wird er zu dem Dämon, der deine Seele holen will.

Ich stehe auf und greife nach dem Tablett in seinem Griff. "Ich bringe es zu den Mädchen. Du isst. Aber lass die beiden nicht das ganze Spanferkel essen." Wir sehen beide zu Nikos und Crius hinüber, die das zarte Fleisch verschlingen und nicht einmal bemerken, dass wir vom Tisch aufgestanden sind.

"Vielleicht ist es zu spät", scherzt Ragnar und reicht mir den Teller. Ich schnappe mir ein paar der Gabeln und verschwinde.

Die beiden Wachen vor dem Gasthaus sitzen auf der Treppe und genießen ihren eigenen Teller mit Essen. Ragnar sorgt immer dafür, dass alle, die ihm unterstellt sind, zu essen bekommen. Das ist eine Eigenschaft, die er von seinem Vater in Dänemark übernommen hat. Ein Ort, den Ragnar gerne hinter sich lassen möchte. Das Land ist in der Tat zweigeteilt und wird von zwei sehr unterschiedlichen Alphas regiert. Der Norden wird von Ludvig, dem nordischen Sektor-Alpha aus dem X-Clan-Rudel, kontrolliert, während der Süden in den Zuständigkeitsbereich von Frode fällt, dem Wikinger-Alpha der Ulv-Wölfe und Ragnars Vater.

Oben klopfe ich an die Tür, und Narah öffnet sie sofort. Sie trägt ein locker sitzendes blaues Hemd und eine enge Hose, ihr Haar ist nass und aus dem Gesicht gestrichen. Sie trägt immer noch schwarze Handschuhe. Ihr Blick fällt auf den Teller mit dem Essen, während Jae vom anderen Ende des Raumes herbeieilt.

"Wurde auch Zeit, wir sind am Verhungern. Gib das her."

Ich biete Jae das Tablett an, das sie gierig annimmt, und als Narah sich in den Raum zurückzieht, ohne sich zu bemühen, mir die Tür vor der Nase zuzuschlagen, nehme ich das als Einladung, einzutreten. Ich schlage den Kragen meines Mantels hoch und trete ein.

Jae sitzt auf dem Bett, die Beine übereinandergeschlagen, den Teller vor sich, und reißt bereits mit bloßen Händen an dem Fleisch. Ihr braunes Haar liegt in einem Zopf über einer Schulter, die Sommersprossen auf ihrer Nase und ihren Wangen werden im flackernden Kerzenlicht noch bunter. "Stone, leistest du uns Gesellschaft?"

Ich lächle zurück. Nachdem ich in den letzten Wochen mit ihr gereist bin, ist sie mir ans Herz gewachsen. Wie eine nervige Schwester eben. "Das Essen gehört dir."

Sie zuckt mit den Schultern. "Dein Pech, aber beschwer dich nicht, dass ich dir nichts zu essen anbiete." In ihren Worten schwingt Sarkasmus mit, der von einem kleinen Zwischenfall in den Wäldern während unserer Reise von Süden nach Norden herrührt. Eines Abends, als wir auf der Jagd nach unserer gemeinsamen Mahlzeit waren, fing Jae ein Kaninchen, kochte es und aß es, noch bevor wir mit unserem Fang in die Höhle zurückkehrten. Dann wollte sie ihren Anteil an unserer Mahlzeit. Sie bekam ihn nicht, aus Prinzip. Sie ist ein gerissenes junges Mädchen, das auf die harte Tour gelernt hat, wie man in diesem tückischen Land überlebt, aber ich kann sie nicht hassen. Sie erinnert mich zu sehr an Hel, die junge Schwester von Ragnar. Rechthaberisch, forsch und eine Kämpferin, selbst wenn sie einem Gegner gegenübersteht, der dreimal so groß ist wie sie.

Die Erinnerung an den Verkauf von Hel schmerzt mich. Selbst nach all den Jahren habe ich keinen Frieden mit den Entscheidungen des Alphas in der Heimat gefunden.

Narah mustert mich aufmerksam, und je länger sie das tut, desto mehr sage ich mir, dass ich aus ihrem Zimmer gehen sollte. Selbst in ihrem locker sitzenden Hemd kann ich die Kurve ihres Hinterns von vorhin nicht vergessen, den Schwung ihrer Brüste und ihr wunderschönes, langes, pechschwarzes Haar.

Wenn ein Omega, die verdammt heiß ist, auch noch so angezogen ist und meinen Schwanz zum Stehen bringt, dann belüge ich mich selbst, wenn ich denke, dass hier nichts los ist.

Nur muss ich im Kopf behalten, dass sie unser Schlüssel zu den Wäldern ist. Ragnar würde mir mit einer Axt den Kopf abschlagen, weil ich seine Chance, den nördlichen Teil Rumäniens zu erobern, zunichtegemacht habe.

Wenn der Deal abgeschlossen ist, kann man sie für sich beanspruchen, da sie dann nicht mehr unter Ragnars Schutz steht.

"Ich habe viel davon gehört, dass ihr vier euch um meine Schwester gekümmert habt", sagt Narah, und ihre bernsteinfarbenen Augen durchbohren mich, als wüsste sie mehr über unsere Reise aus dem Süden als ich selbst.

"Allein hätte sie nicht lange durchgehalten."

"Hey", ruft Rae vom Bett aus. "Ich hatte meine Freundin Meira."

Ich hebe mein Kinn in ihre Richtung. "Und als wir sie das letzte Mal gesehen haben, wurden Meira und die drei Alphas in ihrer Begleitung aus ihrem eigenen Rudel geworfen, was nichts Gutes für ihr Überleben verheißt."

Sie wischt sich die fettigen Lippen ab. "Du irrst dich. Ich bezweifle nicht, dass sie ihre Heimat zurückerobert haben."

An manchen Tagen frage ich mich, wie viel einfacher das Leben wäre, wenn ich so sehr an das Gute im Menschen glauben würde wie Jae.

"Ich lasse euch beide besser allein, damit ihr euer Essen und eine angenehme Nachtruhe genießen könnt", sage ich zu Narah.

Sie sitzt am Ende des Bettes und beäugt das Messer an meinem Gürtel. "Was weißt du über die giftigen Wälder?" Die Art und Weise, wie sie mich fragt, ist anders als ihre bisher abweisende Haltung und klingt eher besorgt.

"Das könnte ein Selbstmordkommando sein. Aber genau da kommst du ins Spiel."

Sie blinzelt, ihr Gesichtsausdruck ist leer, was mich teilweise beunruhigt. Ich hatte eine großspurige Antwort erwartet, dass es einfach sei, aber ihr Schweigen verrät, dass die Mission auch ihr Angst macht.

"Du bist doch auf den Wald vorbereitet, oder?", frage ich.

Sie senkt den Blick auf ihre behandschuhten Hände in ihrem Schoß, dann richtet sie ihren Blick auf meinen. "Vorbereitet zu sein und bereit zu sein, sind zwei sehr unterschiedliche Dinge. Ja, ich habe die Fähigkeit für das, was Ragnar von mir verlangt, aber ich habe mich noch nie in diese besonderen Wälder gewagt. Ich bin nicht sicher, dass meine Fähigkeit ausreicht, um uns von den Gefahrenzonen fernzuhalten."

Ich seufze und meine Muskeln spannen sich zwischen meinen Schulterblättern an. Das ist nicht das, was ich hören will, aber Ragnar wird nicht nachgeben. Wenn er sich einmal etwas in den Kopf gesetzt hat, wird er darauf bestehen, dass wir durch die Hölle selbst gehen. "Ruh dich gut aus, Narah. Du wirst deine Kraft morgen definitiv brauchen."

VIER

Ich schreite durch die Taverne, Stone an meiner Seite, und lasse Nikos und Ragnar am Tisch sitzen. Ich bin daran gewöhnt, dass sie gemeinsam planen - das ist es, was ein Alpha und sein Stellvertreter tun sollten. Das heißt aber nicht, dass Nikos mich nicht trotzdem nerven wird. Und das hat nichts damit zu tun, wer er ist, sondern mit der Art, wie er sich verhält. Seit er bei uns im Ulv-Rudel in Dänemark lebt, hat er sich nie wirklich geöffnet und ist immer Einzelgänger geblieben. Ich glaube nicht, dass er gegen uns ist; der Bastard ist einfach nur wütend auf die ganze verdammte Welt. Ich wünschte nur, er würde einen Weg finden, mit dieser dunklen Scheiße fertig zu werden und verdammt noch mal weitermachen.

Stone stolpert beim nächsten Schritt, und ich halte ihn am Arm fest, bevor er mit dem Gesicht gegen die Eingangstür knallt. "Versuchst du die Wand zu küssen?", kichere ich, als er wieder auf die Beine kommt.

"Was zum Teufel war das?", er schaut sich um, um zu sehen, worüber er gestolpert ist.

"Es heißt Füße." Ich reiße die Tür zur Taverne auf, und ein kühler Luftzug strömt herein und umweht uns. "Bringen wir dich in dein Zimmer."

Stone richtet sich auf und geht nach draußen. Wir haben beide zu viel Bier getrunken und Essen in uns reingestopft, aber nach unserer letzten Reise in den Süden habe ich eine anständige Mahlzeit gebraucht. Ganz zu schweigen davon, dass es zu früh wäre, zu denken, dass ich nie wieder einen Zombie sehen würde.

"Was glaubst du, was wir in den giftigen Wäldern finden werden?", fragt Stone.

Ich schaue ihn kurz an, die Brise weht durch sein blondes Haar und wirbelt es über sein Gesicht. "Scheiße, Mann, flippst du deswegen aus?"

Sicher, ich habe gruselige Sachen über den Wald gehört, aber ich ziehe nicht mit Angst in die Schlacht. Was auch immer auf uns zukommt, wir werden es vernichten.

Er schnaubt spöttisch. "Du kennst mich, ich will

vorbereitet sein. Ich hasse es, blind in die Schlacht zu ziehen. Ich versuche es, aber verdammt, ich habe zu viele Geschichten über diesen Ort gehört, um mir keine Sorgen zu machen."

Ich wünschte, ich könnte ihm etwas sagen, irgendetwas, um ihn zu beruhigen, aber wir gehen alle völlig blind und mit dem verfluchten Mädchen als Hilfe in diese Sache. Das heißt, wir müssen uns zusammenreißen und dürfen keine Angst haben, obwohl wir Angst haben.

Stone ruckt plötzlich mit dem Kopf in Richtung des Waldes, der sich an das Gasthaus drückt, als hätte er etwas gesehen. "Verdammt noch mal", brummt er und starrt ungläubig in die Dunkelheit.

Ich scanne die Gegend und entdecke zwei Gestalten, die vom Gebäude gegenüber weglaufen. Sie sehen sehr dünn und klein aus, wie zwei weibliche Personen.

"Willst du mich verarschen?" Ich hebe meinen Kopf zum Fenster im dritten Stock und sehe ein flackerndes Licht, von dem ich annehme, dass es uns ablenken soll. "Das sind sie, nicht wahr?"

"Narah ist gerissen und schlau. Sie könnte bei der Mission ein Problem für uns werden", sagt Stone. "Aber für den Moment, Lust auf eine kleine Jagd?"

"Ich bin immer bereit dazu. Narah gehört mir. Du bekommst Jae."

Er wirft mir einen bösen Seitenblick zu. "Warum bekommst du sie?"

"Ich habe es zuerst gesagt. Verfolgen wir sie jetzt, oder willst du rumdiskutieren, während sie entkommen? Ragnar wird uns an unseren Eiern aufhängen, wenn es ihnen gelingt."

Stone nickt und stürzt sich auf seine Beute.

Das Adrenalin schießt durch mich hindurch, alles in mir verlangt, dass ich ihr hinterherlaufe und sie einhole.

Ich renne sofort los, meine Füße stampfen schnell auf der Erde auf, als ich in den Wald stürme. Die kalte Luft ist frisch und riecht nach Wald, aber in der Brise nehme ich ihren zuckrigen Duft wahr, der mit einem Hauch von frischer Wiese und Wolf versetzt ist ... ein Geruch, der nur ihr eigen ist.

Es sollte mich nicht erregen, sie zu verfolgen, aber verdammt, das tut es. Stone ist vor mir, und selbst aus der Ferne sehe ich, wie die Mädchen zu uns zurückblicken. Ihre Mienen sind alarmiert, und ich lächle.

In ihrer Panik schießen sie plötzlich in verschiedene Richtungen davon. Ja, Angst verwirrt die Menschen in Zeiten großer Anspannung. Ich schwinge nach links hinter Narah her, während Stone nach rechts geht.

Narah sprintet davon, weicht Bäumen aus und tief hängenden Ästen. Sie ist klein und wendig, aber sie wird mir nicht entkommen. Mein Wolf pocht in meiner Brust und verlangt nach Befreiung, nach Flucht, aber was dann? Ich weiß bereits, dass ich schneller und stärker bin als sie, aber eine Verfolgungsjagd macht nur Spaß, wenn es eine Herausforderung gibt.

Sie entkommt meinem Blickfeld und verschwindet in der Dunkelheit, aber ich folge ihrer Fährte, und die führt mich geradewegs durch die Wildnis. Meine Füße stoßen schnell auf den Boden, der Wind weht durch mein Haar, das Adrenalin schießt in die Höhe.

Erst als ich einen Schrei höre, klopft mir das Herz bis zum Hals. Das Geräusch kommt aus der Richtung, auf die ich zusteuere. Ich sprinte schneller vorwärts als zuvor, donnere wie ein Geschoss, bis ich schließlich auf Narah stoße, die mit dem Gesicht gegen einen Baum gedrückt wird. Irgendein Wichser hält sie fest, während er an ihrer Hose zieht.

Warum zum Teufel hat sie ihre Magie nicht gegen diesen Bastard eingesetzt?

Aber die Wut vertreibt diese Gedanken und bringt mich an den Punkt, an dem es kein Zurück mehr gibt. Wo zum Teufel kam er überhaupt her?

Ihre Schreie und ihre Fluchtversuche schüren meine Wut. Ich stürze mich auf sie, das Knirschen des Laubes unter meinen Füßen verrät meine Annäherung.

Der Arschloch-Alpha dreht den Kopf und sieht über seine Schulter zu mir. Seine Augen weiten sich vor Schreck, seine Schultern heben sich, seine Lippen schälen sich nach hinten, als er seine Drohung knurrt. "Verpiss dich."

Aber das wird nicht passieren, nicht wahr?

Ich stoße ihn wütend in die Seite, und wir fliegen beide von den Füßen auf den Boden, wobei Narah unversehrt bleibt.

"Du darfst sie nicht anfassen", knurre ich ihm ins Ohr. Schnell rolle ich von ihm herunter, packe ihn an der Kehle und reiße ihn mit einer Bewegung auf die Beine.

Der Wichser hat keine Ahnung, was auf ihn zukommt. Alles, was ich in seinen Augen sehe, ist Lust und seine verdammte Hose, die über seinem harten Schwanz zerrissen ist, den ich nicht in meiner Nähe haben will.

"Sie gehört auch nicht dir", keucht er und verpasst mir einen Schlag in den Magen, den ich einstecke. "Omegas sind für alle zum Aufreißen." Er lässt seinen Blick zu Narah hinter mir schweifen.

"Falsch gesagt." Meine Finger um seinen Hals drücken fester zu. Er mag wie ein Krieger gebaut sein, aber ich bin überzeugt, dass er noch nicht so viele Kämpfe erlebt hat wie ich oder den Monstern begegnet ist, die oben im Norden leben. Solche, die dir mit einem Schlag den Kopf abreißen, wenn du sie nur schief ansiehst. Und doch hat Ragnars Vater seine einzige Tochter zu ihnen geschickt, um Frieden zwischen ihren beiden Rudeln zu schaffen. Aber ich schüttele diese Gedanken weg. Sie haben in diesem Moment keinen Platz.

Das Arschloch vor mir schlägt nach meinem Arm, sein Gesicht läuft blau an.

Narah kommt von der Seite aus in mein Blickfeld, und ich sehe sie an, sehe die Striemen auf ihrer Wange, wo der Bastard sie geschlagen hat. "Wie sehr hat er dich verletzt?", knurre ich.

Sie atmet schwer, ist wütend und hat große Angst. Ihre Worte kommen nicht, aber das ist auch nicht nötig. Sie gibt mir die Antwort, ob sie es weiß oder nicht.

"Du wirst nie wieder ein Omega anfassen", verspreche ich dem Mann. Als ich mich Narah zuwende, sehe ich nur ihren Schatten, der sich durch die Dunkelheit von mir wegbewegt. "Scheiße!" Ich lege eine weitere Hand auf den Hals des Mannes und breche ihm so heftig das Genick, dass das Knacken der Knochen die Stille durchdringt. Es ist ziemlich befriedigend, dieses letzte Geräusch zu hören. Und obwohl ich es vorgezogen hätte, mir Zeit mit ihm zu lassen, ihn leiden zu lassen, ist die Zeit nicht auf meiner Seite.

Er fällt zu Boden, und ich nehme die Axt von meinem Gürtel. Ich greife den Griff mit beiden

Händen, hebe die Waffe an und schlage schnell zu, wobei sich die scharfe Klinge in den Hals des Mannes bohrt und einen sauberen Schnitt verursacht. Warmes Blut spritzt meinen Arm hinauf, ein paar Spritzer treffen meine Wangen. Ich liebe es, das Blut eines Feindes auf meiner Haut zu spüren. Aber ich habe ihm wahrscheinlich mehr Gnade gezeigt, als er verdient hat, indem ich ihn nach seinem Tod enthauptet habe. Er kann sich glücklich schätzen.

Ich lasse die blutverschmierte Axt fallen, drehe mich auf den Fersen und stürze mich auf das Luder, das es noch bereuen wird, dass es vor mir weggelaufen ist, nachdem ich ihr einen Gefallen getan habe.

Das Adrenalin schießt durch mich hindurch, und dieses Mal werde ich ihr nicht die Genugtuung gönnen, mir zu entkommen. Ich schwinge mich um den hinteren Teil des Gasthauses, wo ich sie hatte verschwinden sehen, und folge dem süchtig machenden, süßen Geruch. Äste schlagen mir gegen den Kopf, und ich knurre verärgert, aber ich komme ihr näher. Alles, was ich sehe, ist ihr kleiner, wohlgeformter Körper, der rechts und links um Bäume herumläuft, und ihr dunkles Haar, das wie eine Fahne über ihren Rücken weht.

Mein Schwanz pocht bei der Verfolgung, bei dem Anblick, der sich mir bietet. Mir ist klar, dass sie nicht mir gehört ... zumindest noch nicht, aber wer sagt denn, dass es nicht erlaubt ist, mit seinem Essen zu spielen?

Ich beschleunige mein Tempo und nutze einen umgestürzten Baumstamm, um mich über eine Gruppe von Sträuchern zu katapultieren. Meine Füße landen gerade auf dem weichen Boden, als sie an einem nahen Baum abrupt anhält und so schnell auf mich zukommt, dass ich nicht schnell genug reagieren kann. Als ich merke, dass sie einen Ast festhält, schlägt sie mit ihm bereits wild auf meine Seite ein. Der Schmerz schraubt sich meinen Rücken hinauf, aber das ist nichts im Vergleich zu den wirklichen Schmerzen in der Kriegsführung, also schlucke ich den Stich herunter. Ich drehe mich zu ihr um, schnappe mir die Waffe und werfe sie zur Seite.

"Was zum Teufel machst du da?", knurre ich.

Sie blinzelt mich an, gibt aber keine Antwort. Ihre Wangen sind immer noch rot, eine mehr als die andere, ihr dunkles Haar ist mit Blättern gesprenkelt. Dann kommt sie auf mich zu und rammt mir ihre Schulter in den Bauch. Damit habe ich nicht gerechnet, und ich stöhne auf, als ich mich nach vorne beuge. Sie hat mich gut erwischt.

Sie keucht und befreit sich aus meinem Griff, als ich nach ihr greife. Dann ist sie wieder weg.

Scheiße, sie ist ein schlüpfriges Ding und sehr versiert darin, der Gefangennahme zu entkommen.

Sie ist definitiv nicht wie all die anderen Omegas, denen ich begegnet bin, die sich verkriechen und ihr Schicksal akzeptieren. Das ist so viel einfacher, aber ich kann mich auch nicht erinnern, wann ich das letzte Mal eine Verfolgungsjagd so genossen habe.

Ich stürze hinter ihr her, meine Beine pumpen, mein Puls rast. Mein Wolf ist in meiner Kehle, sein heißer Atem rauscht an meinen Lippen vorbei.

Diesmal hole ich schneller auf, als sie erwartet, und als sie über ihre Schulter schaut und mich auf ihren Fersen entdeckt, entweicht ihr ein leises Wimmern aus der Kehle.

Ich bin süchtig nach diesem Geräusch.

Ich packe sie an der Taille und reiße sie vom Boden, dann drücke ich sie an mich.

"Lass mich runter, verdammt noch mal", brüllt sie. Um ihr zu zeigen, dass ich kein Monster bin wie der andere Alpha, tue ich genau das. Aber gerade als sie aufspringt, um zu fliehen, packe ich ihren Unterarm und zwinge sie, sich vor mich zu stellen.

"Es reicht!", knurre ich. "Ist das der Respekt, den du Ragnar entgegenbringst, nachdem er deine Schwester gerettet hat?"

Sie schlägt mir mit der Faust ins Gesicht und trifft mich knapp unter dem Auge. Sie hat wenig Kraft hinter ihrem Schlag, aber ihr Knöchel trifft eine weiche Stelle, und scharfe Schmerzensschübe durchbohren mein Gesicht.

Ich schüttle den Kopf und ziehe sie hinter mir her zurück zum Gasthaus. Hätte ich es mit jemand anderem zu tun, würde er jetzt schon in den Boden bluten. Aber ich gebe mein Bestes, um diesem wilden Mädchen nichts anzutun.

Sie schlägt mir gegen den Arm. "Ich kann nicht mit dir in den Wald gehen, du musst mich gehen lassen." Die Verzweiflung in ihrer Stimme rührt mich fast. Fast.

Als ich die Rückseite des Steingebäudes erreiche, drehe ich sie um und drücke sie mit dem Rücken an die Wand, dann lege ich meine Arme auf beide Seiten ihrer Schultern und lehne mich an sie. "Und warum ist das so?"

Aber wenn ich ihr so nahe bin, kann ich nur ihre großen, feurigen Augen sehen und ihren vor Entschlossenheit zusammengebissenen Kiefer. Ihr Brustkorb hebt und senkt sich schnell mit jedem Atemzug. Unter mir ist sie so klein, so absolut sexy, dass es mich alles kostet, sie hier und jetzt nicht zu kosten. Mein Schwanz verhärtet sich in meiner Hose, als ich ihren Duft in mich aufnehme, und die Erregung erdrückt mich.

"Ich gehe nirgendwo hin, bis ich Kaira gefunden habe."

"Das wird mit unseren Plänen nicht übereinstimmen", antworte ich, während mein Verstand mit dem Bedürfnis kollidiert, mit meiner Zunge über ihren Körper zu fahren.

"Lass mich los." Sie zieht die Stirn in Falten, während sich ihre Brust trotz ihrer Worte hebt. Sie ist eindeutig begierig auf meine Berührung, ihre Omega-Seite sehnt sich genauso nach mir wie ich mich nach ihr. Ich beobachte den Krieg in ihrem Gesicht, als sie gegen ihren Impuls ankämpft, und verdammt, sie ist süß, wenn sie versucht, gegen ihre Urinstinkte anzukämpfen. Ich drücke meinen Körper gegen ihren und streiche mit meiner Erektion gegen ihren Bauch. Sie keucht, und ein Hauch von Erregung färbt die Luft, was mich vor Verlangen völlig wahnsinnig macht. Meine Eier spannen sich an, und in diesen wenigen Momenten kann ich nicht über den Hunger, der in mir pulsiert, hinaussehen.

Sie setzt meinen Körper in Brand. Hier wollte ich sie bestrafen, aber jetzt geht mir der Gedanke, sie zu ficken, nicht mehr aus dem Kopf. Als ich mich wieder einigermaßen unter Kontrolle habe, sage ich: "Wir haben mehrmals nach Kaira gesucht, glaub mir. Wir konnten sie nirgends finden, also wo willst du sie aufspüren?"

Sie starrt mich an, während sie die Realität erkennt, und ihre Augen glänzen dabei.

"Verdammt." Nicht weinen bitte. Ich ziehe mich von ihr zurück und nehme ihre Hand. "Bringen wir dich zurück zu Jae. Ragnar muss nichts davon erfahren."

Ihr Blick weitet sich. "Was würde er tun, wenn er es herausfindet?"

"Du würdest dafür bezahlen. Er hat eine Vorliebe dafür, Leute an ihren Zehen aufzuhängen." Ich zucke mit den Schultern, und wir machen uns auf den Rückweg, um das Gebäude herum.

Sie starrt mich an, als ob ich mir den Mist ausdenke. Wenn ich das nur täte.

Die Last ihres Widerstands gegen mich hält an, aber wenn ich noch länger mit ihr hier draußen bleibe, werde ich ihr die Kleider vom Leib reißen. Und ich würde es vorziehen, mich nicht Ragnars Zorn auszusetzen und mit gebrochenen Rippen und langsamer Folter zu enden, indem ich unser einziges Ticket durch die Giftwälder gefährde. Egal, wie köstlich und fickbar sie ist.

Ich ziehe sie durch den Wald neben dem Gasthaus, als ich gerade eine Bewegung von vorne wahrnehme. Ich hebe meinen Blick zu Stone, der Jae in Richtung der Hauptstraße in die Stadt schleppt. Der Kampfgeist dieser Schwestern ist groß.

Narah ist vorerst tabu, aber das heißt nicht, dass ich ihr nicht die Macht eines Alphas zeigen werde. Wir halten uns vielleicht damit zurück, sie für uns zu beanspruchen, aber das ist nur eine vorübergehende Regelung.

Ein Quietschen kommt von oben, und für den Bruchteil einer Sekunde schwöre ich, dass es von Stone kommt. Ich habe einmal gesehen, wie er wegen einer Ratte in seinem Bett ausgeflippt ist, also würde es mich nicht überraschen. Aber die Art und Weise, wie er und Jae sich schneller in unsere Richtung bewegen, wobei er Jae vor sich herschiebt, sagt mir, dass etwas anderes passiert ist.

Mein Griff um Narah wird fester, meine Muskeln sind angespannt, als ich uns zum Stillstand bringe. Zur Abwechslung versucht sie nicht, sich von mir loszureißen. Sie ist genauso neugierig wie ich, was zum Teufel hier vor sich geht.

Ich neige meinen Kopf zur Seite, um an dem Duo vorbeizusehen. Zwei Gestalten kommen hinter ihnen her, taumelnd, torkelnd aus dem Wald. Mir dreht sich der Magen um, was nicht oft vorkommt, aber ich weiß genau, was ich da sehe. Ich habe sie schon zu Hause und im Schattenland-Sektor gesehen. Diese Abscheulichkeiten sind überall, nur aus irgendeinem Grund haben sie den wilden Sektor noch nicht überrannt.

Ein Teil von mir fragt sich, ob das etwas mit den Hexen zu tun hat, die hier leben.

Verdammte Zombies!

"Scheiße, Scheiße, Scheiße." Jae flippt aus, ihr Gesichtsausdruck wird panisch, ihre Schultern fallen nach vorne. Sie schmiegt sich sofort an ihre Schwester, als sie uns erreicht, während Stone schwer atmend knurrt.

"Du kümmerst dich um die Mädchen, und ich bringe das hier in Ordnung", weist Stone mich an.

Irgendetwas an der Art, wie er das sagt, ärgert mich. Vielleicht ist es die wetteifernde Seite in mir, oder dass er es vor Narah so großspurig sagt, dass es mich auf die Palme bringt.

"Das glaube ich nicht." Ich schiebe Narah direkt in seine Arme. "Wenn sie entkommt, ist es deine Schuld."

Noch bevor er antworten kann, ziehe ich mein Hemd aus und werfe es hinter mich, ziehe meine Schuhe aus und öffne den Reißverschluss meiner Hose. Ich mag diese Kleidung sehr, und ich möchte sie nicht zerstören. Die warme Brise streicht über meinen nackten Körper, und ebenso schnell bricht die Veränderung wie ein Tornado über mich herein, reißt mich in Fetzen, während mein Wolf wie Lava aus mir herausströmt. Die Qualen stechen, mein Körper bebt. In Sekundenschnelle schlagen meine großen, weißen Pfoten auf dem Boden auf, und die Gerüche der Umgebung werden intensiver. Tau, der Gestank von Erde und das Versprechen von Regen in der Ferne durchfluten meine Nasenlöcher. Doch mit ihm kommt der faulige Gestank des Todes.

Zwei Tote taumeln auf uns zu, der große Mann hat nur einen Arm, beiden fehlen offenbar die

Lippen. Ihre gelben, abgebrochenen Zähne klappern in ihrem verzweifelten Bedürfnis zu essen. Zerrissene und schmutzige Kleidung hängt von ihren gebrechlichen Gestalten herab. Die blassen, hageren Gesichter lassen ihre Augen noch größer erscheinen. Sie sind hässliche Wesen.

Ich habe auf unserer Rettungsmission, bei der wir Jae gefunden haben, gegen so viele dieser dreckigen Kreaturen gekämpft, dass es für mich schon zur zweiten Natur geworden ist. Allerdings kann ich nicht leugnen, dass Zombies zu den wenigen Dingen gehören, die mir einen Schauer über den Rücken jagen, denn wo ein Zombie ist, da sind auch andere. Ich will sie nicht hier haben, wenn dieser Sektor mein neues Zuhause sein soll.

Ich stürze mich auf den rechten Zombie. Aus dem einzigen Grund, weil er noch zwei Arme hat ... schalte immer den stärkeren aus, damit du, wenn du dich umdrehst, nur noch mit dem schwächeren zu kämpfen hast.

Meine Zähne schrammen in seinen Hals, graben sich ins Fleisch, und ich reiße ihm mit Leichtigkeit den knolligen Kopf ab. Zombies werden kaum zusammengehalten, wenn sie nicht gefressen haben, ihre Körper sind schwach und leicht zu zerreißen. Aus seinem verrotteten Körper strömt auch kein Blut, was bedeutet, dass er schon lange nichts mehr gegessen hat. Die wirkliche Gefahr bei ihnen ist die schiere Anzahl, und ich hoffe mit allem, was ich habe, dass nicht noch mehr kommen.

Etwas knallt in meinen Rücken, die scharfen Zähne bohren sich in mein Hinterbein. Ich stemme mein Gewicht gegen den Bastard und schleudere ihn gegen einen nahen Baumstamm. In Sekundenschnelle bin ich auf ihm und schneide meine Kiefer in seine Kehle. Schließlich ist eine Enthauptung der beste Weg, um sicherzustellen, dass sie nicht wieder aufstehen.

Sein Kopf fällt zu Boden und in einen nahen Strauch.

Ich spucke den ranzigen Geschmack auf meiner Zunge aus, meine Kehle schnürt sich zu und ich muss bei dem Geruch würgen. Meine Angst ist nicht, dass ich mich mit ihrem Virus anstecke. Nach dem, was ich unten in den Schattenlanden gelernt habe, sind die meisten von uns Wölfen nicht resistent gegen die Krankheit, während andere Wolfsrudel wie der X-Clan immun sind. Aber wir normalen Wölfe sind Überträger. In dem Moment, in dem wir sterben, werden wir zu einem verdammten Zombie. Der Trick ist also, nicht so schnell zu sterben und dafür zu sorgen, dass unsere Köpfe sofort abfallen.

Nach Luft ringend lasse ich meinen Blick über die Gegend schweifen, vorbei an den beiden Untoten, die sich nicht bewegen. Hoffentlich sind das alle, die es bis hierhergeschafft haben, denn diese

Bastarde versammeln sich wie der große Fluss des Todes, der aus der Unterwelt kommt. Das habe ich auch schon erlebt. Ich würde es vorziehen, ihnen nie wieder zu begegnen.

Ich gehe zurück zu Stone und den Mädchen und verwandle mich auf dem Weg dorthin in meine menschliche Gestalt. Ich wische mir mit dem Handrücken über den Mund. Meine Aufmerksamkeit richtet sich auf Narah. Die Art und Weise, wie sie mich mustert, entgeht mir nicht, ebenso wenig wie die Art und Weise, wie ihr Blick zu meiner Leistengegend wandert. Ja, es ist schwer zu übersehen, und ich bin noch nicht einmal erregt, um ihr die ganze Show zu bieten, aber selbst in entspannten Zustand ist er verdammt groß.

"Das war doch gar nicht so schlimm, oder? Seid ihr drei Schmetterlinge alle okay?"

Stone wirft mir einen bösen Blick zu, dann stupst er Narah an, und ich ergreife mit Freuden ihren Arm. Im selben Moment durchschneidet ein gurgelndes Stöhnen den frühen Morgen aus einem tieferen Teil des Waldes. Wir drehen uns alle in diese Richtung und finden einen weiteren verdammten Hirnfresser, der über den toten Alpha, der Narah angegriffen hat, gebeugt ist und an seinen Eingeweiden reißt.

"Igitt." Jae schaut weg und Narah nimmt sie in die Arme, beschützt ihre Schwester, was ich respektieren kann.

Stone sagt kein Wort und geht durch den Wald, um den Zombie zu erledigen.

"Ihr Mädels habt euch einen guten Zeitpunkt ausgesucht, um in den Wald zu gehen", sage ich und ernte keine Antwort. Aber Blicke gibt es in Hülle und Fülle.

"Du weißt, dass du keine Wahl hast", erinnere ich Narah. "Niemand bricht eine Abmachung mit Ragnar."

"Er hat seinen Teil der Abmachung nicht erfüllt. Ich habe zwei Schwestern", erinnert sie mich, aber selbst als sie sich auflehnt, sehe ich, wie sich das Grauen in ihrem Blick abzeichnet und sie sich an das Gespräch zwischen ihr und Ragnar über Kaira erinnert.

Es dauert nicht lange, bis Stone zurückkommt. Ohne ein Wort zu sagen, gibt er mir meine blutige Axt zurück, nimmt Jae am Arm und fängt an, sie vor das Gebäude zu zerren. "Ich bin bereit, aus diesem verdammten Wald zu verschwinden."

Ich wende mich an mein Hexenmädchen. "Hat dir meine Show gefallen?"

Sie sieht mich mit einem verengten Blick an. "Du meinst, zwei tote Dinger zu töten, die kaum auf ihren eigenen Füßen stehen können?" Sie stemmt sich gegen meinen Griff, aber ihr Mut ist nur eine Illusion. Ich sehe, wie sie zittert und wie ihr Blick immer wieder um uns herumspringt, wie bei einem verängstigten kleinen Schaf. "Und ich kann alleine gehen."

"Dieses Privileg hast du mit der Scheiße, die du vorhin abgezogen hast, verloren. Außerdem spreche ich über meine Stripshow für dich, mein süßer Spatz."

Dieses Mal lacht sie, natürlich nur gespielt, aber ich wette, sie wird heute Abend an mich denken.

as morgendliche Sonnenlicht ergießt sich über den Horizont und färbt den Himmel in Rot- und Orangetönen. Ich starre aus dem Badezimmerfenster über die Stadt und darüber hinaus, mein Blick sucht die Landschaft nach Auffälligkeiten ab. Aber sie ist tot. Keine Menschenseele in Sicht.

Eine eindringliche Brise streicht durch mein Haar und kühlt den Schweiß, der sich in meinem Nacken sammelt. Die meiste Zeit der Nacht war ich unruhig und habe nicht mehr als eine Stunde Schlaf bekommen, nachdem Crius und Stone uns bei der Flucht erwischt hatten. Es brennt mir immer noch auf der Seele, dass wir hätten entkommen können, wenn wir früher gegangen wären. Aber was dann?

Mit Zombies konfrontiert werden?

Höllische, wandelnde Leichen, die sich jetzt im Norden aufhalten. Wie die meisten habe ich Gerüchte über sie gehört, aber einen von ihnen zu sehen, hat mich erschüttert. Vielleicht habe ich mir vor Schreck auch in die Hose gepinkelt, denn alles an ihnen ist falsch. Doch Crius zuckte nicht mit der Wimper, als er ihnen mit seinem Maul den Kopf abriss. Und ich hatte mir erlaubt, davon zu träumen, wie es sich anfühlen würde, ihn zu küssen, als er mich an die Wand drückte.

Wie soll ich mich in den giftigen Wäldern wohlfühlen, wenn solche Dinge im Umlauf sind? Aber vielleicht gibt es nicht noch mehr? Bitte lass nicht zu, dass es noch mehr gibt.

Es gibt Geschichten über einen mächtigen Hexenzirkel, der mitten im Wald lebt, und um ihn zu finden, muss man diesen Wald betreten, der mit Schutzzaubern und Verwünschungen übersät ist. Wenn dann noch Zombies hinzukommen, wird die Situation nur noch schlimmer.

Und ich bin nicht so dumm, zu glauben, dass Ragnar sie nur besuchen will, um sie um Hilfe zu bitten oder aus irgendeinem anderen friedlichen Grund. Obwohl ich gestern Abend versucht habe, mich aus der Sache herauszuwinden, bin ich schließlich einen Deal eingegangen, um meine

Schwestern zu finden, und ich werde mich nicht schuldig fühlen, weil ich geholfen habe, diese Wölfe zu den Hexen zu bringen. Keiner mag die Verfluchten, also bin ich keiner Seite verpflichtet. Das heißt, was zwischen ihnen passiert, geht mich nichts an. Ich will nur meine Schwestern beschützen, und ich werde die einzige Fähigkeit nutzen, die mir meine Mutter beigebracht hat, um die Wölfe durch den Wald zu bringen, und dann verschwinden, bevor sich jemand gegen mich wendet.

Ich mache mir Sorgen, dass Jae zurückgelassen wird. Sie kann nicht mit uns kommen. Ich unterstütze das, aber meine Brust wird sorgenvoll, wenn ich weiß, dass sie unter dem Schutz der Alphas steht. Wie ich ist sie ein Omega, aber einigen Alphas wird ihr junges Alter egal sein.

Ich muss auch immer wieder an Kaira denken und an das, was Ragnar mir erzählt hat. Ich weigere mich, zu glauben, dass die Leiche, die er in den Wäldern gefunden hat, ihre ist. Jae sagte letzte Nacht, dass sie und Kaira kurz nach ihrer Flucht vor den Sturmwölfen in der Nähe unseres ehemaligen Zuhauses auf eine kleine Gruppe abtrünniger Wolfsmenschen gestoßen sind. Auf ihrer Flucht wurden sie getrennt, und das letzte Mal, dass Jae Kaira sah, war hier oben im wilden Sektor von Rumänien. Jae rannte von einer Gefahr zur nächsten, was sie schließlich in den Schattenland-Sektor im Süden führte. Deshalb muss ich Kaira selbst finden, bevor ich irgendetwas glaube.

Ich fädle meine Arme durch das Lederkorsett und ziehe es mir über den Kopf, bevor ich an den Kordeln ziehe, um den Stoff um meine Brust herum zu straffen. Das weiße, langärmelige Hemd bauscht sich darunter auf, aber wen kümmert das schon, solange das Korsett meine Brüste fest an ihrem Platz hält. Ich stecke das Hemd in die schwarze Hose, die ein bisschen zu eng ist, aber ich fühle mich wohl in diesen frischen, neuen Kleidern, die vor unserem Zimmer lagen. Ich weiß nicht, ob ich mehr von der Tatsache beeindruckt sein soll, dass die Männer diese tadellosen Kleider in dieser Stadt gefunden haben oder dass sie meine Größe genau kannten.

Ich schiebe diese Gedanken beiseite und streiche mir die Haare aus dem Gesicht und verlasse das Badezimmer, wohl wissend, dass ich, so sehr ich diese Mission auch hasse, keine andere Wahl habe.

Im Schlafzimmer grüßt mich Ragnars verhärmtes Gesicht, der an der offenen Tür zum Flur steht.

Vor Schreck erstarre ich, als ich sehe, dass er auf mich wartet, denn ich hatte nicht erwartet, dass er *tatsächlich* so früh kommt.

Er ist breitschultrig und wirkt in seinem durchgehenden schwarzen Mantel irgendwie größer. Der Reißverschluss reicht vom Hals bis knapp über die Leistengegend, wo der Rest des Stoffes locker um die schwarze Hose fällt, die über den dunklen Kampfstiefeln zusammengeschnürt ist.

Die Art und Weise, wie seine Augen über meinen Körper wandern, hinterlässt ein Feuer in ihrem Kielwasser. Er fährt sich mit der Hand über sein dunkles Haar, das an den Seiten und am Rücken kürzer und oben etwas länger ist. Er trägt immer noch diese kleinen silbernen Ringe, die er sich ins Haar gebunden hat, und das steht ihm. Mein Verstand schreit mich an, mich zusammenzureißen, bevor es zu spät ist und er mich nur noch für einen Omega hält, der jeden Alpha begehrt, der mir über den Weg läuft.

„Morgen" grüße ich. „Morgen", sagt er. Dieser schöne Mann in meinem Zimmer weiß genau, welche Wirkung er auf mich hat. Ich sehe es an seinem Grinsen.

"Ähm, du hast es ernst gemeint, als du sagtest, du kommst zu früh?" Um zu verbergen, wie sehr er mich berührt, wende ich meine Aufmerksamkeit dem Rest des Raumes zu, ohne ein Zeichen meiner Schwester zu entdecken.

"Wo ist Jae?", frage ich und straffe meine Schultern. Mein Blick fällt auf meine Stiefel neben dem

Tisch. Ich schnappe sie mir und setze mich auf einen Stuhl, während ich sie mir an die Füße ziehe, und dann die Schnürsenkel zubinde. "Frühstückt sie in der Taverne?"

"Nein", antwortet er abrupt. "Sie ist in Sicherheit."

Mein Kopf ruckt hoch. "Was soll das bedeuten?" Ein Schauer läuft mir über den Rücken, und ich bin auf den Beinen.

"Meine Wachen haben sie an einen sicheren Ort gebracht. Drei meiner stärksten Männer werden dafür sorgen, dass ihr nichts passiert, bis wir alle heil zurückkehren." Seine Absichten sind klar. Er vertraut darauf, dass ich sie nicht im Stich lasse oder, schlimmer noch, meinen Teil des Deals nicht einhalte.

Mein Herz pocht nicht mehr wie eine Trommel. Stattdessen drückt es, als würde jemand versuchen, die letzten Blutstropfen herauszuquetschen.

"Das war nicht Teil unserer Abmachung", sage ich laut und hebe den Kopf, um Ragnar direkt in die blassblauen Augen zu sehen, die sich gespenstisch von seinem dunklen Haar abheben.

"Was glaubst du, was deine Bezahlung dafür war, dass wir unser Leben riskiert haben und in den Süden gereist sind, um deine Schwestern zu finden?"

Ich versteife mich, und meine Schultern heben sich. "Du hast nur eine Schwester gefunden, also ist der Deal nur teilweise erfüllt. Außerdem hast du anfangs gesagt, ich solle dir nur eine sichere Reise *in die* giftigen Wälder ermöglichen, nicht aber wieder heraus. Jetzt hältst du meine Schwester als Geisel, um sicherzustellen, dass ich mehr liefere, als wir ausgehandelt haben."

Er zieht eine Augenbraue hoch, als ob ich aus der Reihe tanzen würde. "Du hast eine sehr scharfe Zunge, Narah, und jetzt willst du unsere Abmachung neu verhandeln? Das ist in Ordnung, aber das Ergebnis wird dir vielleicht nicht gefallen."

Ein Zittern erfasst meine Wirbelsäule, und ich halte still und weigere mich, nachzugeben.

Er kommt auf mich zu und ergreift schnell meine Hand, sein Griff ist fest. Der rationale Teil meines Gehirns sagt mir, ich solle zurücktreten und ihn nicht in meinen Raum eindringen lassen. Stattdessen verliere ich mich in seinem Blick, in dem Kribbeln, das in meiner Magengrube beginnt und meine Wölfin bei Ragnars Berührung aufweckt.

Ich wurde diszipliniert, zu lächeln, mit Alphas mitzugehen und ihnen meine wahren Absichten erst zu zeigen, wenn ich in Sicherheit bin, aber ich vermute, wenn ich diesem Wolf Schwäche zeige, wird er mir die Kehle herausreißen.

Meine Stimme ist klar und deutlich, auch wenn mir fast die Nerven durchgehen. "Du machst mir keine Angst."

Ich ziehe meine Hand aus seiner und entferne mich von ihm, weil ich weiß, dass ich einem Raubtier nicht den Rücken zuwenden sollte. Aber ich möchte, dass er meine Tapferkeit sieht, trotz der Verletzlichkeit, die mich innerlich verknotet.

Plötzlich geistert die Wärme seines Atems über meine Schulter und mein Ohr. "Bist du dir da sicher?"

Sein Arm legt sich um meine Schultern und zieht mich zurück, bis ich gegen seine feste Brust stoße und mir der Atem stockt. Verzweifelt greife ich nach seinem Arm, meine Fingernägel graben sich in sein Fleisch, aber er zuckt nicht einmal mit der Wimper. "Wir können es auf deine Art machen. Die Freiheit deiner Schwester für deine. Wie hört sich das an? Wir lassen deine Schwester jetzt frei, sie ist frei von meinen Männern, aber du wirst für immer Mein sein. Und, um zu zeigen, dass ich gütig sein kann, schicke ich meine Männer weiter auf die Suche nach Kaira, und danach werden wir auch sie befreien, falls sie noch lebt."

Meine Adern werden zu Eis, während mein Verstand an der Angst erstickt, dass Jae allein ist. Und was, wenn er beim ersten Mal mit Kaira recht gehabt hat und sie nicht mehr am Leben ist? Mein Herz krampft sich zusammen, denn ich bin nicht bereit, ein solches Schicksal zu akzeptieren. Sie ist nicht tot. Nein, ich weigere mich, es zu glauben, bis ich es mit eigenen Augen gesehen habe. Und er will mich besitzen? So ein Quatsch.

"Ich verspreche, mich sehr gut um dich zu kümmern", flüstert er.

"Nein." Meine Stimme kommt zittrig heraus.

Genauso schnell lässt er mich los, und ich stolpere, um mich zu fangen, und greife mit der Hand nach dem Bett, um nicht zu fallen. Er dreht mir den Rücken zu und schreitet auf den Flur hinaus, wobei er mir seine Worte über die Schulter wirft. "Das habe ich mir gedacht. Nimm deine Sachen. Wir gehen jetzt."

Ich zittere.

Bastard.

Mein Herz droht zu zerspringen, als mich ein Gefühl des Untergangs überkommt. "Verdammter Mistkerl", murmle ich leise, wütend darüber, dass er Jae einfach mitgenommen hat, ohne mir zu erlauben, mich von ihr zu verabschieden. Jetzt bin ich mehr denn je entschlossen, einen Weg zurück zu meiner Schwester zu finden. Dann werden wir Kaira finden. Ich bete mit allem, dass ich Ragnars Beharren auf dieser wahnsinnigen Mission nicht bereuen werde.

Es scheint, dass jeder Alpha, den ich treffe, immer einen Weg findet, mir etwas kaputt zu machen. Und allein der Gedanke an Martell verursacht einen tiefen, schmerzhaften Stich unter meinem Brustbein, einen, bei dem mein Puls laut in meinen Ohren pocht, bei dem der Schmerz, ihn zu verlieren, in mich einschneidet. Dieses Gefühl der Einsamkeit, des Verlassenseins und des Verrats brodelt in mir, und trotz allem sehnt sich meine Wölfin nach Martell. Vielleicht ist nicht diese Welt kaputt, sondern ich …

Meine Wölfin und meine Seele sehnen sich nach einem Monster, das mich töten wollte.

Mein Körper sehnt sich nach einem Wikinger-Alpha, der mich als Spielfigur betrachtet.

Und ich … alles, was ich will, ist Freiheit, aber es scheint, dass das Schicksal nicht die Absicht hat, nett zu mir zu sein.

Da ich weiß, dass die Zeit gegen mich läuft, eile ich durch das Zimmer, um mein Messer zu holen, das ich in meinem Stiefel verstaue. Dann hole ich einen langen Mantel, weil ich denke, dass er nachts eine gute Decke sein wird. Unsere Mission wird Tage in Anspruch nehmen, denn die giftigen Wälder sind riesig, und der Hexenzirkel wird es einer Wölfin unter keinen Umständen leicht machen, sie zu erreichen.

Diese nördlichen Alphas scheinen sich nicht daran zu stören, dass ich verflucht bin, solange sie bekommen, was sie wollen.

Wenn Ragnar glaubt, dass ich irgendwie auf ihrer Seite gegen die Hexen kämpfen werde, wird er ein böses Erwachen erleben. Ich werde mein Leben nicht riskieren, um die Hexen zu verärgern. Sie verabscheuen Wölfe, und ich bin mir sicher, dass gilt auch für Halbblüter. Außerdem, wie könnte ich Ragnar helfen, wenn meine Magie unangetastet, gebrochen und in meinen Adern verloren ist?

SECHS

Ich ziehe den Mantel fester um meinen Hals, meine Tasche hängt über meinem Rücken, während wir die staubige Straße aus der Stadt hinausgehen. Ragnar und Stone übernehmen die Führung, Nikos ist unser Schlusslicht, und Crius schlendert neben mir her, die Hände tief in den Taschen seiner schwarzen Hose, als könne ihm nichts auf der Welt etwas anhaben.

Sein Henley-Top mit V-Ausschnitt hängt locker an ihm herunter, aber seine Muskeln sind nicht zu verbergen. Von den vier Männern ist er der größte. Er hat Finn mit einer solchen Leichtigkeit getötet, und ohne jegliche Gewissensbisse. Ich sollte auch mehr Schuldgefühle haben, aber Finn wollte mir wehtun ... genau wie Martell. Und nach dem Vorfall von gestern Abend flattert eine seltsame Explosion von Schmetterlingen durch meinen Bauch, wenn ich Crius sehe. Natürlich sollten sie das nicht, aber wenn ich ihn ansehe, kann ich mir nur vorstellen, wie er sich an mich drückt und spüre, wie mein Körper zum Leben erwacht. Ich kann nur daran denken, wie er mich beschützt hat, nachdem ich mich so lange um mich selbst gekümmert habe. Ich gebe es nur ungern zu, aber es ist eine unerwartete Erleichterung, dass sich jemand anderes für mich einsetzt.

Doch alles an Crius ist kompliziert und erschreckend.

Ich meine, der Kerl hat eine kleine Wurfaxt an seinem Gürtel und weiß der Teufel, was er sonst noch am Körper trägt. Und das, bevor er sich überhaupt in seine monströse weiße Wolfsgestalt verwandelt.

Crius blickt zu mir hinüber, bemerkt, dass ich ihn anstarre, und zwinkert mir zu. Ich ertappe mich dabei, wie ich in diesem Moment unter seinem Blick gefangen bin. Die Brise streicht durch sein dunkelblondes Haar, das wild über seine Schultern weht. Stoppeln zieren seine Kieferpartie, während der längere Bart an seinem Kinn zu zwei kurzen Zöpfen verdreht ist, die jeweils einen silbernen Ring am Ende tragen. Es sollte lächerlich aussehen, aber bei ihm ... Gott verzeih mir, aber bei ihm schlottern mir die Knie. Er ist der lebende Inbegriff dessen, wie ich mir die Wikinger-Krieger aus den Büchern, die ich gelesen habe, vorstelle. Wikinger, Männer, die mit Berserker-Kräften kämpfen, die schroff sind und sich vor nichts fürchten. Und der, der neben mir geht, ist umwerfend gutaussehend. Muskulös, groß, scharfe Wangenknochen, verheilte Kriegsnarben. Seine stechenden haselnussbraunen Augen, gekrönt von dichten Augenbrauen, sind immer noch auf mich gerichtet.

"Alles klar?", fragt er.

Ich zwinge mich zu einem Nicken, während mein Gehirn darum ringt, etwas zu sagen. Mein erster Instinkt ist, zuzugeben, dass ich meine Meinung über diese Reise geändert habe, aber was dann? Diese Alphas werden meine Schwester nicht einfach ausliefern. Ich vermisse sie jetzt schon. Es war hypnotisierend, wieder bei ihr zu sein und ihr dabei zuzuhören, wie sie mir alles erzählt, was sie durchgemacht hat, bevor Ragnar sie gefunden hatte. Es machte mir auch Angst, zu erfahren, wie nahe sie den Zombies gekommen war und welchen Gefahren sie unten im Schattenlandsektor ausgesetzt war. Wir waren erst kurze Zeit getrennt, aber sie schien in dieser Zeit so sehr gereift zu sein. Die unbekümmerte jüngere Schwester, die ich einst kannte, ist verschwunden. Wenn ich jemals die Omega aus dieser Region, Meira, treffe, die meiner Schwester mehrmals geholfen hat, werde ich sie in den Arm nehmen.

Eine Nacht mit Jae ist nicht genug, wenn ich meine Schwestern in den letzten zwei Monaten so schrecklich vermisst habe. Ich drehe mich um und schaue hinter mich und hinauf zu dem Zimmer im Gasthaus, in dem ich die Nacht mit Jae verbracht hatte, und meine Brust schmerzt.

Ich beiße die Zähne zusammen. Ich bin so weit gekommen und habe überlebt. Ich kann nicht zulassen, dass die Angst mich jetzt lähmt.

Jae, bitte bleib in Sicherheit, bis ich zurückkomme. Und Kaira, wo immer du bist, bleib am Leben, damit ich dich finden kann.

Als ich mich wieder umdrehe, richtet sich Crius auf und hebt sein Kinn in Richtung der Stadt, die wir gerade verlassen. "Deine Schwester wird in Sicherheit sein. "

"Ich denke schon", murmle ich. Er zuckt mit den Schultern, und bald begleitet nur noch das Knirschen von Laub und Gras unsere Schritte.

Das Schweigen zwischen uns verstärkt die Beklemmung, die sich in mir aufbaut. Aber ich schüttle diese Gefühle ab. Um zu überleben, muss ich gut vorbereitet sein. Ragnar glaubt wahrscheinlich, dass ich viel Magie besitze und ihre Retterin sein werde, aber ich kann nicht zulassen, dass sie herausfinden, dass ich nicht die mächtige Hexe bin, wie sie vermuten. Was sie im Moment nicht wissen, ist, was mich am Leben erhalten wird.

Ich habe mein ganzes Leben lang mit Lügen gelebt und sie den Alphas unseres Rudels erzählt. Sicher, mein Verhängnis war, dass meine eigene Fähigkeit vor Martell an die Oberfläche kam, aber das wird hier kein Thema sein, oder?

Je weiter wir uns von der Stadt entfernen, desto schmaler wird die unbefestigte Straße, sie ist überwuchert von wildem Gras und Eichen, deren überragende Äste unseren Weg flankieren. Wir sind allein hier draußen, nur ein paar Vögel zwitschern um uns herum. Ich erlaube mir, zu glauben, dass es inmitten des Chaos noch Schönheit in dieser Welt gibt.

"Gibt es etwas, das wir über deine Magie wissen sollten, Wolfsmädchen?", fragt Crius und reißt mich aus meinen Gedanken. Ich werfe ihm einen Seitenblick zu und untersuche sein Gesicht auf Sarkasmus. Aber er meint es ernst.

"Das ist eine seltsame Frage", antworte ich.

Er zieht eine buschige Augenbraue hoch. "Ich verstehe schon. Du willst erst etwas über uns wissen, bevor du dich öffnest." Er schenkt mir ein schiefes Grinsen. "Okay, ich bin bereit, mitzuspielen."

"Das ist es nicht, was ..."

"Was du in mir siehst, ist das, was du bekommst. Ich werde immer ehrlich sein, ob es dir gefällt oder nicht, und ich will mich ja nicht selbst loben, aber ich bin sowohl auf dem Schlachtfeld als auch im Bett fantastisch." Er grinst, während seine Hand seinen Körper hinunterreicht und seine Leistengegend ertastet.

Ja, ich weiß, mit wem ich es zu tun habe, wenn es um Crius geht.

Nikos täuscht ein Husten hinter uns vor und murmelt unter seinem Atem: "Du vergisst, dass du verdammt verrückt, unberechenbar und eine Todesfalle für uns bist."

Bei seinen Worten bleibt mir der Atem im Hals stecken. Todesfalle?

Crius verschluckt sich an einem Lachen. "Ach ja, und dann haben wir noch Nikos, das schwarze Schaf unter uns. Er neigt zur Eifersucht und kriegt den Schwanz nicht hoch."

"Fick dich", zischt Nikos, seine Schultern heben sich, die Fäuste ballen sich. Er lässt die Tasche von seiner Schulter auf den Boden fallen, bereit für den Kampf. Die Seiten seines Kopfes sind rasiert, ein tätowiertes Muster bedeckt die Haut auf einer Seite. Die Wirbel passen zu der Tinte, die unter seinem kurzärmeligen Oberteil zu sehen ist und über seinen kräftigen Bizeps kriecht. Sein Irokesenschnitt ist kastanienbraun und zu mehreren dicken Zöpfen geflochten, die alle zu einer großen Dreadlock zusammengewachsen sind, die ihm bis zur Hälfte des Rückens reicht. Alles an ihm schreit nach *Krieger*, auch diese intensiven grünen Augen. Er ist jemand, der mir Angst machen würde, wenn wir uns in einer dunklen Nacht über den Weg laufen würden, und doch ist da etwas hinter seinem Blick, das mich fasziniert. Eine Verletzlichkeit, die falsch sein muss.

Allerdings habe ich keine Ahnung, warum Crius ihn ein schwarzes Schaf genannt hat. Mir scheint, dass dieser Titel besser zu Crius passt.

Ich trenne mich schnell von ihnen und stapfe durch das kniehohe Gras, denn keiner der beiden scheint einen Rückzieher zu machen.

Crius hält seine Position, die Brust rausgestreckt. Ich bin mir ziemlich sicher, dass die beiden sich gegenseitig umbringen werden, bevor die Hexen eine Chance haben. Von mir aus, aber ich möchte dabei lieber nicht verletzt werden.

Die Luft verdichtet sich, ihre Brust hebt und senkt sich mit schnellen Atemzügen. Ich klammere mich an den Riemen meiner Tasche über den Schultern fest, unfähig, den Blick von dem bevorstehenden Unglück abzuwenden.

"Spart euch das", bellt Ragnar, und seine Worte schneiden wie ein Messer durch die Luft.

Beide Männer fallen augenblicklich zurück, Nikos senkt den Blick, Schatten ziehen über sein Gesicht, während er seinen heruntergefallenen Rucksack aufsammelt. Crius schaut sich um und achtet darauf, die Blicke der anderen zu erhaschen, als gäbe es eine unausgesprochene Abmachung zwischen ihnen.

Was geht zwischen diesen vier vor? Mache ich einen großen Fehler, wenn ich mich mit ihnen zusammentue?

Crius räuspert sich und dreht sich grinsend zu mir um, dann tritt er nach mir ins Gras und nimmt meine Hand. Seine Berührung ist sanfter, als ich erwartet hatte, und lässt mir einen Schauer über den Arm laufen, und er zieht mich zurück auf den Weg. "Also, wo waren wir? Ach ja, Stone."

Wir gehen zügig weiter, die aufgehende Sonne erhellt die Landschaft, der Streit, der sich anfühlte, als würde die Welt untergehen, gehört der Vergangenheit an. Doch mein Kopf peitscht immer noch von dem, was ich gerade erlebt habe.

"Spare dir den Atem", schnappt Stone. Dieser blonde Wikinger sieht ruhiger aus, als er wahrscheinlich ist, kraftvoll und mit fesselnden dunkelblauen Augen. Seit seinem Besuch in unserem Zimmer gestern Abend, als er uns das Abendessen brachte, ist er mir nicht mehr aus dem Kopf gegangen. Und die Art, wie er mich anstarrte, verriet mir, dass er versuchte, mich zu durchschauen. Seine Frage, ob ich auf die giftigen Wälder vorbereitet sei, ging mir nicht mehr aus dem Kopf, seit er sie gestellt hatte. Genau wie diese Alphas bin auch ich zum ersten Mal in diesem Wald, aber meine Antwort schien ihn zu verunsichern.

Vielleicht hatte ich den Deal mit Ragnar vor Wochen zu schnell abgeschlossen, aber in Wahrheit hatte ich nie lange über mein Angebot nachgedacht. Ich wollte meine Schwestern und hätte ihm meine Seele versprochen, um sie zurückzubekommen. Es ist also wohl meine Schuld, dass ich in dieser Situation feststecke, weil ich Ragnar blindlings sicheres Geleit versprochen habe.

"Stone ist der Cousin von Ragnar", fährt Crius fort. "Er ist nicht gerade der gesprächigste unter uns, aber wie heißt es so schön?" Er tippt sich ans Kinn. "Die Stillen sind die Tödlichsten." Er lächelt mich an, als wolle er damit seine unheilvolle Beschreibung von Stone etwas abmildern.

"Du hast dich nicht vorgestellt", fügt Stone hinzu, während Nikos hinter uns leise stöhnt.

Sie haben nicht Unrecht.

Crius scheint das nicht zu interessieren und fährt fort. "Unseren Alpha, den gefährlichsten von uns allen, Ragnar, hast du ja schon kennengelernt. Den Mann, für den wir alle sterben würden."

Für ihn sterben? Die Sturmwölfe waren Lovis gegenüber loyal, aber ich hatte nie gehört, dass sie erklärt hätten, sie würden für ihn oder sogar meinen Vater sterben, als er das Rudel anführte.

"Ihr seid alle aus Dänemark, richtig?", frage ich

und denke mir, dass die Dinge im Norden ganz anders sein müssen. "Aus demselben Rudel?"

"Ja und nein", antwortet Crius schnell, geht dann aber nicht weiter darauf ein. Und die anderen auch nicht.

"Und was ist mit dir, kleiner Fuchs?", fragt Ragnar und dreht den Kopf, um mich über seine Schulter hinweg zu betrachten, wobei seine Worte von Neugierde geprägt sind.

Jetzt frage ich mich, ob die Befragung von Crius nicht geplant war.

"Ach, weißt du, die übliche Omega-Geschichte. In einem Rudel aufzuwachsen und dann alles zu tun, um den Alphas zu entkommen, die nicht in der Lage sind, über ihren Schwanz hinaus zu denken." Ich lache, aber es wird zu einem seltsamen Würgegeräusch, als niemand meine Antwort lustig findet. "Natürlich nicht ihr vier", keuche ich, und dieses Mal schauen alle in meine Richtung, sogar Nikos. "Was? Mensch, das war ein Witz."

Das war nicht ganz ernst gemeint, aber ich habe nicht die Absicht, ihnen über das Nötigste hinaus etwas über mich zu erzählen.

Wir leben in einer ungerechten Welt, einer Welt, in der Omegas Dinge sind, die immer wieder von Unmenschen beansprucht und gebrochen werden. Ja, Ragnar hat mir Immunität angeboten, während er unser Geschäft abschließt, aber was passiert danach? Ich werde nur ein weiterer Omega sein, den sie sich holen können, und was mich betrifft, möchte ich, dass sie mich als gefährliche Wölfin mit Kräften betrachten, der ihnen die Eier abfrieren lassen kann, wenn sie mich verärgern.

"Versuche es noch einmal", sagt Ragnar, und ich wische mir mit einer Hand über das Gesicht, während wir alle weiter durch ein offenes Feld marschieren, das mit winzigen weißen Blumen bedeckt ist. Dahinter liegt eine Wand aus Wald. Sie ist dunkler und größer als alles, was ich bisher gesehen habe, und ich ziehe die Riemen meiner Tasche fester an, während wir näherkommen.

"Ich glaube nicht, dass sie dir zuhört", sagt Crius.

"Ich habe ihn gehört", antworte ich. "Aber ich weiß nicht, was ich euch sagen soll, was ihr nicht selbst herausfinden könnt. Ich bin ein Niemand. Ich gehöre weder zu den Wölfen noch zu den Hexen, also habe ich mein Leben lang versteckt, wer ich bin. Deshalb haben meine Schwestern und ich das Rudel, in dem wir aufgewachsen sind, verlassen, weil wir dort nicht mehr sicher waren. Das ist es, was ich bin. Ein verlorenes Mädchen, das versucht, sich an den letzten Resten von Familie festzuhalten, die mir in dieser Welt noch geblieben sind. Meine beiden Schwestern." Meine Atemzüge kommen jetzt schneller. Ich habe mehr gesagt, als ich wollte, und es ist keine einzige Lüge in Sicht.

Ich richte meinen Blick auf den Wald vor uns, auf alles, nur nicht auf die Gesichter, die in meine Richtung schauen. Sollen sie doch denken, was sie wollen, sollen sie doch Mitleid empfinden. Solange ich dadurch in Sicherheit bin. Es ist mir egal, dass sich meine Brust jedes Mal zusammenzieht, wenn ich daran denke, dass wir nach unserer Rückkehr kein Zuhause mehr haben, oder dass ich das Atmen vergesse, wenn ich an meinen Schicksalsgefährten Martell denke. Die Sehnsucht sitzt ständig in mir, aber das Schlimmste ist die Einsamkeit, in der meine Wölfin ertrinkt. Sie sickert in meinen Körper wie Gift, und die Gefühle brechen mich langsam.

Als ich zu Crius hinüberschaue, starrt er immer noch in meine Richtung. "Was?", frage ich.

Er zuckt mit den Schultern. "Nichts." Dann konzentriert er sich wieder auf den Weg, und das ist alles, worum ich bitte ... in Ruhe gelassen zu werden und diese Reise hinter mich zu bringen. Insgeheim danke ich ihm auch, dass er sein Wort gehalten und Ragnar nichts von unserem Fluchtversuch heute Morgen erzählt hat. Ich kann nur vermuten, dass Ragnar, wenn er es wüsste, auf dem neuen Deal bestehen würde, den er im Gasthaus vorgeschlagen hatte. Der Gedanke, jemandem zu gehören, lässt mich erschaudern.

Ich muss meine Gefährten nicht so gut kennenlernen. Im Moment habe ich schon alles erfahren, was ich brauche. Einer braucht Aufmerksamkeit, ein anderer brütet über einem dunklen Geheimnis, dann ist da noch der Friedenswächter mit seinen eigenen Geheimnissen, und schließlich derjenige, der es liebt, angebetet zu werden.

In der Ferne brechen zwei Gestalten aus dem dunklen Wald hervor, rasen wild umher und hüpfen so schnell davon, dass ich erwarte, dass hinter ihnen etwas aus der Baumreihe auftaucht. Aber nichts jagt sie.

Mein Puls pocht in meinen Adern, und die Angst steigt wie eine Flut an die Oberfläche, je näher sie kommen.

Wir halten alle inne, Crius tritt vor, während Stone sich neben mir zurückfallen lässt und seinen Arm auf meinen Bauch legt. Es ist ein seltsames Gefühl, dass diese Alphas ständig auf mich aufpassen. Ich war so lange die Beschützerin meiner Schwestern, dass ich vergessen hatte, wie es sich anfühlt, beschützt zu werden.

Ich starre nach vorne und sehe nun deutlich zwei graue Wölfe über das Feld flitzen. Mit aufgerissenen Mäulern und herausgestreckten Zungen springen sie mit beängstigender Geschwindigkeit vorwärts, das Fell steht ihnen zu Berge.

Irgendetwas in diesen Wäldern hat sie völlig verängstigt.

Ein Schauer überläuft mich, aber ich kann mich nicht von der Angst überwältigen lassen.

Wir beobachten, wie die Wölfe, ohne einen Blick in unsere Richtung, an uns vorbeiziehen, dann sind sie weg.

Keiner sagt ein Wort, aber die Männer tauschen besorgte Blicke aus, denn ich bin mir sicher, dass wir alle dasselbe denken. Wir sind dabei, die Höhle des Teufels zu betreten.

"Narah, du kommst mit zu mir nach vorne", fordert Ragnar und winkt mich zu sich. Ich tue es, ohne zu zögern. "Wenn du irgendetwas entdeckst, sagst du uns sofort Bescheid, verstanden?" Er beobachtet mich wie ein Raubtier, und er ist auf der Hut. Seine ungesagten Worte stehen hier im Mittelpunkt. *Oder aber ...*

"Natürlich."

Wir sind wieder unterwegs, und die Schritte der anderen drei nähern sich hinter uns. Ich erinnere mich daran, dass meine Fähigkeit, Magie zu erkennen, mich schützen wird, aber ich kann die Sorge nicht abschütteln, dass ich mir zu viel vorgenommen habe.

"Wenn wir erst einmal drinnen sind, weißt du, wie wir die Hexen aufspüren können, richtig?", frage ich.

"Es heißt, es gäbe einen kleinen Pfad, der sich

durch den Wald schlängelt. Folgen wir ihm, wird er uns zu ihnen führen", bestätigt Ragnar.

Ich kann mir vorstellen, dass die meisten Verwünschungen und Todesfallen entlang dieses Weges liegen werden, und es wird nicht die Richtung sein, die wir einschlagen, wenn wir dem Tod entgehen wollen.

Dunkle Wolken ziehen auf und versprechen Regen. Mein Atem geht schnell, während ich den Wald vor mir nach Bewegungen absuche. Als ich den Wald erreiche, bleiben die Männer stehen und sehen mich an.

"Gut, das ist mein Stichwort." Ich straffe die Schultern, drehe mich um und richte meinen Blick auf den dichten Wald und die Schatten. Ich mache einen Schritt, dann noch einen und betrete den giftigen Wald. In dem Moment, in dem ich über die Schwelle trete, zieht sich ein kalter Hauch um mich herum zusammen und gräbt seine Krallen in mein Fleisch. Meine Wölfin regt sich, ist plötzlich wach und drückt sich gegen mich, weil sie diesen Ort hasst.

"Es ist nur für eine Weile", flüstere ich.

Ich schaue zu den Bäumen, die einer merkwürdigen Dunkelheit weichen, als ob das Sonnenlicht irgendwie Mühe hätte, das Blätterdach zu durchbrechen.

Tief durchatmend mache ich noch einen Schritt,

dann noch ein paar, und mein Blick fällt auf den ausgetretenen Pfad, den Ragnar erwähnte, der sich durch die Landschaft schlängelt und in den Schatten verschwindet. Hinter mir leuchtet das Morgenlicht hell, und vier Alphas warten darauf, dass ich sie hereinrufe. Als ich mich wieder dem Wald zuwende, atme ich langsam aus, und mit meinem Atem kribbeln die ersten Funken der Magie in mir, als ob ich das Gefühl für meinen Körper zurückgewinnen würde. *Macht summt immer unter deiner Haut,* würde meine Mutter mir sagen, *und ein einziger konzentrierter Atemzug wird sie zum Leben erwecken.*

Die Landschaft vor mir wird schärfer, die Farben leuchten heller, und ich suche die Gegend nach magischen Funken ab. Sie deuten auf einen Zauber hin, doch hier ist nichts. Zumindest nicht an diesem Ort. Ich habe nur das beklemmende Gefühl, dass etwas auf meine Schultern drückt. Ich werfe einen Blick auf meine Hände und ziehe die Handschuhe aus, um die volle Wirkung zu erzielen. Winzige weiße Linien aus Magie hüpfen über meine Finger, und ich lächle, weil sie so schön aussehen.

Ich seufze angesichts der verbrannten Magie an meinen Fingern, aber da kann man nichts machen, und es ist ja nicht so, dass ich sie vor den Wikingerwölfen verstecken müsste. Sie wissen, was ich bin. Ragnar hat es erraten, als wir uns das erste Mal trafen. Ich wollte ihn schon lange fragen, wie. Aber das ist nicht wichtig ... nicht jetzt.

Mit schnellen Schritten erreiche ich den Waldrand und winke ihnen zu, zu mir zu kommen. "Es sieht alles gut aus. Lasst uns gehen."

Sie bewegen sich nicht. "Bist du sicher?", fragt Ragnar und starrt in den Wald hinter mir, als erwarte er, dass ein Ungeheuer auf ihn zustürmt.

"Würde ich wirklich riskieren, meine Schwester nie wiederzusehen?", antworte ich schnell, denn ich will diese Reise nicht länger machen als nötig.

Ragnar mustert mich einen langen, harten Moment lang.

"Oder bekommst du kalte Füße?", frage ich.

Er schnauft, lässt die Schultern zurückschnellen und blickt zu seinen Männern zurück. "Seid ihr alle bereit?"

Sie nicken fast unisono, dann schreiten sie zu viert neben mir in den Wald.

"Wir müssen uns vom Weg fernhalten", sage ich ihnen. Keiner protestiert, obwohl sie das Gelände, den Weg und die Schatten in der Ferne unsicher studieren. "In der Nähe des Pfades ist die Wahrscheinlichkeit von Zaubern größer. Wenn wir uns fernhalten, sind wir hoffentlich sicherer vor Verhexungen."

"Bist du sicher, dass du weißt, was du tust?", fragt Nikos.

Obwohl ich gerne zugeben würde, dass ich das nicht tue und mein Bestes gebe, hebe ich mein Kinn in seine Richtung und erinnere mich daran, dass ich als starke Hexe rüberkommen muss. "Natürlich weiß ich das. Ich kann erkennen, wo Magie eingesetzt wurde, bevor wir in ihre Schlinge treten."

Er sieht mich an, als hätte ich gerade die größte Lüge der Welt erzählt, aber dieser Teil ist ziemlich wahr. Die Tatsache, dass ich bisher noch nie mit Magie in Berührung gekommen bin, muss er nicht wissen. Solange ich die Anweisungen meiner Mutter befolge und mich vor Verzauberungen in Acht nehme, sollten wir sicher sein.

"Denke daran, wenn du uns austrickst, werde ich nicht zögern, deine Leiche in diesen Wäldern zu lassen", droht er.

Ich schlucke den Kloß hinunter, der sich in meinem Hals bildet, und wende meinen Blick nicht von ihm ab.

"Ihr habt das Mädchen gehört, lasst uns gehen", murmelt Crius und drängt sich an Nikos vorbei.

"Dann nach dir", sagt Stone und winkt mir mit dem Arm, damit ich die Führung übernehme.

Über Sträucher, umgestürzte Baumstämme und unter tiefhängenden Ästen hindurch, bewegen wir uns zügig. Je tiefer wir in den Wald kommen, desto stärker wird das beklemmende Gefühl, das mich umgibt, nur dass ich kein Zeichen von Magie entdecke.

Stone stöhnt, als hätte er Schmerzen, und ich drehe mich zu ihm um und mustere ihn von Kopf bis Fuß. Sein Gesicht ist schmerzverzerrt, er hält sich in der Mitte und sieht aus, als könnte er jeden Moment umkippen.

Panik macht sich in mir breit, dass ich etwas Offensichtliches übersehen habe. "Was ist los?"

In dem Moment, als er auf die Knie fällt, durchbricht ein ohrenbetäubendes Heulen hinter mir die Stille. Ich drehe mich um und sehe nur, wie Ragnar gegen einen Baum stolpert, während Nikos zittert, als würde er sich gleich verwandeln und den Drang bekämpfen. Crius atmet schwer ... zu schwer.

In diesem Moment trifft mich ein scharfer Schmerz in der Magengrube, und meine Wölfin drückt gegen meine Eingeweide, als ob sie versuchen würde, meinen Brustkorb aufzureißen.

Ich schreie, der Schmerz ist wie brennendes Wasser, das sich über meine Haut ergießt. Meine Knie schlagen auf den Boden, als meine Wölfin fast aus mir herausbricht. Sie hat Angst ... so viel Angst, dass sie, wenn ich sie rauslasse, genauso abhauen wird, wie die beiden Wölfe, die wir gesehen haben.

Jemand wimmert, ein anderer knurrt, aber ich kann mich nicht auf sie konzentrieren, wenn ich das Gefühl habe, dass sich mein Körper in zwei Hälften teilt, während ich darum kämpfe, meine Wölfin zurückzuhalten. Sie hat noch nie so sehr geschmerzt oder versucht, so schnell zu entkommen. Ich versteife mich, meine Muskeln sind starr, denn ich weiß, dass das, was ich fühle, ihre Angst ist.

Göttin, meine Wölfin ist wie versteinert von diesen Wäldern. Wenn ich sie rauslasse, kann ich auf keinen Fall wieder reingehen, ohne dass sie mich zu Tode bekämpft. Ich kann sie nicht gewinnen lassen.

"Was auch immer ihr tut, lasst euren Wolf nicht herauskommen", schreie ich und beuge mich vor, während ich die Zähne zusammenbeiße und mein Körper heftig zittert.

SIEBEN

Der Schmerz peitscht in mich hinein, kratzt und bohrt sich in meine Einge- weide, während mein Herz für meine Wölfin bricht, die vor Angst heult. Ich bin auf Händen und Knien, mein Körper krampft. Eine Wölfin am Auftauchen zu hindern, sollte kein Problem sein, aber im Moment ist sie so außer sich vor Angst, dass sie nichts anderes kennt als die ursprüngliche Verzweiflung, zu fliehen. Das ist normalerweise nicht meine Wölfin ...

Ein erstickter Schrei entweicht meinen Lippen, gefolgt von ihrem bedrohlichen Knurren. Das tun Tiere, die in die Enge getrieben werden - sie schlagen zurück - und ich fühle mich verlassen.

Tränen quetschen sich aus meinen geschlossenen Augen, als ich von dem Schmerz, der in meine Seiten pocht, fast zerrissen werde.

"Du brauchst keine Angst zu haben, bitte", flehe ich sie an und versuche, eine Verbindung zu ihr herzustellen, aber sie hört mich nicht. Oder vielleicht ignoriert sie mich einfach. Es fühlt sich an, als stünde eine Mauer zwischen uns, und das hasse ich so sehr.

Sie rührt sich in mir, drängt nach Flucht, ihre Gefühle sind wie ein Seil, das mich einschnürt, bis ich kaum noch atmen kann.

Ein gefräßiges Knurren durchdringt die Luft und raubt mir die Aufmerksamkeit. Ich reiße die Augen auf und rucke mit dem Kopf nach rechts, wo drei der Alphas genau wie ich am Boden liegen und sich qualvoll winden.

Aber ich habe es auf Crius abgesehen. Er ist auf den Beinen und stimmt ein Lied an. Es ist in einer anderen Sprache, aber die Melodie ... oh, die Melodie ist ein kraftvolles Kriegslied. Es gleitet in meinen Geist, gleitet über meinen Körper wie ein Seidenband. Meine Wölfin beruhigt sich, als würde sie von seiner Musik angezogen werden, und mit ihm lässt der Schmerz, die mich durchdringt, nach.

Crius' Stimme dröhnt, der Gesang auf seinen Lippen ist ungestüm und schnell, jedes Wort ist wie ein Pfeil, der abgefeuert wird, um sein Ziel zu treffen. Sein Gesang erinnert mich an die Schlachthymnen, die die Sturmwölfe singen, bevor sie einem feindlichen Clan entgegentreten.

Er kommt mit zwei langen Schritten auf mich zu, schiebt seine Hände unter meine Achseln und zieht mich mit Leichtigkeit auf die Beine.

Ich drehe mich zu ihm um, seine Hand wandert von seinem Mund zu meinem und er hört nicht auf zu singen. Für einen Mann, der bisher nur die arrogante Seite von sich gezeigt hat, scheint seine Stimme alles zu stehlen, was in der Welt falsch ist.

Erst als Ragnar im gleichen Takt wie Crius in die gleiche Hymne einsteigt, verstehe ich. Er will, dass ich mit ihm zusammen singe. Ich kenne die Sprache nicht, aber die Melodie geht mir nicht mehr aus dem Kopf, also fange ich an zu summen. In dem Moment, in dem ich das tue, durchströmt ein Funke von Energie meinen Körper. Es ist, als ob die Musik im Alleingang den Schmerz aus meinem Körper entfernt und meine Wölfin beruhigt.

Ich stelle es nicht infrage, sondern summe noch lauter, auch wenn meine Kehle zu brennen beginnt. Stone und Nikos sind ebenfalls auf den Beinen und grölen die Melodie, und ich müsste blind und taub sein, um nicht völlig fasziniert zu sein von den vier Männern, wie sie zusammen harmonieren. Alles, was uns fehlt, ist eine Taverne und Biere in ihren Händen.

Der Klang bringt tiefe Gefühle mit sich, wo

kurz zuvor noch nichts als Qualen waren. Ich spüre, wie eine Vibration durch mich hindurch schwirrt. Ist es seltsam, ein Gefühl von Neid zu verspüren, weil ich mir wünsche, die Worte zu kennen?

Ragnar sieht mich an, seine Brust hebt und senkt sich, während er den lauten Refrain anstimmt und seine Faust in die Luft stößt. In seinem Gesicht steht so viel Stolz, dass sich seine Mundwinkel fast zu einem Lächeln verziehen. Und ich dachte schon, der Kerl hätte keine Ahnung, wie man pures Glück erlebt. Aber es starrt mir direkt ins Gesicht. Er ist so stolz auf seine nordische Herkunft ... das sind sie alle.

Da stellt sich die Frage: *Warum will er den wilden Sektor übernehmen, wenn sein Herz doch in Dänemark schlägt?*

Crius verstummt zuerst, und die anderen folgen. Ich tue dasselbe, schlucke an meiner trockenen Kehle vorbei und umarme meine Mitte, meine Wölfin hat sich niedergelassen.

"Wie hast du das gemacht?", krächze ich. "Meine Wölfin war seit Monaten nicht mehr so ruhig."

Seine Lippen verziehen sich zu einem hochmütigen Grinsen. "Musik besänftigt die Bestie. Außerdem ist es unsere Kriegshymne, mit der wir unsere Wölfe auf den Kampf vorbereiten und uns konzentrieren können."

"Also, wenn es wieder nötig ist, stimmen wir ein gemeinsames Lied an?", frage ich.

Er nickt. "Im Grunde sind wir blutgierige Tiere, und solche Musik sollte helfen."

Aber als Nikos seine Aufmerksamkeit in meine Richtung lenkt, versteife ich mich wegen seines schiefen Blicks und ignoriere Crius' glücklichen Moment völlig.

"Was zum Teufel ist gerade passiert? Warum hast du den Spruch nicht entdeckt?", knurrt Nikos. "Du hast gesagt, du hättest *jede* Magie gesehen, aber wir sind kaum ein paar Schritte in den Wald hinein-gegangen und wurden schon angegriffen." Die Wut in seinem Gesicht lässt mich zurückschrecken, und Unbehagen macht sich in meinen Adern breit.

"Nikos hat recht", fügt Stone hinzu. "Wenn du das nicht entdecken konntest, was auch immer das war, was lauert dann noch tiefer im Wald auf uns?"

Ich straffe meine Schultern, denn ich muss ihnen die Stirn bieten, sonst wird diese Mission mit meinem Tod enden. "Es ist kein bestimmter Zauber, der unsere Wölfe dazu gebracht hat, so zu reagieren, es war die Luft, die mit Magie gefüllt war, mit jeder unserer Ängste", schnauze ich und scheitere kläglich daran, die Wut in meiner Stimme zurückzuhalten. "Es ist euer natürlicher Instinkt, euer Wolf weiß, wenn er in so großer Gefahr ist, dass er nur noch weglaufen kann. Wie hätte ich ihn also entdecken können, wenn es kein Zauber ist? Der ganze verdammte Wald ist mit verschiedenen Zaubern behaftet."

Meine Arme sind starr an meiner Seite und ich zittere. Ich weiß nicht einmal, warum ich mich mit ihnen über diesen Punkt streite, wenn ich nichts falsch gemacht habe. Sie suchen nur nach einem Schuldigen, anstatt zuzugeben, dass sie Angst hatten. "Und wenn ihr alle so schnell wegen etwas ausflippt, ohne dass ein Zauber auf uns gerichtet ist, dann verschwenden wir alle nur unsere Zeit. Gebt mir meine Schwester zurück und wir trennen uns jetzt." Ich folge ihren Blicken, als sie sich alle an Ragnar wenden.

Ich bin wütend darüber, wie schnell sie sich gegen mich wenden, und jetzt läuten in meinem Kopf die Alarmglocken, dass diese Männer - diese Tiere - zu meinen Feinden werden, sobald ich versage. Vielleicht sehen sie mich jetzt so, als hätte ich versagt. Das ärgert mich mehr, als es sollte, denn wen kümmert es schon, was sie denken?

"Wir machen weiter", antwortet Ragnar abrupt, und ich erschlaffe innerlich, weil ich zum Teil will, dass sie mich weiter beschuldigen und den einfachen Weg gehen. "Ich gebe Narah den Vorteil des Zweifels."

Er sieht mich scharf an, und ich zittere, mehr vor Wut als vor irgendetwas anderem, denn er sagt indirekt, dass er auch glaubt, ich hätte nicht genug getan. Scheiß auf ihn.

"Die erste und einzige Chance", fügt er hinzu und schaut dann zu Crius hinüber. "Und seid vernünftig. Lasst uns nicht schon nach einem Test aufeinander losgehen, denn es wird noch viele weitere geben."

Es brodelt in mir, ich brenne.

Nikos sagt kein Wort, sondern mustert mich und nickt mir dann anerkennend zu, was ich nicht erwartet hatte. Ich kann mich des Verdachts nicht erwehren, dass es ihm mehr darum geht, seinem Alpha zu gefallen als mir. Was mich betrifft, ist er der letzte Mensch, dem ich vertrauen kann. Auch wenn er zufällig das Gesicht eines Engels hat, dessen Wangenknochen mit einem Messer geschnitzt sind. Er ist ein Dämon, der hinter dieser Maske lauert und sich darauf vorbereitet, mich zu erledigen.

Wenn er mir nicht aus dem Weg geht, wird es zu einem Showdown zwischen uns kommen.

Ich schenke ihm den Anflug eines Lächelns und schleiche zurück zu dem Ort, an dem ich meine Tasche fallen gelassen habe, denn ich kann den Gedanken nicht loswerden, dass diese Reise mein Untergang sein könnte. Wenn nicht durch die Hexen und ihre Zaubersprüche, dann auf jeden Fall durch die Hände dieser Wölfe.

Ein Schatten fällt auf mich, und ich drehe mich

um und erwarte Nikos, aber es ist Crius. "Ich nehme es dir übrigens nicht übel", beruhigt er mich, während seine Aufmerksamkeit zu meinen Händen gleitet. Dünne gelbe Linien aus Magie knistern und knacken zwischen meinen Fingern, was ein leichtes Kribbeln auf meinen Armen hinterlässt. Im Moment bin ich ich selbst, offen dafür, Magie zu spüren.

"Würde es wehtun, wenn ich sie berühre?", fragt er.

"Während ich mich darauf konzentriere, andere Zaubersprüche zu erkennen, würde es wehtun."

Er studiert meine Hände, und ich weiß, was er denkt. Er will wissen, warum die obere Hälfte meiner Finger schwarz gefärbt ist, was dann bis zu den Knöcheln verblasst. Also gebe ich ihm die Antwort, bevor er fragt.

"Es ist Magie, die ich vor Monaten benutzt habe, und das hatte Konsequenzen", sage ich ihm, schwinge meine Tasche über die Schulter und stecke die Hände in die Taschen.

"Du brauchst sie nicht vor mir zu verstecken", sagt Crius und lenkt meine Aufmerksamkeit wieder auf sich. "Ich sammele selbst Narben." Bevor ich etwas erwidern kann, zieht er sein Hemd bis zur Achselhöhle hoch, wo mein Blick sofort den Anblick seiner zerrissenen Bauchmuskeln erfasst. Ich sehe, wie er seine Hose tief auf den Hüften trägt, die dieses verruchte V enthüllt, das Kerle wie er besitzen. Dann hebe ich meinen Kopf zu der riesigen Narbe, die sich von seinem Rücken über seine Rippen und über seine Bauchmuskeln schlängelt. Wer auch immer das getan hat, hätte ihn in zwei Hälften schneiden können. Ich erschrecke bei diesem Anblick und entlocke ihm ein Lachen. "Das hat verdammt weh getan. Lass dich nie auf einen Kampf mit jemandem ein, der eine Kettenpeitsche schwingt."

"Verdammt, Crius, hörst du eigentlich jemals auf, mit dir selbst zu prahlen?", fragt Nikos genervt. Stone kichert, während Crius sich einen Dreck darum zu scheren scheint. Er geht zurück, um seinen Rucksack zu holen, und redet den beiden ins Gewissen. Aber ich höre nicht zu.

Ich starre auf meine Hände und kann nicht anders, als mich zu fragen, ob er das Mal auch so sieht ... als eine Narbe. Ich schätze, in gewisser Weise ist es das. Wie könnte man es sonst nennen? Ich habe immer noch keine Ahnung, warum es passiert ist, nachdem ich von der Klippe geworfen wurde oder wie meine Magie mich an diesem Tag gerettet hat.

Es dauert nicht lange, bis wir uns wieder in Bewegung setzen, und je tiefer wir kommen, desto mehr ändert sich die Atmosphäre. Es ist, als hätte dieser Ort sein eigenes Wettersystem. Mit jedem Atemzug wird es leichter, die Luft ist weniger stickig, aber das Licht wird schwächer. Das Sonnenlicht dringt kaum durch das Blätterdach über uns. Hier unten gibt es nur Schatten und kaum genug Licht, um nicht über unsere eigenen Füße zu stolpern.

"Ist es seltsam, dass es keine Tier- oder Vogelstimmen gibt?", fragt Stone.

"Wahrscheinlich sind sie alle um ihr Leben gerannt, wie unsere Wölfe es versucht haben", antwortet Ragnar mit einer dunklen Heiterkeit in seinem Ton. Ich bin mir nicht sicher, ob ich das als *"Haha, lasst uns noch einmal auf Narah losgehen"* auffassen soll, oder als Eingeständnis, dass sie tatsächlich Angst hatten und ihre Wölfe deshalb in Panik gerieten.

Ragnar schlendert neben mir her, wir beide gehen voran. Ich werfe immer wieder einen Blick auf den Feldweg weiter rechts von uns. Solange wir dem folgen, sollten wir uns nicht verirren. Trotzdem suche ich alles um uns herum nach Spuren von Magie ab, nach allem, was ich für einen Zauber halten könnte.

Ich bin mir sicher, dass wir bisher einen halben Tag gelaufen sind, vielleicht war es aber auch nur eine Stunde. Es ist unmöglich, das hier zu sagen. Es wird kaum geredet, was mir recht ist. Ich kann nur vermuten, dass die Art und Weise, wie unsere Wölfe reagiert haben, alle verschreckt hat.

Je weiter wir kommen, desto mehr verändert sich der Wald. Die hohen Kiefern und Tannen sind verschwunden und durch verbogene Stämme ersetzt worden, deren Äste von Blättern und Rinde befreit sind. Als ob wir durch einen Friedhof voller Skelette gehen würden. Während früher das Blätterdach das Sonnenlicht verdeckte, bedeckt jetzt eine trübe Wolke die Wipfel der Bäume.

Das Laub knirscht unter unseren Schuhen und ist so trocken, als hätte es seit Monaten kein Wasser mehr gesehen.

"Liegt es nur an mir, oder sieht es so aus, als ob wir einen neuen Teil des Waldes betreten haben?", fragt Stone.

"Haltet die Augen offen, nach allem." Ragnar spricht das Offensichtliche aus, und ich scanne das umliegende Land. Kein einziger Funke, nichts Magisches hier.

"Ich nehme nichts wahr", sage ich, stolpere über einen Stein und stoße mit Ragnar zusammen. Er sieht zu mir herüber, als ob ich das mit Absicht oder aus Angst getan hätte.

Er entfernt sich von mir, und ich nehme zunächst an, dass er damit vermeiden will, dass ich ihn wieder anremple, aber er geht nach rechts, weg von uns allen.

"Ragnar?", sage ich und mir läuft ein Schauer über den Rücken, dass er wieder irgendwie anders sein könnte.

Als er stehenbleibt und auf etwas hinunterblickt,

schließen wir uns ihm an, nur um festzustellen, dass er neben den Überresten einer Person steht. Eigentlich sind nur noch Knochen übrig, aber der Schädel mit einem gezackten Loch an der Seite des Kopfes und der Brustkorb machen deutlich, dass es sich um einen Menschen und nicht um ein Tier handelt.

Ich drehe mich schnell auf der Stelle um, starre in alle Richtungen und habe das Gefühl, etwas Offensichtliches übersehen zu haben und in eine weitere Falle getappt zu sein. Um uns herum gibt es nichts, weder Magie noch sonst etwas, nur kaputte Bäume und Sträucher. Alles wirkt trostlos und grau ... ganz zu schweigen davon, dass es sehr schnell dunkel wird.

"Dieser Mistkerl ist an Dehydrierung gestorben", sagt Stone voller Zuversicht. Vielleicht hat er recht.

"Das bezweifle ich", fügt Nikos hinzu.

Mir gehen die Gedanken durch den Kopf, dass ich unterschätzt habe, wie schwer diese Mission sein könnte. Zweifel, dass ich der Aufgabe nicht gewachsen sein könnte, vor allem, wenn meine Magie gebrochen ist, und es ist nicht so, dass ich sie für irgendetwas anderes als das Aufspüren von Zaubern verwenden kann. Außerdem, was weiß ich wirklich über Hexen, außer dem, was meine Mutter mir erzählt hat? Und sie hat uns im Stich gelassen.

Meine Gedanken kreisen darum, wie sie uns immer sagte, dass sie uns immer beschützen würde, und die Erinnerung daran bringt einen Schmerz mit sich, der in meiner Brust brennt. Die Trauer überschwemmt mich wie schon lange nicht mehr. Was würde ich nicht dafür geben, meine Eltern noch am Leben zu haben, damit meine Mutter mir beibringt, meine Magie zu benutzen, anstatt mich zu zwingen, sie zu verstecken.

Ich schaue auf meine Hände hinunter. Der Tanz der Magie auf meinen dunklen Fingern ist nicht mehr zu sehen, was nicht richtig ist. In diesen Wäldern sollte sie aufflackern, denn ich bin immer noch offen dafür, Verzauberungen zu entdecken.

Magie kann verbrennen, würde Mutter mir sagen. *Nicht nur die Hexen oder die Opfer, sondern auch das, was in der Nähe ist.*

Ich lasse meinen Blick noch einmal über die Landschaft schweifen, an den verkohlten Bäumen auf und ab, folge der ansteigenden Neigung der Erde und gehe schließlich dorthin, wo der Weg sich entlangschlängelt. Der Wald ist dort dunkler, fast grüner, und ich gehe einige Schritte darauf zu, um ihn besser sehen zu können.

Jemand packt mich an den Armen und zerrt mich zurück, sodass ich auf den Füßen stehen bleibe. "Du hast gesagt, wir sollen den Weg meiden", erinnert mich Stone.

Ich schaue ihn nicht an, sondern starre weiter auf die Blätter an den Bäumen in der Richtung, aus der wir gekommen sind. "In diesem Teil des Waldes gibt es keine Magie", murmle ich. "Er ist verbrannt, der Boden unfruchtbar. Sieh dir nur den Pfad dort drüben an." Ich zeige auf ihn. "Er ist grün, und sogar ein Wind regt sich, während er uns hier nicht erreicht, und wir sind nur etwa fünfzig Fuß entfernt."

"Bist du sicher?", fragt Ragnar, seine Worte sind gedehnt, als ob er glaubt, ich würde ihm etwas vormachen. Er glaubt mir nicht.

"Nun, wenn Magie an einem Ort zu lange überstrapaziert wird, kann sie alles verbrennen, was sie berührt. Dies ist ein Beispiel dafür, dass der Giftwald nicht so stark ist, wie viele denken. Außerdem habe ich keinen Funken Magie an meinen Fingern. Das sollte aber so sein, wenn ich etwas Macht habe. Magie hat die Angewohnheit, alles Ähnliche zu entzünden. Stell dir das wie eine magnetische Anziehungskraft vor."

Crius schlendert zu einem dicken Baum hinüber. Die Rinde ist dunkelbraun, und es ist schwer zu sagen, ob sie verbrannt oder abgenutzt ist. Aber er reißt mit Leichtigkeit einen Streifen der äußeren Schicht ab, und sie zerfällt in seiner Hand wie Staub. Das Innere des Stammes ist ebenfalls dunkel und verbrannt. Selbst aus einigen Metern Entfernung erfasst uns ein beißender Geruch. Es ist ein ekelhafter Gestank, verkohlt, genau wie die Magie.

Als ich Ragnar ansehe, blinzelt er, während er unsere Umgebung aufnimmt, als würde er sie zum ersten Mal sehen. "Keine Magie bedeutet also, dass dies eine sichere Zone ist."

"Ohne Garantie, aber ich würde mich lieber hier ausruhen als drüben am Weg", sage ich, weil mir die Vorstellung, in diesen Wäldern zu schlafen, überhaupt nicht gefällt, aber ich wusste, dass wir die Strecke nicht an einem Tag schaffen würden.

"Dann kampieren wir hier", sagt Nikos, und sofort machen sich drei von ihnen daran, Holz für ein Feuer zu sammeln. Ragnar geht zu einem kleinen Bereich in der Nähe eines toten Baumstamms, der sich perfekt als Lagerplatz eignet. Ich weiß nicht, wie viel Schlaf ich bekommen werde, aber es wird mir guttun, meine Füße zu schonen.

Ich helfe, mehr Äste zu sammeln, denn ich möchte nicht, dass das Feuer heute Nacht ausgeht. Aber es darf nicht so groß sein, dass wir versehentlich das Lager in Brand stecken. Diese Wälder sind mir tagsüber unheimlich, also kann ich mir nur vorstellen, dass es nachts zehnmal schlimmer sein wird.

Die Nacht kommt schneller, als jeder von uns erwartet hat. Das schwache Knistern des Feuers hallt um uns herum, während seine Flammen an der Dunkelheit lecken, die sich in unserem Rücken zusammenzieht. "Dieser Ort ist mehr als unheimlich", sage ich.

Stone quittiert das mit einem leeren Blick, während Ragnar tief in Gedanken versunken, mit dem Rücken zu einem Baum sitzt, die Beine zum Feuer ausgestreckt, und scheinbar nicht gehört hat, was ich gesagt habe. Crius sitzt mit gespreizten Beinen auf dem Baumstamm und hat die Arme auf die Oberschenkel gestützt. In der einen Hand hält er ein Schälmesser, in der anderen einen roten Apfel, den er in Scheiben schneidet und isst.

"Was glaubst du, was passieren würde, wenn Zombies hier reinkämen?", fragt er. "Nicht, dass Zaubersprüche sie töten könnten, aber was wäre, wenn sie es bis zu den Hexen schaffen und sie töten würden?"

"Ich bin mir nicht sicher, ob ich mir das jetzt vorstellen will, da wir ja im Freien schlafen", antworte ich.

"Brütest du einen neuen Plan aus?", fragt Nikos, als er ins Lager schlendert und sich vor dem Feuer auf den Hintern fallen lässt, die Beine angewinkelt und die Arme über sie gelegt.

"Vorsicht, Narah", sagt Stone.

Ich hebe meinen Blick, als er mir einen Apfel zuwirft. Instinktiv ducke ich den Kopf und strecke den Arm aus, um ihn zu fangen. Er trifft genau meine

Handfläche, und ich bin ziemlich stolz auf diese kleine Meisterleistung der Unmöglichkeit. Niemand scheint es zu bemerken, also beiße ich in die fleischige Frucht, und der Saft füllt meinen Mund. Stone teilt das Essen aus seinem Rucksack, das hauptsächlich aus getrocknetem Fleisch und Obst besteht, mit einer großen Wasserflasche und einer Flasche Wein.

Jeder nimmt sich seine Portion und gibt den Rest weiter, während wir zu fünft um das Feuer sitzen. Meine Tasche liegt hinter mir auf dem Boden, mein großer Mantel liegt als Decke unter mir, während ich die Beine übereinanderschlage. Ich hebe die Flasche und entkorke sie, dann nehme ich mehrere Schlucke, ohne zu merken, wie durstig ich bin.

"Also, Narah", beginnt Stone. "Du bist ganz anders als die Verfluchte, die ich zu Hause getroffen habe." Seine Bemerkung lenkt die Aufmerksamkeit aller auf mich.

Haben sie andere Verfluchte gekannt? Ich schaue Stone in die Augen, die im Licht des Feuers zu glitzern scheinen. "Wie das?" Ich bin neugierig, mehr über Halbblüter zu erfahren, da ich außer meiner Mutter und meiner Schwester noch nie einen getroffen habe.

"Sie drohte ständig damit, alle Männer in Nagetiere zu verwandeln, wenn sie nicht taten, was sie verlangte. Anfangs funktionierte das, weil die Leute Angst hatten, aber sie machte einen fatalen Fehler."

Ich hänge an jedem seiner Worte. "Welchen?"

"Sie nahm an, dass ihr niemand etwas antun würde, weil sie anfing, den Alpha des Rudels zu ficken. Aber am Ende tötete der Zweite im Bunde sie mit bloßen Händen, als sie darauf bestand, dass sie unantastbar sei." Er nimmt einen Schluck Wein aus der Flasche, die neben seinen Füßen steht. "Aber du zeigst uns nicht einmal das Ausmaß deiner Kräfte, was sollen wir also annehmen? Dass du bescheiden bist?"

Ich schlucke und sammle mich so weit, dass ich mich frage, ob er mich die ganze Zeit reingelegt hat, während mir durch den Kopf geht, was er mir erzählt hat. Dieser Verfluchte hat mit Ragnars Vater geschlafen? Ich konzentriere mich wieder auf Stone. "Du willst also damit sagen, dass niemand unantastbar ist. Nicht die Verfluchten und nicht die Alphas, richtig? Und du hast recht, dass ich anders bin. Wenn ich an einem Ort leben würde, an dem die Verfluchten nicht verhasst wären, würde ich vielleicht offener damit umgehen, also haben meine Entscheidungen nichts mit Bescheidenheit, sondern mit Überleben zu tun."

Stone starrt mich wortlos an, und als ich zu Ragnar hinüberschaue, umspielt ein Lächeln seine Mundwinkel, während er sich einfach zurücklehnt und uns beobachtet.

Ich richte meine Aufmerksamkeit auf mein Essen

und beginne zu essen, während die drei Männer in ein Gespräch über Zombies verfallen. Meistens dreht es sich um die Methode, mit der sie sie töten würden. Ich schalte ab, als Crius sagt: "Ich zerhacke meinen und sehe zu, wie er sich auf dem Boden windet."

Ich kann nicht sagen, ob er es ernst meint oder nur versucht, die gröbste Antwort zu geben. Stattdessen lasse ich mich vom Feuer wärmen und bleibe still, genau wie Ragnar. Er sitzt seitlich von mir, die Hände tief in den Hosentaschen. Er ist kräftig gebaut, überragt mich, ist größer als seine Männer, aber irgendetwas an ihm lässt ihn jetzt normal erscheinen. Kein kriegerischer Wikinger, sondern jemand, der zurückhaltend und tief in Gedanken versunken ist.

Seltsam ist, dass ich ein Kribbeln in der Magengrube verspüre, wenn ich ihn ansehe. Als würde er mich bemerken, dreht er seinen Kopf in meine Richtung und das Feuer in seinen Augen spiegelt sich zusammen mit der Unentschlossenheit auf seinem Gesicht wider.

Ich bin mir nicht sicher, ob ich herausfinden will, was ihn so sehr stört, also mache ich es mir stattdessen auf dem harten Boden bequem. Ich schiebe meine Tasche als Kissen unter meinen Kopf und ziehe meinen Mantel über mich. Ich schließe die Augen und blende das Geschnatter der Männer aus, während mein Instinkt mich auf seltsame Geräusche lauschen lässt. Auf alles, was sich an uns heranschleicht. Natürlich ist da nur das Knistern des Feuers, aber ich kann das Unbehagen nicht abschütteln.

Erschöpfung überkommt mich, die Wärme entspannt mich, und meine Augen fallen zu, während ich entschwinde.

Als Zweige knacken, öffne ich meine Augenlider und finde Ragnar, Stone und Crius am Feuer liegend, fest schlafend.

War ich so schnell ohnmächtig geworden? Das Feuer brennt immer noch hell, als wieder ein Ast knackt und ich den Kopf hebe, um eine Gestalt zu sehen, die sich vom Lager entfernt und tiefer in den Wald geht.

Nikos?

ACHT

Mein Blick fällt auf Nikos, der sich von unserem Lager entfernt und in den Schatten der Nacht verschwindet. Ich bewege mich nicht vom Feuer weg, lausche auf Geräusche und denke, dass er pinkeln geht. Ich höre nur das Schnarchen der anderen drei Alphas. Darüber hinaus ist die Nacht in den giftigen Wäldern totenstill.

Ich bin noch nicht ganz wach, aber ich setze mich auf und greife nach der Wasserflasche, dann nehme ich mehrere Schlucke, wobei das lauwarme Wasser meine trockene Kehle hinunterrinnt.

Damals im Sturmwolfsrudel blieb ich oft allein in unserem Garten auf der Gartenbank sitzen, starrte hinaus auf den hinteren Zaun und lauschte meinem

Herzschlag in der Brise. Ich habe die Dunkelheit, die Nacht, immer gemocht. Ihre Ruhe brachte mir Freude nach einem chaotischen Tag.

Aber hier spüre ich weder diese Ruhe noch die Wärme, die mir die Nacht bringt. Stattdessen konzentriere ich mich auf das Fehlen von Leben, auf die toten Bäume. Ich sollte froh sein, dass das Land ohne Magie ist, aber ich komme zu dem Schluss, dass ich diese Wälder hasse.

Ich schaue zu Crius hinüber, der im Schlaf zuckt. Stone schläft tief am Feuer, während Ragnar mit dem Kinn auf der Brust an den Baum gelehnt verharrt. Der erste Tag der Reise fing schon beschissen an. Ich schulde diesen Wikinger-Alphas nichts weiter als sicheres Geleit durch die Wälder. Sie sind noch nicht gestorben, also ist das ein Gewinn, egal, wie wir hierhergekommen sind.

Ich weiß nicht mehr, wie viel Zeit vergangen ist, aber Nikos ist noch nicht ins Lager zurückgekehrt. Je länger ich warte, desto mehr ziehen sich meine Nerven zusammen. Es ist stockdunkel da draußen, er könnte also leicht über verhextes Land stolpern und sich direkt in Gefahr begeben. Nachts zu sehen ist eine Stärke der Wölfe, aber an diesem Ort gibt es weder Mond noch Sterne, die einen Lichtschimmer verbreiten. Es ist einfach nur schwarz.

Das sollte mir egal sein.

Das ist mir egal.

Dennoch stehe ich auf und strecke die Arme in die Luft, um mich zu strecken, dann, bevor ich mich aufhalten kann, greife ich nach dem Ende eines Zweiges, der aus den Flammen ragt, und benutze ihn als Fackel. Die Neugier treibt mich an, ich will sichergehen, dass Nikos nicht in Schwierigkeiten ist. Ich verjage die Dunkelheit mit der kleinen Flamme, die ich bei mir trage. Es reicht, um mir einen Weg durch den Wald zu bahnen.

Ich sollte nicht hier draußen sein, aber das sollte Nikos auch nicht, und ich weigere mich, wieder für etwas verantwortlich gemacht zu werden, über das ich keine Kontrolle habe.

Ich halte die Fackel vor mich und gehe weiter durch den stillen, unheimlichen Wald. Hier draußen gibt es keine Gerüche, und die Ruhe, die ich vorhin noch hatte, ist jetzt völlig verschwunden und wird von der Aufforderung abgelöst, umzukehren.

Gerade als ich mich entschließe, dies zu tun, entdecke ich eine Gestalt, die einige Meter entfernt an einem Baum steht. Das frühere Gefühl der Gefahr durchzuckt mich jetzt heftig. Irgendetwas fühlt sich hier falsch an. Mein Herz klopft laut.

Ich blinzle durch die Dunkelheit und erkenne Nikos leicht an seiner Frisur, der Dreadlocke, die sich wie ein Irokesenschnitt über seinen Kopf zieht und über seinen Rücken fällt. Was macht er hier draußen?

"Nikos", flüstere ich laut genug, damit er mich hören kann, und er hebt den Kopf, um mich anzusehen, wobei das Licht seine hellgrünen Augen einfängt. Mein Blick wandert an seinem Körper hinunter, aber er hat es nicht eilig, sich den Reißverschluss hochzuziehen, also hat er nicht gepinkelt.

"Kannst du auch nicht schlafen?", fragt er mich und schreitet in meine Richtung.

"Ich glaube, du hast mich geweckt, als du auf Zweige getreten bist."

Er grinst, als wäre das von Anfang an seine Absicht gewesen, was ich nur schwer glauben kann, denn das würde bedeuten, dass die anderen drei, wie Bären geschlafen haben. Als ich meinen Kopf in ihre Richtung drehe und sie durch die Bäume erspähe, sind ihre Positionen unverändert.

Plötzlich steht Nikos vor mir, so nah und unerwartet, dass ich zusammenzucke und mir der brennende Ast entgleitet.

Er flucht leise und tritt hastig auf die Flammen, löscht sie und stürzt uns in die Dunkelheit.

Ich weiche zurück, bis ich gegen einen Baum stoße. Er folgt mir und drückt mich allein durch seine schiere Präsenz an den Stamm, seine Augen glitzern in den Flammen des Lagerfeuers hinter mir. Er berührt mich nicht, aber wir stehen nur einen

Atemzug voneinander entfernt, und ich drücke instinktiv meine Hand auf seine Brust. Er packt mich am Handgelenk, stößt mich aber nicht weg.

Wärme steigt von der Stelle, an der wir uns berühren, meinen Arm hinauf, und er starrt auf mich herab, als ob er mich durchschaut. Doch die Art, wie er mich studiert, wie sein Daumen in kleinen Kreisen über mein Handgelenk fährt, erfüllt mich mit einem unerwarteten Verlangen.

Das ist völlig falsch. Ich sollte nicht so empfinden, wenn er nichts als eine Gefahr für mich ist.

"Was machst du denn hier draußen?", frage ich und versuche, das Feuer abzuschütteln, das von seiner Hand ausgeht und mich verschlingt.

"Ich wollte, dass du mir folgst."

Ich studiere sein Gesicht und versuche, die Wahrheit herauszufinden, aber bei so vielen Schatten gibt es nichts außer dem Klopfen seines Herzens gegen meine Berührung.

"Das hört sich nicht nach etwas an, dass ich tun würde." Ich bin atemlos und spiele herunter, dass er mir so nah ist, dass sich sogar meine Wölfin regt.

Er lacht leise, seine andere Hand wandert an mein Gesicht und umfasst meine Wange, sein Daumen streicht über meine Unterlippe.

Irgendetwas stimmt nicht mit mir, während ich einfach nur dastehe, diesen Alpha kaum kenne und meine Schenkel zusammenkneife, weil er so mit mir spielt. Ich sollte nicht zulassen, dass er mich berührt, nicht, nachdem er so unhöflich zu mir gewesen ist.

"Wenn du mir nicht folgen wolltest, wärst du im Lager geblieben", sagt er zu mir, und genau wie Crius ist er voller Egoismus. Aber als er sich zu mir beugt und sein Atem über meine Wange streicht, verliere ich jede Fähigkeit, logisch zu denken. Die Wärme seiner Nähe ist ein Gift, das mich verschluckt. Er flüstert in mein Ohr: "Ich habe einen Vorschlag für dich."

Mit der freien Hand umklammere ich den Baum hinter mir, um mich aufrecht zu halten, mit dem Rücken an den Stamm gelehnt, und ich weiß nicht, warum er mir das Gefühl gibt, dass ich nicht mehr klar denken kann.

"Was meinst du?" Meine Frage klingt lüstern, obwohl ich sie nicht so gemeint habe.

Seine Finger fahren über meine Kieferpartie und gleiten über die Vorderseite meines Halses, sanft, und doch spüre ich die Macht in ihnen. Eine kleine Drehung seines Handgelenks und er würde das Leben aus mir herauswürgen. Trotzdem kann ich meine Beine nicht bewegen, um ihm aus dem Weg zu gehen. Das Chaos, das Nikos ist, verzehrt mich, seine Gegenwart ist wie ein Gift, das in meine Adern sickert.

Er drückt sich dichter an mich heran, unsere

Brüste schmiegen sich aneinander, und mein Atem bleibt mir im Hals stecken.

Seine Wange streift die meine, sein Mund mein Ohrläppchen, und ein Stöhnen entweicht meinen Lippen.

"Du und ich suchen den Hexenzirkel allein. Wir lassen die anderen hier, so sind wir schneller. Ohne Drama, und wir kommen schneller aus dem Wald raus. Wie hört sich das an?" Seine Worte klingen heiß in meinem Nacken, und ich brauche ein paar Augenblicke, um ihre Bedeutung zu begreifen.

Ich drücke gegen seine Brust, um uns zu trennen, aber er rührt sich nicht, sondern zieht nur mein Gesicht zu seinem heran. Was er sagt, macht mir Angst, denn ich dachte, die vier wären eine Einheit und vertrauen sich, doch Nikos bietet an, sie zurück-zulassen. Was übersehe ich?

"Was hast du davon?"

Ich bin keinem dieser Männer gegenüber loyal, aber ich möchte auch wissen, mit welchem Teufel ich es zu tun habe.

Er zuckt lässig mit den Schultern, als wolle er mir weismachen, dass ihm das Thema gerade erst eingefallen ist, aber das ist überhaupt nicht der Fall. "Es ist das Richtige, und ich tue es nicht, um dich auszutricksen. Wenn wir hier raus sind, bringe ich dir deine Schwester zurück."

Ich blinzle ihn an, so verloren, so verwirrt.

"Ich dachte, du und sie wärt einander treu." Ich drehe meinen Kopf zurück zum Lager, dann wieder zu Nikos.

"Wir sind Freunde, ja, und sie wissen es vielleicht nicht, aber ich tue das für sie. Mit ihrem Gezänk und ihrem Konkurrenzdenken werden sie sich gegenseitig umbringen, bevor wir den Hexenzirkel erreichen, also will ich ihnen helfen, das zu erledigen."

Er will Ragnar beeindrucken, indem er den Helden spielt? Ist es das, worum es hier geht? Seine Hand legt sich auf meine Schulter und lenkt mich für einen Moment ab.

"Was genau ist deine Absicht mit den Hexen? Was will Ragnar? Will er mit ihnen verhandeln? Um jemanden zu töten?"

"Du bist ein freundlicher Omega - vielleicht zu freundlich für diese Welt, Narah - und ich biete dir einen Ausweg aus dem Umgang mit wilden Alphas. Hast du nicht gesehen, wie sie dich angucken?"

"Ich habe auch gesehen, wie du mich ansiehst." Da merke ich, dass sein Trick, mich von meiner Frage abzulenken, funktioniert hat.

Sein Mund verzieht sich zu einem verruchten Grinsen, das mir eigentlich Angst machen sollte. Aber als seine Hand mein Haar durchkämmt, es zu einer Faust formt und meinen Kopf zurückwirft, kann ich nur auf seine Lippen und das Versprechen schauen, das sie mir geben.

Mein Kopf verlangt, dass ich ihn wegstoße und mich daran erinnere, wer der Alpha vor mir ist. Ich sollte nicht zulassen, dass er mich so berührt, aber mein Geist scheint wie eingefroren zu sein. Der Rest der Welt ist verschwunden und nur noch wir beide sind übrig. Ich weiß, dass ich mir das nur einbilde, aber er weicht auch nicht zurück, also spürt er vielleicht auch etwas zwischen uns.

Soweit ich weiß, sind diese Alphas Killer. Und so wie Crius Finn in der Stadt ausgeschaltet hat, glaube ich das auch. Warum habe ich dann nicht mehr Angst vor Nikos? Warum kribbelt mein Körper vor Vorfreude, obwohl ich mir vorstellen kann, dass er schon mit Dutzenden von Frauen zusammen war? Warum regt sich meine Wölfin und ist plötzlich mehr an ihm interessiert, als sie es sein sollte?

Er küsst mich plötzlich, und ein weiteres Stöhnen entweicht meiner Kehle. Mein Körper schmiegt sich an ihn, meine Brust drückt gegen seine, als hätte sie einen eigenen Willen. Vielleicht habe ich mich geirrt, als ich dachte, dass nur ein Mann mich so wahnsinnig machen kann, aber was auch immer zwischen uns passiert, ist nur Anziehung.

Sein Mund ist verrucht und heiß, er küsst mich unersättlich, leckt und schmeckt alles von mir. Ich bin noch nie in meinem Leben so geküsst worden. Göttin, er bringt mich dazu, alle Gefühle zu überdenken, die ich je empfunden habe, außer dem Hunger, der durch meine Adern pocht und sich zwischen meinen Schenkeln sammelt. Mit der anderen Hand ergreift er mein Kinn und hinterlässt eine Spur von Knutschflecken in meinem Nacken. "Denk über mein Angebot nach, Omega."

Als Nächstes zieht er seine Hand von meinem Haar und meinem Kiefer weg und studiert mich einen Moment lang. "Deine Lippen sind wunderschön, wenn sie voll und rot von meinem Kuss sind." Sein Blick gleitet an meinem Körper hinunter, bleibt genau auf dem Scheitelpunkt zwischen meinen Beinen stehen, und er grinst. So schnell wie er zu mir gekommen ist, tritt er in den Schatten und macht sich auf den Weg zurück zum Lager.

Ich lasse mich gegen den Baum plumpsen, mein Herz rast in meiner Brust, mein Mund ist voller Blutergüsse, weil er mich so hart geküsst hat.

Was zum Teufel habe ich gerade getan? Er ist kein Mann, dem man sich nähern sollte. Er ist der Feind, ein Mann, der mich hintergehen wird. Ganz zu schweigen davon, dass es für mich sehr klar klang, dass er entweder sein Rudel verraten will oder so verzweifelt nach Ragnars Anerkennung sucht, dass er es riskiert, ihn zu verärgern, um diese Mission allein zu erfüllen. Selbst wenn das bedeutet, dass er unser beider Leben riskiert, indem er allein loszieht.

Er ist verrückt, wenn er glaubt, dass ich mich einmische, was auch immer zwischen ihnen vorgeht. Meine Schwestern sind meine Priorität, nicht die Alphas.

Ich kann ihn immer noch auf meinem Mund schmecken, immer noch den Druck seines Körpers an meinem spüren, und allein dieser Gedanke jagt mir einen Schauer über den Rücken. Ich schließe die Augen und versuche, meine rasende Erregung zu beruhigen. Ich kralle meine Finger in meinen Arm, um die Erregung zu vertreiben, um aufzuwachen aus dem, was ich mir gerade habe gefallen lassen.

Jedes Mal, wenn ich mich an seine Lippen an meinem Hals erinnere, an sein Flüstern, erschaudere ich vor Erregung, und meine Wölfin reibt ihr Fell an meinen Eingeweiden, um es zu bestätigen. Hitze durchströmt mich, und jetzt bin ich noch verlorener als zuvor.

Ich habe nicht vor, Ragnar zu verraten, denn ich bezweifle, dass er mir verzeihen würde, selbst wenn er Nikos verzeihen würde. Meine Abmachung mit dem Anführer ist es, meine Schwestern zu retten, und so wird es auch bleiben ... vorerst.

Auch wenn ich vor meinem geistigen Auge nicht aufhören kann, mir Nikos' unersättliches Grinsen vorzustellen, oder die Tatsache, dass er mich nach einem einzigen Kuss, der niemals hätte passieren dürfen, schwer atmend zurückgelassen hat.

Nikos

Sie ist wie nichts, was ich vorher hatte, nichts, was ich je geschmeckt habe. Scheiße, dieser Kuss war nicht vorgesehen. Ich hatte beim Verlassen des Lagers absichtlich Geräusche gemacht, um sicherzugehen, dass sie mich hört. Die Schwäche der Omegas ist ihre Neugierde, aber es scheint, als hätte ich eine eigene Schwäche ... sie.

Ich liege auf dem Rücken auf dem Boden, den Mantel zu einem Kissen zusammengerollt, die Beine an den Knöcheln gekreuzt und die Hände hinter dem Kopf. Der Himmel ist schwarz, kein einziger Stern in Sicht. Nicht einmal die hohen Äste der Bäume sind zu sehen. Was auch immer für ein abgefuckter Ort dieser Wald ist, hier ist nichts normal. Mir wird ganz kribbelig, wenn ich hier drin bin, also war mein Angebot an Narah ehrlich gemeint. Diesen Scheiß schnell erledigen und aus der Todesstadt verschwinden.

Ragnar würde meinem Plan natürlich nie zustimmen. Der Kerl ist ein Kontrollfreak und muss bei allem dabei sein, muss sicherstellen, dass er den Ruhm erntet. Die anderen beiden haben ihre eigenen

Probleme, genug, um uns auszubremsen. Wenn ich also an Narah arbeite, wird sie vielleicht zur Vernunft kommen und mein Angebot annehmen.

Der Kuss war unerwartet und verdammt noch mal, sie ist köstlich. Ich gebe es nur ungern zu, aber ich könnte süchtig nach dieser kleinen Berührung werden. Sie ist niemand, den ich in mein ohnehin schon beschissenes Leben holen wollte, aber nach dieser Mission ist mit ihr alles möglich. Sicher, es gibt die Komplikation mit ihren Schwestern, aber das ist ein Problem für später.

Im Moment bade ich in ihrem Duft, ihrer Süße auf meiner Zunge, ihrer Weichheit, die noch immer an meinen Händen klebt, wo ich sie gehalten habe. Ihr Körper war so empfänglich für meinen, während ihre Wangen vor Scham brannten, denn es war klar, dass sie sich nicht beherrschen konnte. Wenn ich sie so sehe, will ich sie nur noch mehr.

Das Knirschen von Laub lässt mich ein Auge aufreißen, um zu sehen, wie sie sich zurück ins Lager schleicht. Sie wirft mir einen flüchtigen Blick zu, bevor sie schnell den Kopf senkt. Aber mein Verstand rast bereits, als ich sehe, wie ihre Brust schneller atmet, wie ihre Brüste gegen ihr enges Top drücken und sich gegen den Stoff pressen. Es wäre unmöglich, meine Gedanken jetzt zu unterbrechen. Ich stelle mir nur vor, wie ich den Stoff abreiße und ihre Brüste befreie. Wie ich ihre harten Brustwarzen in den Mund nehme und zwei Finger in ihre Muschi stecke.

Mein Schwanz zuckt. Scheiße. Ich werde ersticken, wenn ich mir keinen runterhole.

Ich drehe mich auf die Seite und denke stattdessen an die Toten auf dem Schlachtfeld, an die vielen, die ich erschlagen habe, an das vergossene Blut. Aber heute Abend hilft diese Vorstellung einen Scheißdreck, um die Flammen zu löschen.

Die Erinnerung an meine Familie kommt mir so leicht in den Sinn, dass ich sie dafür hasse. Die Zeit, als sie mich, ohne zu zögern, an das feindliche Rudel abgaben, um Frieden zwischen zwei sich bekriegenden Clans zu schaffen. Ragnars Schwester ging zu meinem Familienrudel. Ein fairer Tausch, da waren sich alle einig ... alle außer uns. Arschlöcher, der ganze Haufen. Wenn es etwas gibt, das dein Leben versaut, dann ist es deine Familie, die dich verkauft. Diese Scheiße windet sich in mir wie Stacheldraht und zerreißt mich jedes Mal, wenn ich daran denke, dass ich keine richtige Familie mehr habe.

Bei den schmerzhaften Erinnerungen überkommt mich Kälte.

Ja, das hat gewirkt, und jetzt sind meine Venen wieder so, wie sie sein sollten: rasend vor Wut.

Narah lässt sich mir gegenüber am Feuer nieder, und ich schließe die Augen, atme tief ein und werde daran erinnert, dass das, was ich im Wald mit ihr empfunden habe, ein unstillbares Verlangen gewesen ist. Nichts anderes.

Omegas sind für Alphas gemacht. Sie werden von unwiderstehlichen Trieben angezogen, und ich sollte mir nicht vormachen, dass sie etwas anderes will. Aber das ändert nichts an der Tatsache, dass ich sie vielleicht trotzdem behalte.

Als ich aufwache, riecht es köstlich nach Kaffee, und für diese wenigen Augenblicke bin ich wieder in unserer Familienhütte im Sturmwolfsrudel. Meine Schwestern versuchen, mich zu wecken, während ich mir die Decke über den Kopf ziehe. Verzweifelt versuche ich, ein paar Minuten mehr Schlaf zu kriegen, bevor ich mit meiner Routine beginne, Wasser vom Brunnen zu holen und den Frauen in der Küche und beim Nähen zu helfen. Wir waren erschöpft von all den Dingen, die wir tun mussten, selbst wenn wir krank waren, um unseren Platz im Rudel zu behalten.

Doch als Ragnars tiefe Stimme ertönt, werde ich aus meiner Vergangenheit herausgerissen und in die Realität zurückholt. Dorthin, wo ich in den giftigen Wäldern schlafe, zusammen mit vier Wikinger-

Alphas, von denen ich weiß, dass sie immer noch an meinen Fähigkeiten zweifeln. Dorthin, wo ich letzte Nacht Nikos geküsst habe.

Ja, wenn ich schon dachte, das Leben mit den Sturmwölfen sei kompliziert, dann glaube ich langsam, dass es nichts im Vergleich hierzu war.

Als ich den Kopf anhebe, jaulen meine steifen Muskeln vom Schlafen auf dem harten Boden, und ich öffne die Augen im Morgenlicht, das den Wald um uns herum durchflutet. Es ist heller als gestern, wärmer, aber immer noch schweben düstere Wolken über uns.

Neben dem kleinen Feuer steht ein kleiner Topf, aus dem der Duft von Kaffee strömt. Ich dachte mir, dass diese Männer mit Töpfen, Kaffee und genügend Wasser für die Reise ausgerüstet sind. Die vier sind weiter weg und unterhalten sich zwanglos. Zumindest sieht es so aus, wie Ragnar an einem Baum lehnt, Stone mit den Händen in den Taschen steht und Crius mit bewegten Händen spricht, als würde er eine große alte Geschichte erzählen.

Ich reibe mir den Schlaf aus den Augen und krieche zum Topf hinüber, nehme einen der bereits benutzten Metallbecher in der Nähe und fülle ihn mit dem nussigen Ambrosia. Ich lehne mich auf meinen Fersen zurück, atme tief ein und lächle. Es ist schon komisch, wie eine Kleinigkeit, wie ein

vertrauter Geruch den schlimmsten Tag über-
schaubar erscheinen lassen kann.

Der Becher ist nicht brennend heiß in meinen
Händen, aber ich probiere trotzdem vorsichtig einen
Schluck, um die Temperatur zu testen. Als es meine
Zunge nicht verbrüht, nehme ich zwei Schlucke. Ein
bisschen bitter, aber immer noch erstaunlich gut.

Ein Schatten fällt auf den Topf, und ich blicke
auf, um Nikos zu sehen, der mich mit seinen spekta-
kulären grünen Augen ansieht. Schmetterlinge
schwärmen in meinem Bauch aus und schlagen wild
mit den Flügeln, als ich mich an seinen Kuss erinnere, und meine Lippen kribbeln in Erinnerung an
unsere Begegnung im Wald. Die Wahrheit ist, wenn
ich gewusst hätte, dass er mich küssen würde, wäre
ich ihm *trotzdem* gefolgt.

Und genau deshalb habe ich ein Problem.
Deshalb muss ich auf Abstand bleiben und so tun,
als wäre die letzte Nacht nie passiert. Ganz zu
schweigen davon, dass sein kryptisches Angebot,
mit mir zum Hexenzirkel zu gehen, lächerlich war.
Diese Art von Verschwörung würde zu meinem Tod
durch die Hände dieser Wikingerwölfe führen.
Außerdem ist die Wahrscheinlichkeit größer, dass
wir getötet werden, wenn nicht mehrere von uns
einander helfen können. Wer hätte gedacht, dass
Crius' Gesang unseren Wölfen gegen ihre Panik
helfen würde?

"Was ist hier los?", frage ich beiläufig, als wäre nichts zwischen uns passiert.

"Das ist mein Becher", sagt er, und weg ist der Mann, der mich gestern Abend an einen Baum gepresst hat. Stattdessen ist er wieder der übliche griesgrämige Schwachkopf. Das ist definitiv das Beste.

Sein Gesichtsausdruck ist herablassend, und ich fange an, die Art und Weise, wie er versucht, mich mit diesem Ausdruck einzuschüchtern, wirklich zu hassen.

Unfähig, mich davon abzuhalten, hebe ich den Becher zum Mund. "Meinst du den hier?" Ich streiche mit der Zunge über den Rand, um keine Stelle auszulassen, und trinke dann den ganzen Becher Kaffee in einem Zug aus. Vorsichtshalber stecke ich auch meinen Finger hinein und fahre damit an der Innenseite entlang, bevor ich ihn in meinen Mund stecke. Dann stehe ich auf und reiche ihm den Becher zurück. "Hier, bitte sehr."

Ich lächle, während er mich schockiert ansieht. Die Tatsache, dass er das nicht von mir erwartet hat, bringt mich zum Lächeln.

Er nimmt das Gefäß entgegen und beugt sich vor, um sich den Rest aus dem Topf einzuschenken. Dann steht er so dicht vor mir, dass ich die Wärme des Kaffees in seinen Händen auf meinen Wangen spüre. Er starrt mich mit herausforderndem Blick an.

"Glaubst du, du kannst mich einschüchtern, Omega?" Er hebt den Metallbecher an die Lippen und kippt das Koffein in einem Zug hinunter, dann leckt er sich hungrig über die Lippen. "Wenn du mich weiter bedrängst, kann ich dir versprechen, dass du mich bald tief in dir vergraben findest, dich verknotest und mich um mehr anflehen wirst."

Meine Kehle wird eng, und ich muss den Blick abwenden, damit er nicht sieht, dass ich rot werde. Er lacht und schnappt sich den Topf, bevor er die letzten Tropfen auf die trockene Erde kippt.

"Arschloch", murmle ich leise vor mich hin.

"Deine süßen Worte machen mich nur noch härter", spottet er.

Warum habe ich geglaubt, dass es gut für mich ausgehen würde, wenn ich mich mit ihm anlege? Neue Regel: Verwickle Nikos nie wieder in irgendetwas.

Es dauert mehrere Minuten, bis ich mich wieder beruhigt habe, und bis dahin hat Nikos das Feuer gelöscht und scharrt die Reste mit loser Erde zu.

Stone steht neben ihm, sein sandblondes Haar ist verstrubbelt und unordentlich, als hätte er sich nicht einmal die Mühe gemacht, es nach dem Aufwachen zurechtzuzupfen.

"Guten Morgen, Narah", sagt Crius und gesellt sich zu ihnen. "Ich hoffe, du hast gut geschlafen.

Heute werden wir den Hexenzirkel erreichen. So weit kann es nicht mehr sein."

Stone lacht und klopft ihm auf die Schulter. "Nur weil du etwas sagst, ist es noch lange nicht wahr."

Ich wende meine Aufmerksamkeit von ihnen ab, als Ragnar sich nähert, und sofort dreht sich mein Magen vor Nervosität um. Ich sehe, wie er zu Nikos hinüberschaut, der gerade Topf und Becher in seine Tasche packt. Dann richtet der Anführer seinen Blick wieder auf mich.

Hat Ragnar uns gestern Abend im Wald reden sehen? Mir läuft ein Schauer über den Rücken, weil er denken könnte, dass ich mich mit Nikos verschworen habe, ihn zu hintergehen ... oder habe ich Nikos' Absicht völlig missverstanden? Vielleicht hatte es gar nichts damit zu tun, dass ich mich auf seine Seite schlagen soll, sondern es war ein Test, um zu sehen, ob ich auf das erste bessere Angebot anspringen würde.

Ich beobachte Ragnar, unsicher, was ich fühlen soll. Es sollte mich nicht überraschen, dass er mir nicht traut, wenn ich glaube, dass ich keinem von ihnen trauen kann.

Er hebt seine Tasche auf und grinst mich an. "Es scheint ein guter Tag für einen Spaziergang zu sein."

Ich weiß nicht, was ich denken soll ... versucht er, mich zu verwirren, weil er etwas weiß? Oder bin ich jetzt völlig paranoid?

Stone und Crius stehen bereit, beide so unterschiedlich, und doch haben sie eine Gemeinsamkeit. Ihr Gehorsam gegenüber Ragnar, die Art, wie sie auf seinen Befehl warten, wie entschlossen sie ihn ansehen, ist bewundernswert. Was ist also die Geschichte von Nikos? Er steht mit dem Rücken zu uns und starrt in den Wald, als wüsste er, welche Richtung wir einschlagen sollen.

"Lasst uns gehen", befiehlt Ragnar und blickt in den Wald hinaus.

"Ja, fast fertig", antworte ich und schlüpfe in meine Schuhe und rolle meinen Mantel in meine Tasche. Als ich fertig gepackt habe, kommt Stone zu mir und reicht mir ein Küchentuch, in dem etwas eingewickelt ist.

"Ich habe dir etwas aufgehoben", verkündet Stone.

Ich packe das Geschenk schnell aus und finde eine Scheibe gesalzenen Fisch auf Brot und einen Apfel. Das ist mehr, als ich zu Hause an den meisten Morgen essen würde, und es ist lächerlich, sich über eine Mahlzeit aufzuregen, aber er hat mir etwas aufgehoben, obwohl es nicht nötig gewesen wäre. Als ich den Kopf hebe, ist er wieder bei Crius, und ich sehe ihm in die Augen und lächle ihm dankbar zu.

Da alle auf mich warten, packe ich es schnell wieder ein und stecke es in meine Tasche, um es zu essen, sobald wir losgehen.

"Also gut, wir folgen dem Weg aus der Ferne, wie gestern." Ich gehe vor ihnen her und übernehme die Führung, nur dass Ragnar mir diesmal nicht folgt. Als ich einen Blick über die Schulter werfe, sehe ich, dass er neben Nikos geht, und ich bin mir jetzt mehr denn je sicher, dass die letzte Nacht doch ein Test war. Vielleicht war der Kuss auch dazu da, mich dazu zu bringen, sein Angebot anzunehmen. Und der Gedanke hinterlässt einen sauren Geschmack in meinem Mund, denn ich habe den Kuss zu sehr genossen, um zu merken, dass es ein Spiel war.

Etwas in mir besteht darauf, nach den Regeln zu spielen, um ihnen zu zeigen, dass ich dasselbe will wie sie. Ich will diese Mission zu Ende bringen und meine Schwestern zurückholen. Es zerreißt mich innerlich, wenn ich an Jae denke, die in einem Raum eingesperrt ist, und weiß, dass Kaira irgendwo da draußen allein ist.

In meinem Kopf gehen zu viele Dinge vor sich, ganz zu schweigen davon, dass meine Fähigkeit nur darin besteht, Magie zu erkennen und nichts darüber hinaus. Es sei denn, ich schließe die Möglichkeit ein, dass meine Fähigkeit durchdreht und ich versehentlich einen der Wikinger-Alphas verbrenne. Ja, ich kann mir vorstellen, dass das gut ankommen wird.

Allein dieser Gedanke weckt eine Welle von Erinnerungen an Martell, und ich verabscheue es, dass sich meine Brust jedes Mal, wenn ich an ihn denke, anfühlt, als würde sie aufreißen. Meine Wölfin knurrt aus Protest, dass ich ihn verlassen habe, dass ich mich jetzt mit diesen Alphas verbünde.

Ja, meine Wölfin hasst mich sogar noch mehr, da sie tief in mir Martell anschmachtet. Sie versteht nicht, dass ich für unser Überleben gegangen bin.

Ich richte meine Aufmerksamkeit neu aus, denn nur so kann ich die Sehnsucht lindern, die mich erdrückt.

Der verbrannte Wald erstreckt sich viel weiter, als wir alle erwartet haben, und in der Ferne zu unserer Rechten raschelt das Grün am Wegesrand im Wind.

Der Schweiß tropft mir den Rücken hinunter, und ich sehne mich nach einem einzigen Luftzug durch mein Haar, etwas, das mir die Erstickungsgefahr nimmt. Trotz der Gefahr wird die Versuchung, dieses Risiko einzugehen, von Minute zu Minute größer, während sich der Schweiß in meinem Nacken sammelt.

Hinter mir halten die vier Männer mühelos mit, obwohl man an ihren roten Wangen und ihrem Schweiß erkennen kann, dass sie nicht weniger betroffen sind.

Dunkle, verkohlte Bäume umgeben uns, der Boden ist krustig und trocken, und ich beginne mich zu fragen, ob die Landschaft ein weiteres Mittel ist, jemanden davon abzuhalten, den Weg zu verlassen. Als ich meinen Blick direkt vor uns schweifen lasse, geht das Grau des Waldes in tiefe Grün- und Brauntöne über. Ich quietsche fast laut auf, als ich sehe, dass wir endlich aus diesem toten Land heraus sind.

Als die geisterhaften Finger eines warmen Windes über mein Gesicht streichen, spüre ich eine Welle der Erregung in mir. "Hast du das gespürt? Es ist ein Windhauch!"

Im selben Moment spüre ich einen Funken Energie in meiner Brust, und ich weiß, was das bedeutet. Wir befinden uns in einem Teil des Waldes, in dem die Magie der Hexen jetzt spürbar ist. Ich atme tief ein und rufe meine Kraft an, um Zaubersprüche zu sehen, so wie Mutter es mich gelehrt hat. Das Gefühl einer Feder fließt meine Arme hinunter und über meine Finger. Wir sind wieder auf dem richtigen Weg, Gott sei Dank.

"Leck mich, aber sag mir, dass das ein Fluss ist", sagt Crius, und noch bevor ich den Wald absuchen kann, um herauszufinden, wovon er spricht, stürmt er wie ein wütender Stier vor mir her. "Dieses langsame Laufen ist Blödsinn", knurrt er. "Ich langweile mich zu Tode."

Mein Herz springt mir in die Kehle, als ich das Netz aus magischen Linien entdecke, das sich direkt in seinem Weg befindet. Dünne Fäden glitzern im Licht, direkt vor dem Fluss, der in Sichtweite kommt.

Natürlich wird es niemand sonst sehen, aber für mich ist es golden und wiegt sich im Wind wie eine Verführerin, die auf ihr Opfer wartet.

Crius rennt direkt auf das Wasser und in die Falle zu.

Eis fließt durch meine Adern.

"Halt!", brülle ich und renne ihm hinterher, bevor ich klar denken kann. Ich lasse meine Tasche fallen und mein Herz hämmert in meiner Brust. "Crius!", schreie ich. "Es ist ein Zauberspruch, halte an, bevor es zu spät ist!"

Meine Füße stampfen auf die Erde, um ihn zu erreichen, und die anderen eilen mit mir vorwärts.

Crius ist schnell, so gefangen von der Freiheit, die der glitzernde Fluss bietet, dass er verrückt wird bei dem Gefühl, dieser grauen Welt zu entkommen.

Ich packe ihn von hinten an seinem Oberteil und versuche, ihn dazu zu bringen, mir Aufmerksamkeit zu schenken. Nicht, dass ich ihn wirklich zum Stillstand bringe, aber mein Gewicht, das an ihm dranhängt, lässt ihn schließlich innehalten. Er stößt meine Hand weg.

"Was zum Teufel?", knurrt er.

"Welchen Teil von *anhalten* verstehst du nicht?", schnauze ich.

"Scheiße, Mann, bist du eigentlich taub?!", brüllt Nikos, und ich kann nicht anders, als anzunehmen, dass er zur Abwechslung mal auf meiner Seite steht.

"Ich habe dich nicht gehört", gibt Crius zu, und ich glaube ihm. Wir sind an einem Ort, an dem man sich selbst nicht mehr trauen kann.

"Nun, du warst gerade dabei, in eine riesige magische Schlinge zu laufen."

Die Jungs schauen alle in die Richtung des riesigen Netzes, aber sie schauen direkt hindurch, Stone rümpft verwirrt die Nase.

"Zwischen uns und dem Fluss befindet sich ein magisches Netz. So gern ich auch wüsste, was es mit uns macht, wenn wir es berühren, ich habe versprochen, euch vier sicheres Geleit zu geben, also können wir diesen Weg nicht gehen."

"Also gut, in welche Richtung dann?", fragt Ragnar, und ich bemerke, dass er meine Tasche über der Schulter trägt.

Ich scanne die Landschaft und zeige sowohl vom Zauber als auch vom Pfad weg. "Ihr wartet alle dort, und ich sehe nach, wie weit sich das Netz ausdehnt."

Crius wirft mir einen ausdruckslosen Blick zu, und auch wenn es ihm nicht gefällt, will ich nicht dafür verantwortlich gemacht werden, wenn einer von ihnen stirbt.

„Einverstanden" fügt Ragnar hinzu. Es überrascht mich, dass er so schnell zugestimmt hat.

Mit schnellen Schritten eile ich zu dem Netz, das mich durch seine wahrhaft schöne Verarbeitung fasziniert. Wenn das Licht aus verschiedenen

Winkeln darauf fällt, schimmert es in einem Regenbogen von Farben, aber was noch seltsamer ist, ist, dass es sich in meine Richtung zu biegen scheint, als ob es mich wahrnimmt.

Auch meine Hände kribbeln, und als ich auf sie hinunterschaue, wölben sich die magischen Linien nach außen, als wollten sie nach dem Zauberspruch greifen. Die Vorstellung, dass sie sich verbinden, macht mir Angst, also gehe ich ein paar Schritte weiter, um etwas Abstand zwischen mich und das Netz zu bringen.

Ich bewege meinen Kiefer hin und her und spiele mit dem Gedanken, dass es vielleicht eine Option wäre, auf den Weg zu gehen, wenn ich keinen Weg zum Passieren finden kann.

Vor mir sehe ich die Stelle, an der das Netz abrupt endet, und ich springe förmlich auf den Zehenspitzen auf und ab. Es ist mir egal, ob die Männer mich sehen, aber ich beschleunige jetzt mein Tempo. "Ich glaube, ich habe das Ende gefunden", rufe ich ihnen über meine Schulter zu.

Die Sträucher stehen in diesem Teil des deprimierenden Waldes dicht beieinander, skelettartige Gebilde, die an meiner Hose zerren und bei jedem Schritt an mir zerren, den ich mache. Ich schwinge mich dorthin, wo sich mehrere dichte Bäume aneinander kuscheln. Hier hört das Netz auf, und dahinter liegt der graue Nebel, der das Licht in diesem ganzen verdammten Ort erstickt. Ich atme schwer und hasse es, wie traurig der ausgelaugte Wald ist.

Ohne zu zögern, bewege ich mich hastig an den Stämmen vorbei, nur um von starken Händen um die Taille gepackt und gegen eine feste Brust gezogen zu werden.

Ich zucke zurück und erschaudere in meiner eigenen Haut.

"Keinen Schritt weiter", flüstert Stone mir ins Ohr.

Ich erstarre, mein Kopf dreht sich vor Verwirrung. "Woher kommst du denn plötzlich?", frage ich und drehe meinen Kopf, um ihm ins Gesicht zu sehen. Selbst in diesem Moment purer Panik und Ungewissheit ist dieser Alpha todsexy, und als ich mich an ihn drücke, verschluckt mich die frühere Hitze.

"Glaubst du wirklich, Ragnar würde dich allein gehen lassen?", sinniert er. "Jetzt sieh vor dir nach unten."

Als ich seinem Blick folge, fällt mein Blick auf einen Spalt in der Erde, der so breit ist, dass er mich verschlucken würde, wenn ich blindlings hineingetreten wäre. Nur Schwärze gähnt uns aus dem Inneren entgegen.

"Scheiße. Wie konnte ich das nur übersehen?"

Meine Augen waren hoch oben auf dem Netz und nicht auf das, was mir zu Füßen lag. Wie tief war der Spalt? Es war, als ob sich der Boden auftat, um jeden ahnungslosen Besucher zu verschlingen. Oder war dies nur ein weiterer Teil des Plans der Hexen, um sicherzustellen, dass niemand ihr Land betritt? Obwohl ich immer noch zittere, weil ich fast ein Opfer geworden wäre, kann ein Teil von mir nicht umhin, die Hexen dafür zu bewundern, dass sie so gründlich über ihre Zaubersprüche nachdenken. Es scheint, als gäbe es noch so viel mehr zu zaubern, und diese Information speichere ich für später ab.

"Das sieht aus wie eine Grubenfalle", flüstert er.

"Wie konntest du es sehen, wenn ich es nicht gesehen habe?", frage ich ihn, meinen Rücken immer noch an seine Brust gelehnt.

"Beobachtung", antwortet er, aber als er mit mir in den Armen zurücktritt, löse ich mich aus seinem Griff und drehe mich um. Ein blauer Schimmer direkt unter seinem Kragen erregt meine Aufmerksamkeit. Es ist der Rand von etwas, das wie eine kreisförmige Tätowierung aussieht, nur dass es leuchtet.

"Vielleicht ist es sinnvoller, wenn wir beide zusammen die Führung übernehmen." Er rückt sein Hemd zurecht, um den Abdruck zu verdecken. Er hat bemerkt, dass ich ihn angestarrt habe.

"Was ist das?", frage ich, denn ich hatte den Eindruck, dass diese Wölfe einfach nur ... Wölfe sind.

Ist Stone ein Verfluchter wie ich? Ist es seltsam, dass ich mich freue, mit ihm etwas zu teilen, wovor ich mich mein ganzes Leben lang gefürchtet habe?

"Nichts, worüber du dir Sorgen machen müsstest", antwortet er. "Ich schlage vor, wir gehen zurück auf den Weg, wie du vorhin sagtest." Er schenkt mir ein leichtes Lächeln, was wohl ein Code dafür ist, dass das Thema beendet ist.

Natürlich geht mir jetzt durch den Kopf, was das alles bedeutet. Wenn er es für sich behalten will, ist das erst einmal in Ordnung. Aber später muss er reinen Tisch machen.

Wir trampeln über die Büsche und quetschen uns zwischen zwei Bäumen hindurch, um wieder zu den drei anderen zu gelangen, die auf uns warten.

"Und?", fragt Crius, der wie ein gefangener Wolf auf und ab geht. "Ich weiß nicht, wie lange ich noch an einem Ort gehen kann, der aussieht, als würden wir uns im Kreis drehen."

"Es ist eine Sackgasse", antworte ich und erwarte fast, dass Stone ihnen erzählt, wie ich fast gestorben wäre, aber er tut es nicht. "Wir müssen unser Glück auf dem Weg probieren, um diesen Zauber zu überwinden. Wir müssen langsam vorgehen, denn ich kann nur vermuten, dass dort etwas auf uns wartet."

Mein ganzer Körper zittert, wenn ich nur daran denke, wie ich fast in das klaffende Loch gefallen wäre. Jetzt, wo ich mich beruhigt habe, trifft mich die Realität noch härter.

Stone ist an meiner Seite, seine Hand auf meinem Rücken. "Lass uns gehen." Er stupst mich an, damit ich mich bewege, und ich tue es, bevor ich ausflippe.

"Das wird wieder", beruhigt er mich.

Ich nicke. Ich möchte mir einen Moment Zeit nehmen, um zu Atem zu kommen und mein klopfendes Herz zu beruhigen, aber das würde mich schwach erscheinen lassen, und ich darf nicht zusammenbrechen. Ich habe mich mein ganzes Leben lang der Gefahr gestellt. Also kann ich es auch hier tun. Ich schlucke den dicken Kloß in meiner Kehle hinunter. Ein Schritt vor den anderen, wir gehen weiter.

Als wir den Abschnitt mit dem Fluss erreichen, wandert mein Blick über seine blaue Oberfläche. Es ist, als ob die Sonne irgendwie ihren Weg in diesen Teil des Waldes gefunden hat.

"Es sieht wirklich einladend aus", sagt Stone.

Ich sehe zu ihm hinüber und flüstere: "Danke für vorhin."

Er fährt sich mit der Hand durch seinen kurzen, goldenen Bart, und seine Augen werden weich. "Du kannst mir vertrauen, Narah."

Aber vertrauen sie mir?

Wir wandern weiter, und schon bald wird der

raue Boden unter unseren Schuhen weicher, und das öde, leblose Land erblüht zu neuem Leben. Eine kühle Brise rauscht vorbei, und ich stöhne genüsslich, endlich etwas Wind zu haben.

Die Männer stöhnen vor Erleichterung, aber je näher wir dem Feldweg kommen, desto mehr kribbelt es in meiner Haut. Um uns herum rascheln die Äste, als würden sie verstimmte Lieder singen.

Dann bleibe ich direkt neben dem Feldweg stehen. Ich lasse meinen Blick auf die andere Seite des Weges schweifen, wo ein felsiger Berg in die Höhe ragt, der alle möglichen neuen Wege versperrt.

Während ich meine Hände studiere, tanzt der Funke der Magie wie wild umher. Irgendetwas ist hier falsch.

"Ist alles in Ordnung?", fragt Stone und starrt mich mit zusammengekniffenen Augen an.

Ich senke meine Stimme und sage: "Ich bin mir nicht sicher. Ich kann keine Zaubersprüche sehen, aber meine Magie hüpft in mir herum, als ob sie etwas wahrnehmen würde. Kannst *du* etwas spüren?", frage ich und lasse meinen Blick zu seinem Schlüsselbein wandern, wo der obere Teil seiner Tätowierung nicht mehr leuchtet.

Er schüttelt den Kopf.

"Was ist denn los?", fragt Crius, dessen Ungeduld an meinen Nerven zerrt.

"Immer mit der Ruhe", sage ich und werfe einen

Blick über meine Schulter. Nikos und Ragnar warten geduldig, während Crius sich nervös verhält, die Arme vor der Brust verschränkt und sie dann an den Seiten fallen lässt. Seine Füße hören nicht auf, sich zu bewegen, und sei es nur, um in einem engen Kreis zu laufen. Was zum Teufel ist mit ihm los?

"Vertraue deinem Instinkt", sagt Stone zu mir. "Was sagt er uns, wo wir hingehen sollen?"

Ich schaue zurück zu ihm. "Es sagt mir, dass ich von diesem Weg verschwinden soll, aber das ist der einzige Weg nach vorne."

ZEHN

Narah starrt auf ihre Hände und sieht so verloren und verwirrt aus, dass sich mein Inneres zusammenzieht, wenn ich sie so sehe. Trotz ihres Mutes und ihrer starken Worte kann ich nicht umhin, mich zu fragen, ob die Magie neu für sie ist. Sie ist extrem schüchtern, wenn es darum geht, ihre Fähigkeit einzusetzen ... oder vielleicht bin ich es gewohnt, dass jeder bei jeder Gelegenheit mit sich selbst prahlt.

Aber sie ist auch alles, was wir haben. Ragnar ist seit Monaten auf der Suche nach einer Hexe, die uns helfen soll, aber die laufen nicht gerade frei herum. Die meisten Wölfe verachten und fürchten sie, also fallen sie bei ihrem Anblick fast tot um. Aber Verfluchte sind ganz anders ... halb Wölfe, halb Hexe, und nach dem, was ich gesehen habe, sind sowohl ihre Kräfte als auch die Stärke ihrer Wölfe begrenzt, aber sie setzen sie trotzdem bei jeder Gelegenheit ein. Sie bewegen sich zwischen beiden Welten und passen nie ganz in eine hinein. Und ich sehe diesen Kampf auf Narahs Gesicht. Sie weiß ganz genau, dass die Welt sie ausspucken würde, also lebt sie am Rande.

Verdammt, ich sollte kein Mitleid mit ihr haben, aber ich habe es. Die Art, wie sie sich nach einer Antwort umsieht, wie ihre Hände zittern ... und doch hat die Kraft, die von ihnen ausgeht, so viel Potenzial.

Die Runen auf meinem Körper kribbeln. Sie wurden mir ins Fleisch geritzt, als ich fünf Jahre alt wurde, ein Ritual mütterlicherseits. Ihre Familie besitzt die Fähigkeit, die Macht der Runen anzuzapfen und der beste Weg, diese Fähigkeit zu erhalten, ist, sie auf meine Haut zu zeichnen. Ein Talent, für das ich Jahre brauchte, um es zu erlernen, und selbst jetzt ist es winzig im Vergleich zu der Macht eines Verfluchten, geschweige denn einer Hexe.

Das ist der Teil von mir, den Vater verabscheut. Er nennt es die Kraft einer Frau und spottet in meiner Gegenwart. Als ich acht Jahre alt war, fand ich die Runensteine meiner Mutter, und in dem Moment, als ich sie berührte, rief ich einen Baum herbei, der in der Mitte unseres Hauses wuchs und es bis auf die Grundmauern zerstörte. Ja, es war kaputt, und dann hat mein Vater mich kaputt gemacht. Er brach mir zwei Rippen, brach mir den Schädel und warf mich gewaltsam aus dem Haus. Daraufhin bin ich zu Ragnars Familie gezogen.

Mein Vater ist ein Stück Dreck, und das ist einer der vielen Gründe, warum ich die Chance ergriffen habe, mit Ragnar Neuland zu betreten und Dänemark zu verlassen.

Die Götter haben dir die Macht aus einem bestimmten Grund gegeben, würde Mutter mir sagen, aber das hat nichts geändert, oder?

Ich atme laut aus, lasse die Vergangenheit los und konzentriere mich stattdessen wieder auf Narah.

Ihre Schultern ziehen sich konzentriert nach vorne, dann hebt sie den Kopf und schaut mich mit neuem Selbstbewusstsein an. "Wir haben keine andere Wahl, als den Weg zu nehmen." Ohne zu warten, betritt sie die unbefestigte Straße und geht vor uns her.

Zumindest kann ich sagen, dass das Mädchen Eier aus Stahl hat ... und sie hat auch einen kurvigen, wunderschönen Arsch, aus dieser Perspektive.

"Dieser Fluss sollte besser hinter diesem Hügel sein, oder ich grabe mich in die Erde und mache mir meinen eigenen Fluss", sagt Crius, während Nikos ihn auslacht.

"Das würde ich gerne sehen."

Ragnar ist besonders ruhig, als ob auch er sich Sorgen macht, dass wir vielleicht zu schnell mit Narah hierher gestürmt sind. Ich gehe einen Schritt zurück, damit er mich einholen kann.

"Wird das funktionieren?", frage ich ihn leise.

Er zuckt mit den Schultern und schluckt, sein Blick ist auf Narah gerichtet. "Das muss es wohl. Sie ist eingerostet und hat wenig Selbstvertrauen, aber wenn sie uns weiter um die Zaubersprüche herumführen kann, sollte es gutgehen."

"Glaubst du, die Hexen lassen uns so einfach durch ihr Land ziehen?", flüstere ich, damit die anderen meine Besorgnis nicht hören.

"Nach dem, was ich gehört habe, verlassen sie ihren Zirkel nur selten. Vielleicht haben sie sich damit abgefunden, dass es nie jemand durch ihr Labyrinth schaffen wird."

Bei dem Gedanken keimt in meiner Brust die Hoffnung auf, dass unser Überraschungsplan funktionieren wird.

Ragnar fährt fort: "Ich habe vor, sie mit unserer Ankunft zu überrumpeln, dann werden wir sie ausschalten." Die Art, wie er mich ansieht, ist dunkel und erinnert mich an den Plan, den wir ausgearbeitet haben. Unsere eigene magische Geheimwaffe.

"Bis dahin müssen wir sie gut im Auge behalten", flüstert er. "Wir müssen dafür sorgen, dass sie sich sicher fühlt und auf unserer Seite ist."

Wir gehen ein paar Augenblicke, nur das Geräusch des Streits zwischen Nikos und Crius ist zu hören, etwas, das ich schon vor langer Zeit zu verdrängen gelernt habe. "Was machen wir danach mit ihr?", frage ich, neugierig, ob die Möglichkeit, sie für mich zu behalten, überhaupt infrage kommt.

Ragnar zögert zunächst mit der Antwort, und unter seinen Augen verdunkeln sich die Schatten, während er über meine Frage nachdenkt. "Sie wird mein Problem sein", antwortet er schließlich.

"Sicher." Ich habe keine Ahnung, was er meint, wenn man bedenkt, dass das nicht seine übliche Reaktion ist, wenn wir es mit einem Außenseiter zu tun haben. Er tendiert eher dazu, *sie zu töten*. Das ist also neu und hinterlässt auch einen bitteren Beigeschmack auf meiner Zunge, dass er so früh schon Interesse an ihr zeigt.

Stille folgt uns auf dem Weg, der auf der einen Seite von einem Berg und auf der anderen Seite von einer Baumgruppe mit dem Netz flankiert wird.

"Nicht bewegen", schreit Narah plötzlich, und ich laufe direkt in Nikos hinein, der knurrt, weil ich ihn anremple.

"Was ist los?", fragt Crius, der bereits seine Axt in einer Hand hält. Seit wir Dänemark verlassen haben, brennt der Kerl darauf, gegen irgendetwas zu kämpfen.

"Aus heiterem Himmel ist ein Zauber auf dem Weg erschienen." Sie deutet auf den Boden, der für mich ziemlich gewöhnlich aussieht, und sieht dann zu Crius auf, der vor ihr steht.

"Warte, ich habe den unsichtbaren Zauber ausgelöst?", bellt er, da er ihre Andeutungen sofort verstanden hat.

"Du hast dich wieder vorgedrängelt", schnauzt sie zurück.

"Dann ist es meine Schuld?" Er steht aufrecht da und hebt die Augenbrauen. Plötzlich fällt Nikos direkt vor mir um und wird an den Beinen zur Seite gerissen.

Sein Schrei durchdringt den stillen Wald, als sich eine dunkle Schlange um seinen Knöchel windet und ihn weiß Gott wohin schleift. Sein entsetzter Schrei trifft mich mitten in die Brust, wo kalte Angst mein Inneres zerfrisst.

Meine Hand zuckt zu meinem Gürtel, und ich hebe meine Klinge, während ich Nikos hinterher springe. Er wird so schnell über den Boden geschliffen, dass ich kaum mithalten kann, also stürze ich mich auf die Bestie, die ihn gepackt hat. Mitten in der Bewegung greife ich nach dem Ding, das steinhart in meinem Griff ist. Ich bin immer noch halb im Laufen und fühle mich verdammt unbeholfen. Nur die raue Rinde unter meiner Hand verrät mir, dass es sich nicht um eine Schlange handelt.

Es ist eine verdammte Baumwurzel.

Ich schwinge meine Klinge nach unten gegen das Holz und hacke mit dem Messer über die Oberfläche des Holzes.

Wir kommen abrupt zum Stehen, und ich falle auf die Knie, um die Wurzel in zwei Teile zu sägen. Das Ding zittert und wehrt sich gegen meinen Griff, um zu entkommen.

Nikos stößt es von seinem Bein ab und zieht mit den Händen krampfhaft an dem Stück um seinen Knöchel.

"Hurensohn", knurrt er.

Nachdem meine Klinge die Wurzel durchge-schnitten hat, packe ich Nikos an seinem Hemd und ziehe ihn auf die Beine.

"Was zum Teufel war das?", fragt er.

"Woher soll ich das wissen?"

Doch als wir uns zurückziehen, bäumt sich die Wurzel, die ich abgehackt habe, vor uns auf wie eine Viper. Ich berühre mein Schlüsselbein und entfache das Summen der Macht in meiner Brust, dann strecke ich meinen anderen Arm aus, und ein blass-blaues Glühen geht von meiner Hand aus.

"Kehrt friedlich auf den Boden zurück", murmle ich, während mein Körper vor Energie summt.

Aber es passiert nichts.

Die Baumwurzel steht aufrecht vor uns, und ich kann nicht aufhören, auf die frische Schnittfläche des Holzes zu starren, die genauso dunkel ist wie die Rinde außen. Bei allen Göttern, wächst dem Baum eine weitere Wurzel? Wenn sie angreifen wollen, sind sie verdammt noch mal bereit dazu.

"Du musst es anfassen", sagt Nikos zu mir.

"Den Teufel werde ich tun", antworte ich.

"Das funktioniert nicht", beharrt Nikos.

"Gut, aber hör auf, mich zu nerven." Ich marschiere vorwärts, gerade als die Wurzel direkt auf mein Gesicht einschlägt.

Ich ducke mich, weiche dem Angriff aus und packe sie sofort mit beiden Händen, während die blaue Kraft wie unerbittliche Wellen über die dunkle Rinde schwappt. Das Ding vibriert heftig in meinem Griff, dann schwingt es nach links, meine Arme ragen in diese Richtung. Ich spanne meine Muskeln an und halte es zurück, als es versucht zu entkommen. "Du kleines, beschissenes Stück Holz".

Doch meine Kraft trägt nicht zur Beruhigung des Angriffs bei. Meine Fähigkeit hat eine Affinität zur Natur, und ich war noch nie unfähig, sie auszuführen. Was zur Hölle?!

Nikos wirft sich auf die Wurzel zu meinen Füßen und hackt sie mit seiner Klinge ab.

Seine Kraft lässt meine Arme zittern, und ich zische: "Es will nicht auf mich hören." Als ich einen

Blick über das Gelände werfe, ringt auch der Rest unseres Rudels mit den Ästen und Wurzeln der Bäume. Narah benutzt einen toten Ast, um die über den Boden schlitternden Wurzeln wegzuschubsen. Crius schwingt seine Axt so schnell, dass er einem von uns den Kopf abschlagen könnte. Ragnar hat sich bereits in seine weiße Wolfsgestalt verwandelt, seine Kleidung liegt irgendwo hinter ihm, und er stürzt sich auf einen der angreifenden Bäume, wobei er mit seinen Zähnen an den Ästen zieht und sie in Stücke reißt.

Wo wir eben noch über einen möglichen Zauberspruch diskutierten, herrscht jetzt das Chaos.

Wir rennen auf sie zu, Nikos an meiner Seite, und wir stürzen uns in den Kampf mit den lebenden Hölzern, die auf uns einschlagen. Narah steht in der Mitte, geschützt vor den Angriffen. In diesem Moment wird mir klar, dass wir nur von einem Baum angegriffen werden und der Hinterhalt aus einer Richtung kommt.

Hektisch greife ich nach einem schwingenden Ast, der direkt auf mich zukommt, und stoße ihn nach unten, bevor ich ihn direkt über mein Knie schlage, wodurch er in zwei Teile zerbricht. Ein wimmerndes Geräusch kommt von dem Ding, als würde es Schmerz empfinden. Als sollte ich Mitleid empfinden.

Scheiß drauf.

Ein weiterer Ast schwingt wütend nach mir, und ich ducke mich, um nicht umgehauen zu werden.

"Stone!", ruft Nikos hinter mir.

"Ich habe dich heute schon einmal gerettet." Ich werfe die Worte über meine Schulter, während ich über eine Wurzel springe, die nach meinen Beinen peitscht. Ich lande auf den Knien und zerhacke das verdammte Ding mit meinem riesigen Messer.

"Stone!", knurrt er erneut.

Ich drehe mich um. "Was zum Teufel ..." Meine Stimme versagt.

Er und Narah stehen vor einem anderen Baum, der scheinbar zum Leben erwacht ist, ... direkt aus dem Boden. Mir dreht sich der Magen um vor Schreck über das, was ich da sehe. Er ragt komplett aus dem Boden, balanciert auf verbogenen Wurzeln und erinnert mich an einen Kraken. Der knorrige Stamm ist mindestens einen Meter hoch, die Äste fallen wie Schlangen, die sich über die Erde in unsere Richtung schlängeln, zu Boden. Und beim besten Willen kann ich nicht umhin, eine Ähnlichkeit mit einer Frau zu erkennen, die vor uns steht.

Wenn sie einen kreischenden Ton von sich gibt, den keine Pflanze jemals machen sollte, weiß ich genau, womit wir es zu tun haben. All die Jahre, in denen ich von Ragnars Lehrern gezwungen wurde, alte Texte über Geschichte und Mythologie zu lesen, haben endlich ihren Zweck erfüllt. Kein Wunder, dass meine Runen bei ihnen nichts bewirkt haben.

Das sind keine normalen Bäume.

Etwas schlägt mir auf den Hinterkopf, und ich sehe plötzlich Sterne und stolpere nach vorne. Ich reibe mir den Kopf und schaue zu Crius hinüber, der an einem Ast zieht und versucht, ihn aus dem Stamm zu lösen. Ich sprinte zu ihm hinüber und packe ihn, während wir beide wie die Verrückten daran rütteln.

"Der Zauber der Hexen hat *Muma Pădurii* herbeigerufen", sage ich ihm. "Eine Schutzherrin der bösen Geister in den Wäldern. Eine Göttin, sagen manche."

"Wen kümmert es! Ich werde es trotzdem töten", brüllt er, als der Ast plötzlich bricht und wir beide nach hinten stolpern, um uns abzufangen, wobei Sträucher unseren Sturz abbremsen.

Zurück auf dem Weg murmelt Narah vor sich hin, schüttelt den Kopf und schaut auf ihre Hände hinunter, wo ihre goldenen magischen Linien von einem Finger zum nächsten hüpfen. Ich hoffe, sie hat vor, etwas zu tun, und zwar bald.

Blitzschnell bebt der Boden unter meinen Füßen und ich stolpere herum. Ragnar springt vom Baum, und in diesem Moment bemerke ich, dass sich das Ding ebenfalls aus dem Boden schiebt. Zusammen mit drei anderen Bäumen ... sind wir jetzt von fünf Bäumen umgeben.

Wir sind so am Arsch.

Ich kann nicht einmal begreifen, was ich da sehe, aber ich habe auch nicht vor, heute durch die Hände von verdammten übergroßen Sträuchern zu sterben.

Neben mir wird Nikos' Miene ernst. Ein stotternder Atemzug rasselt tief in meiner Brust, als ich zurücktrete und mich wieder zu den anderen stelle.

"Wenn ich diese Hexen treffe, werde ich sie mit einer dieser verdammten Lianen erwürgen", murmelt Crius, dessen Wangen und Nacken zerkratzt und blutig sind. Seine Arme sind mit Striemen übersät, wo er getroffen wurde. Ragnar ergeht es nicht besser, sein reinweißes Fell ist blutverschmiert.

Ich wende mich an Narah. "Was sollen wir tun, Hexenmädchen?"

Daraufhin sehen alle, auch Ragnar, sie einen Moment lang an.

Ihr Mund öffnet sich zu einer Antwort, als ein dünner Ast ihre Kehle umschlingt und sie so schnell nach hinten reißt, dass sie uns in einem Herzschlag entrissen wird.

Die Angst steht ihr ins Gesicht geschrieben, als sie nach uns greift.

Ich stürze mich auf sie, als mich der scharfe Biss einer Peitsche auf den Rücken trifft, plötzlich und bösartig. Ich zische und falle vor Schmerz auf die Knie. Bevor ich mich erholen kann, schlängeln sich

Ranken um mich herum, gleiten unter meine Kleidung und über sie hinweg. Ich reiße an ihnen, mein Herz klopft.

Plötzlich werde ich von meinen Knien gerissen und über den Boden geschleift.

Ich bocke und stoße gegen meinen Angreifer, nur unsere Schreie schallen durch den Wald.

Narah

ICH ERSTICKE und kralle mich an der Ranke fest, die mich würgt und sich fester um meinen Hals legt.

Panik schießt mir durch den Kopf, denn alles, woran ich denken kann, ist der Tod ... mein Tod. Während ich rückwärts gezogen werde, strampeln meine Beine, um Schritt zu halten, während ich immer weiter von den Männern wegschliffen werde. Aber wie ich kämpft auch jeder von ihnen seinen eigenen Kampf gegen die verdammten magischen Bäume.

Ich weigere mich, so unterzugehen, weil Crius über einen Zauber gestolpert ist. Ich habe ihn am Arm gepackt, um ihn aufzuhalten, aber er hat mich abgewimmelt und ist weitergelaufen. Jetzt werde ich wegen seines sturen Arsches sterben. Das macht mich nur noch wütender und entschlossener, zu fliehen, damit ich ihn durch meine Hand leiden lassen kann.

Mein Herz klopft gegen meinen Brustkorb, während ich nach Luft schnappe und meine Lungen sich anspannen. Sterne tanzen vor meinen Augen, und es geht einfach zu schnell. Ich reiße meinen Körper in die Höhe und kämpfe, aber die Äste sind so stark. Jeder Augenblick, der verstreicht, sticht wie ein Peitschenhieb auf meine Brust, auf meinen Kopf. Mit nachgebenden Knien öffne ich mich der Magie, ohne mich darum zu kümmern, was passiert. Ich kann meine Kraft nicht mehr zurückhalten.

Und im nächsten Augenblick läuft mir ein Stromstoß über den Rücken, und jedes Haar an meinem Körper steht zu Berge. Funken sprühen aus meinen Fingern, und eine Explosion entlädt sich vor meinem Gesicht.

Goldenes Licht explodiert.

Meine Haut kribbelt.

Ich werde von einer großen Kraft in meinem Rücken nach vorne auf den Boden geschleudert, wobei sich die Schlinge um meinen Hals auflöst. Ein furchterregendes Kreischen durchdringt die Luft, aber ich kümmere mich um nichts anderes als darum, meine Lungen zu füllen. Jedes Einatmen schmerzt so sehr.

Unerträgliche Hitze leckt über meinen Rücken,

so unerträglich heiß, dass ich schließlich zusammenzucke.

Im ersten Moment sehe ich nur eine goldene Explosion, aber dann wird das Bild immer klarer. Meine Feuermagie frisst sich in den kämpfenden Baum, verbrennt ihn und verschlingt die Blätter und Äste. Ein kreischender Schrei durchflutet meine Ohren, und ich zucke zurück, während mich Zweifel beschleichen angesichts der Qualen, die ich ihm bereitet habe. Aber es ist doch nur ein verzauberter Baum, oder?

Das Ding zittert und stolpert wie eine verlorene Seele umher, um sich zu befreien. Es stößt gegen andere Bäume, aber die Flammen springen nirgendwo anders hin.

Ein Schauer läuft mir über den Rücken.

Der Baum löst sich vor meinen Augen auf, wird zu Asche, zu nichts. Aber die Geräusche des Leids sind unerbittlich, und es schmerzt in meinen Ohren, meinem Herz.

In einem letzten Lichtblitz verpufft das magische Feuer, und ich weiß nicht, wie ich mich fühlen soll ... glücklich, am Boden zerstört oder verwirrt.

Schreie kommen von hinten und lenken mich davon ab, zusammenzubrechen. Ich drehe mich um und sehe die vier Alphas, die angeschlagen sind und bluten, aber trotzdem kämpfen. Sie brechen Äste, ducken sich, werden von Ranken umschlungen. Sie sind am Verlieren.

Stone ist auf den Knien, als Ragnar sich vor ihn katapultiert und einen peitschenden Ast abbekommt. Er fällt um, knurrt vor Schmerz, und das Blut sammelt sich schnell um ihn herum auf dem Boden. Aber er ist wieder auf den Beinen, und ich renne zu ihnen, bevor ich klar denken kann.

Wut schwappt gegen mein Inneres, weckt mehr Magie und bringt hervor, was immer ich vorhin aufgerufen habe.

Wie ein gebrochener Damm bricht die Kraft aus meinem Körper und strömt in einer gewaltigen Welle nach außen. Wut erfasst mich, und ich lasse meine Magie aufbrausen. Sie strömt aus meinen Händen und drängt sich an den Männern vorbei, und wie ein hungriger Zombie stürzt sich die Kraft auf die vier Angreifer.

Ausgehungert.

Bösartig.

Gefräßig.

Goldene Flammen verschlingen unseren Feind, sie winden sich um jedes Glied, jede Wurzel und umwickeln ihn.

Ich komme kaum zu Atem, während mein Körper schwankt, weil immer mehr Energie aus mir herausströmt und mich auslaugt. "Stopp", murmle ich leise.

Nichts.

Angst steigt an die Oberfläche, und je mehr ich mit den Händen schnippe, um den Ausstoß der Magie zu beenden, desto schneller strömt sie aus mir heraus. Ich zittere fürchterlich und stelle fest, dass die Alphas mich jetzt anstarren, ihre Gesichter sind blutig, ihre Kleidung zerrissen, aber der Blick in ihren Augen ist von Furcht geprägt ... vor mir.

"Hört endlich auf, verdammt!", schreie ich erschrocken und schüttle meine Hände, was die Energie nur in noch größeren Wellen nach außen schickt, und dennoch wirbelt sie wie ein Lichtspiel durch die Luft und läuft zu den vier Bäumen zurück. Sie berührt die Männer nicht einmal.

Ein Knall ertönt.

Und die Kraft hört so abrupt auf, wie sie begonnen hat, und nimmt jeden Zentimeter Kraft mit, den ich noch habe.

Meine Knie geben nach und ich breche auf dem Boden zusammen, völlig erschöpft und mit so starken Schmerzen, dass ich wimmern muss. Ein Zittern durchfährt mich, als der Gestank von brennendem Holz die Umgebung erfüllt und sich schwarze Ranken in den nebligen Himmel winden.

Ich weiß, dass ich sie aufgehalten habe, aber warum fühlt es sich so falsch an?

Die Erschöpfung zerrt an mir und Lichtblitze tanzen hinter meinen Augen, aber ich wende meinen

Blick nicht von den Bäumen ab, die nach Erlösung schreien. Aber sie sind schon zu sehr verbrannt - dafür habe ich gesorgt - und in wenigen Augenblicken sind sie zu Aschehäufchen verkohlt.

Und in dem Moment, in dem ihre Flammen erlöschen, macht sich die Dunkelheit in meinen Augenwinkeln breit und raubt auch mich aus dieser Welt.

Das kalte Wasser schwappt bis zu meinen Bauchmuskeln, und ich gehe tiefer in den Fluss hinein, Narah in meinen Armen haltend. Ihr Kopf ist an meine Brust geschmiegt, während ihr Körper glüht. Ich muss ihre Temperatur senken, in der Hoffnung, dass sie dadurch aufwacht. Ihre nasse Kleidung klebt an ihrem Körper, und ich kann nicht übersehen, wie sich ihr Hemd an ihre Brüste schmiegt und die kreisförmige, rosafarbene Hautpartie um ihre Brustwarzen offenbart. Der Anblick treibt meinen Puls in die Höhe.

Aber das gilt auch für die Bilder von ihrem Angriff auf die Wächterbäume und die außergewöhnliche Fähigkeit, die sie die ganze Zeit über versteckt hat. Für eine Verfluchte habe ich mehr

Macht von ihr erwartet, aber die Show, die sie in den Wäldern abgezogen hat, war mehr als verblüffend.

Bei dem Gedanken läuft es mir kalt den Rücken hinunter.

Das Mädchen in meinen Armen hat uns gerettet, aber es steckt noch so viel mehr in ihr. Ich bin in Dänemark Hexen begegnet, und eine Erinnerung schwebt an den Rändern meines Geistes. Tora, eine Hexe, die am Rande unseres Dorfes lebte, war für ihre furchterregenden Kräfte bekannt. Das Besondere an ihr war, dass sie oft die Kontrolle über ihre Kräfte verlor und regelmäßig gefährliche Ketten von Ereignissen in Gang setzte, die sie nie beabsichtigt hatte. Zum Beispiel rief sie Tiere aus dem Wald und versetzte sie in eine so panische Trance, dass sie in einer wilden Horde durch unser Dorf stürmten und viele töteten. Mein Vater ließ sie trotzdem am Leben, in der Hoffnung, dass er ihr helfen könnte, ihre Fähigkeit zu kontrollieren und ihre Magie für seine eigenen Taten zu nutzen. Obwohl wir alle wussten, dass er ihrem Charme verfallen war und sie oft in sein Bett rief.

Dann, eines Tages, brachte Tora die Erde zum Beben, unsere Häuser stürzten ein, die Fundamente zerbrachen, als ein großer Riss mitten durch unser Dorf ging. Vaters Stellvertreter hatte genug. Er nahm einige seiner Männer und tötete die Hexe.

Vater brüllte vor Wut und ließ ihn am nächsten

Tag wegen seines Verrats töten. Mein Vater war schon immer ein wütender Bastard gewesen. Aber obwohl Tora den Tod nicht verdient hatte, musste man sich um sie kümmern, denn sie war eine Gefahr für alle. Wir alle wussten das, aber Vater weigerte sich, vernünftig zu sein. Meine Männer und ich räumten die Leichen auf, brachten sie in die Wälder und verbrannten sie, um den Familien einen letzten Abschied zu ermöglichen.

Ich zittere innerlich und kann den Gestank des Todes noch immer riechen, wenn ich daran denke.

Wenn ich Narah betrachte, die geschlossenen Augen, ihre kleine Nase ist mit schwarzem Ruß gesprenkelt und die Lippen gespitzt, während sie leise atmet, kann ich nicht übersehen, wie schön sie ist ... oder dass sie genauso gefährlich sein könnte wie Tora.

Ich steige tiefer in den Fluss und lasse mich hinab, während das kalte Wasser gierig über Narahs Körper rauscht. Ich zische gegen den Stich auf meinem Rücken, wo die Bäume mich gepeitscht haben. Aber das heilt im Handumdrehen, auch wenn ich verdammt erschöpft bin. Dass Narah ohnmächtig wurde, beunruhigt mich allerdings.

Das Geräusch von plätscherndem Wasser lässt mich meinen Kopf wieder zu Crius und Stone drehen, die zum Waschen in den Fluss springen. Nikos sitzt auf einem Felsen, die Arme über die gebeugten Knie gelegt, und schaut zu. Ich sehe, wie sie alle Narah studieren, wie sie ihre Aufmerksamkeit auf sich zieht, ob sie es nun will oder nicht, aber das ist das Problem mit meiner kleinen Füchsin. Sie hat eine verführerische Aura, die uns anzieht, wie eine Flamme die Käfer ... und ob die anderen drei es nun bemerkt haben oder nicht, zwischen uns und ihr gibt es etwas, das über eine sexuelle Verbindung hinausgeht.

Ein Funke lodert in meiner Brust auf, als ihre Augenlider aufflackern. In ihren runden Augen brennt ein Feuer, das den Flammen gleicht, die aus ihren Händen lodern.

Sie ist lange still, das Wasser streicht ihr ums Gesicht, und sie blinzelt zu mir auf, als würde sie ihre Gedanken sortieren.

"Bin ich gestorben?", fragt sie so unschuldig, dass ich nicht verhindern kann, dass sich meine Lippen nach oben wölben.

"Wenn du das wärest, würde das bedeuten, dass du dich mir in Walhalla angeschlossen hast, kleine Füchsin."

Sie braucht einige Augenblicke, um zu antworten, aber es kommen keine Worte. Tränen glitzern an den Rändern ihrer Augen und kullern an den Seiten ihres Gesichts hinunter, um in den Fluss zu münden.

"Habe ich jemandem wehgetan?", murmelt sie und macht keine Anstalten, sich aus meinen Armen zu lösen. Sie greift nach oben und fährt mit einer Hand unter einem tiefen Schnitt auf meiner Wange entlang. "Du bist verletzt."

"Ja, aber ich bin am Leben."

Ihr Blick wandert über mein Gesicht, während sie sich in meinen Armen windet, um heruntergelassen zu werden, und ich lasse sie auf ihre Füße hinab. Das Wasser reicht ihr bis zu den Schultern, und sie schaut sich um, um zu sehen, wo sie ist und wo der Rest meines Rudels ist.

"Du bist ohnmächtig geworden", sage ich ihr. "Wie geht es dir, nachdem ..." Ich werfe einen Blick über meine Schulter auf den Wald, aus dem wir gekommen sind. "Nach dem, was passiert ist?"

Sie schluckt schwer und ihre Hände tauchen aus dem Wasser auf, die obere Hälfte ihrer Finger ist immer noch schwarz, die Ranken verblassen, während sie bis zu ihren Knöcheln reichen. Sie murmelt etwas vor sich hin, dass ich nicht verstehen kann. Ich versuche, nicht neugierig zu sein, und frage sie nicht, aber als sie zu mir aufblickt, ist da etwas Beunruhigendes hinter ihren markanten, bernsteinfarbenen Augen.

"Geht es dir gut?", frage ich.

Sie beißt sich auf die Innenseite ihrer Wange und taucht ihre Hände wieder unter das Wasser. Ihre Kleidung klebt an ihrem kleinen Körper.

"Was ist passiert, nachdem ich ohnmächtig wurde?"

"Stone hat dich aufgehoben und wir sind aus dem Wald verschwunden."

Instinktiv blickt sie in den Himmel, als wolle sie anhand des Sonnenstandes die Tageszeit bestimmen. Es ist nach Mittag, und wir bleiben bis morgen früh hier, bis dahin sollten wir geheilt sein. Dann blickt sie sich um und fragt: "Woher wusstest du, dass es sicher ist, den Fluss zu betreten?"

"Das wusste ich nicht", sage ich. "Wir sind ein Risiko eingegangen, denn ich musste dich abkühlen."

Sie blinzelt ein paar Mal. "Du schaust mich so seltsam an, als würdest du darauf warten, mir die Schuld für das zu geben, was uns im Wald begegnet ist", gibt sie zu. "Nur damit du es weißt, ich habe den Zauber sofort bemerkt, als Crius ihn ausgelöst hat. Die Hexen sind schlauer, als ich dachte, sie verbergen ihre Flüche."

"Narah, ich mache dir keine Vorwürfe, aber ich möchte wissen, was genau da mit deiner Magie passiert ist."

Sie zuckt mit den Schultern, ihr Blick gleitet auf das plätschernde Wasser zwischen uns und weicht meinem aus. "Die Dinge haben sich schnell zum Schlechten gewendet, und ich habe dich beschützt, wie ich es versprochen habe."

Anstatt weiterzureden, taucht sie bis zum Hals ins Wasser und dreht sich von mir weg, um meiner Frage auszuweichen, und das geht einfach nicht. Es gibt kein Verstecken mehr hinter fürsorglichen Worten. Das Leben und die Zukunft meines Rudels hängen von ihr ab, und ich werde nicht nachgeben, nur weil sie Angst hat.

"Narah", sage ich streng, meine Stimme erhebt sich, und meine Ohren bemerken das fehlende Plätschern hinter mir. Die anderen drei sind still und hören unserem Gespräch zu.

Als sie sich nicht mehr zu mir umdreht, sondern in Richtung Ufer schwimmt, fange ich ihren Arm unter Wasser und ziehe sie zu mir. "Ich habe dich etwas gefragt."

"Lass mich in Ruhe." Sie schaut verlegen und zieht ihren Arm zurück. "Und was ist daran so schlimm? Ich bin eine verdammte Verfluchte, also habe ich natürlich getan, was ich tun musste. Was ist dein Problem?"

"Was ist hier los, Narah? Ich habe die Kräfte der Verfluchten in der Vergangenheit gesehen. Aber was du im Wald getan hast, sollte nicht möglich sein. Ich weiß, dass du keine vollwertige Hexe bist, was die Frage aufwirft - was genau bist du?"

Ihr Kiefer verkrampft sich, und ich erwarte, dass sie mir widerspricht, aber sie tut es nicht. Die Dinge passen einfach nicht zusammen.

Sie beginnt wieder, im Wasser von mir wegzutreiben, und es kostet mich all meine innere Kraft, sie nicht zu packen und die Antwort aus ihr herauszuwürgen. Ich weiß, dass das bei ihr nicht funktionieren wird.

"Narah, wenn du darauf bestehst, diese Spielchen zu spielen, werde ich dich an mich binden, bis du meine Frage beantwortest. Oder wäre es dir lieber, wenn ich dich jagen würde ... ich habe gehört, dass du das sehr genießt."

Ihre Augen weiten sich bei meinen Worten, während ihre Aufmerksamkeit zu Crius hinüberschwappt, der näher am Ufer steht. Was sie nicht zu verstehen scheint, ist, dass meine Männer und ich eine Einheit sind und es keine Geheimnisse zwischen uns gibt.

"Warum weißt du so viel über Magie? Die meisten Alphas hassen Hexen", entgegnet sie, und ich verziehe die Mundwinkel angesichts ihrer cleveren Taktik. Ablenkung ist der Schlüssel. Kluger Schachzug, aber bei mir wird er nicht funktionieren.

"Wenn ich dich noch einmal bitten muss, meine Frage zu beantworten, wird es dir nicht gefallen, wie ich es mache."

Spontan hebt sie den Kopf, ihre Augen glühen vor Wut. "Was willst du von mir hören? Wir hatten vereinbart, dass ich dich vor Magie beschütze, und das habe ich getan. Warum bestehst du jetzt darauf, dass ich etwas anderes bin als eine Verfluchte?"

Ich habe nicht mit dem tödlichen Ton in ihrer Stimme gerechnet, bin aber plötzlich von ihrem feurigen Temperament erregt. Ihr Brustkorb hebt und senkt sich schnell unter der Wasseroberfläche, und jetzt wünsche ich mir mehr denn je, dass ich sie ausgezogen hätte, bevor ich sie in den Fluss brachte. Aber in dem Moment ging es mir nur darum, ihren brennenden Körper abzukühlen. Jetzt ... nun, jetzt hat sich mein Interesse verlagert.

Sie reißt sich von mir los und schwimmt hektisch in Richtung Ufer. Ein Lachen entweicht meiner Kehle, und ich lasse mir Zeit, ihr zu folgen, denn sie wird nicht weit kommen. Der Gedanke, ihr zu folgen, lässt meinen Schwanz zucken, und ich greife nach unten und streichle ihn einmal. Ich zische, weil der Hunger nach meiner kleinen Füchsin wächst. Sie hat keine Ahnung, was sie mir da antut.

Als Stone und Crius durch das Wasser waten, um ihr den Weg zu versperren, hält sie inne und schaut verzweifelt von ihnen zum anderen Ende des Ufers, um zu entkommen.

"Bist du in der Stimmung, einen Omega zu jagen?" Crius stupst Stone an, seine Stimme ist voller Sarkasmus und so laut, dass Narah sie hören kann.

Ich nutze diesen Moment zu meinem Vorteil. Ich tauche unter die Wasseroberfläche, schwimme schnell und habe sie durch das trübe Wasser im Visier. Ihre Beine paddeln im Wasser, da sie den sandigen Grund des Flusses nicht mehr erreicht.

Ich tauche direkt hinter ihr auf, greife ihre Taille und tauche sie mit mir unter. Sie bockt und spritzt wie verrückt, als ich sie zu mir drehe.

Ihre Augen sind weit aufgerissen, und unter Wasser sehen sie aus wie lodernde Flammen, die sich entzünden. Luftblasen entweichen aus ihrem Mund und schweben nach oben, während sie sich verzweifelt gegen mich stemmt, um sich zu befreien. Sie wirft mir einen bösen Blick zu und legt dann eine Hand auf meine Schulter, während sie sich gegen mich stemmt, um an die Oberfläche zu kommen. Aber ich halte mich noch eine Weile an ihrer Taille fest, bis sich die Angst in ihren Augen bemerkbar macht.

Die Angst in ihren Augen, die Panik auf ihren verzerrten Lippen, die Art, wie sie gegen mich kämpft, hat etwas Wunderschönes. Mein Schwanz wird bei diesem Anblick noch härter, und ich finde sie so anziehend, während wir am Rande des Todes schwanken.

Mein Herz klopft in meiner Brust, und meine Haut kribbelt vor seltsamer Erregung. Ich will sie für mich beanspruchen, jedes Zögern über Bord werfen.

Ich packe sie im Nacken und ziehe sie an mich, dann treibe ich uns in einem explosiven Stoß nach oben. Unsere Köpfe durchbrechen die Oberfläche, und sie schnappt nach Luft und spritzt umher, während ich sie an mich drücke, mir zugewandt.

"Was zum Teufel? Wolltest du mich umbringen?" Sie stößt ihre Hände gegen mich, aber sie schwimmt nicht weg.

"Bist du bereit, zu reden?"

Ihre Augenbrauen schießen in die Höhe. "Bist du verrückt? Du quälst mich, damit ich deine dummen Fragen beantworte?"

"Wenn du es so nennen willst. Ich denke, es ist nichts weiter, als dass ich mit dir schwimme."

"Ha, du bist saukomisch." Ihre Wut ist berauschend, und verdammt, sie ist hinreißend. Ihre Lippen sind voll, und ich kann mir vorstellen, wie sie meinen Schwanz umschlingen.

Ich verstehe jetzt, was Crius meinte, als er sagte, die Jagd habe etwas in ihm geweckt, dass er seit Jahren nicht mehr gespürt habe.

Ich ziehe ihr Gesicht näher zu mir und mein Mund streift über ihren. Sie schmiegt sich an mich, sehnt sich nach meinen Lippen auf ihren, und ich weiß, dass alles in ihr sich nach mir sehnt. Verdammt, ich überlege, ob ich sie hier und jetzt ausziehen und ficken soll. Mein Schwanz erinnert mich schmerzhaft daran, dass ich bei jeder anderen Frau nicht so sehr gezögert hätte wie bei Narah.

Ihre Lippen öffnen sich, und als meine Erektion

gegen ihren Bauch zuckt, stockt ihr der Atem. So ein perfektes Geräusch.

Und das hier ist der Grund, warum ich Abstand gehalten habe. Die Vermischung von Vergnügen und Geschäft funktioniert nie ... zuerst bekomme ich, was ich von dieser Mission will, dann werde ich mir von ihr nehmen, wonach ich mich gesehnt habe. Ich kann meine Gedanken noch nicht dorthin schweifen lassen.

Sie beobachtet mich mit Sorge, mit Lust ... ihre Gefühle sind völlig durcheinander.

"Glaub mir, Narah, wenn ich dich foltere, wirst du es sehr wohl merken."

Ihre Brüste sind gegen meine Brust gepresst, und es fällt mir schwer, mich auf etwas anderes zu konzentrieren als auf ihr unausgesprochenes Bedürfnis nach meiner Folter ... meinem Schwanz, um genau zu sein. Ich spüre das Klopfen ihres Herzens, sehe die Angst in ihren Augen, spüre das Verlangen in ihrem zitternden Körper. Alles an ihr macht mich wütend, erweckt meinen Wolf, und es kostet mich mehr Mühe, als es sollte, mich davon abzuhalten, sie zu meiner zu machen.

Ein Knurren entringt sich meiner Brust, und als wäre das der Weckruf, den sie braucht, drückt sie mit ihren Händen gegen meine nackte Brust. Hitze strömt von ihr aus und über meine Haut.

"Ich weiß nicht, was du von mir hören willst. Ich bin eine Verfluchte, nichts weiter."

"Wie hast du dann die Baumgöttinnen getötet?"

Sie versteift sich in meinen Armen, und mein Schwanz zuckt im unpassendsten Moment. "Nein, das waren nur belebte Bäume", erwidert sie. "Sie werden von den Hexen wie Marionetten gesteuert."

"Das waren keine einfachen Bäume, meine kleine Füchsin, und tief in deinem Inneren musst du das wissen. Der einzige Mensch, von dem ich gehört habe, dass er Feuermagie anwenden kann, war ein Ältester eines Hexenzirkels. Also, wer genau bist du? Ich mag es nicht, wenn man mich anlügt."

Sie hält ihren Kopf hoch, das Wasser tropft von ihrem nassen Haar über ihre Nase und ihre Wangen. Sie ist umwerfend, und ich verfluche ihre Schönheit.

"Ich habe nie gelogen, denn wir haben nie über meine Fähigkeit gesprochen. Alles, was dich interessiert hat, war, dass ich dich mit Magie durch den Wald bringen konnte. Und das war es. Und jetzt lass mich in Ruhe."

Mein Griff wird fester, und ein frustriertes Knurren entweicht meinen Lippen. Ich bin hin- und hergerissen zwischen dem Wunsch, sie zu zwingen, mir die Wahrheit zu sagen, obwohl ich weiß, dass sie mich dafür hassen wird, und dem Wunsch, die Sache auf sich beruhen zu lassen und ihr zu vertrauen.

Aber wie kann ich das tun, wenn so viel auf dem Spiel steht?

Ihr Blick ist voller Wut, und das Feuer in ihrem Körper wird immer stärker. Mein Puls beschleunigt sich bei der Vorstellung, wozu sie fähig ist, aber ich werde nicht nachgeben.

"Wenn du mich auch nur mit deiner Magie berührst, kleiner Fuchs, haben wir ein großes Problem am Hals."

Das Feuer zwischen uns bleibt, als ob sie mich absichtlich provozieren würde, und ich liebe ihre Hartnäckigkeit.

Ich packe ihren Kiefer und drücke sie fest an mich, unsere Körper sind wie aneinandergeklebt. "Solange wir auf dieser Mission sind, gehörst du mir. Und jetzt rede."

Sie sieht mir in die Augen, und unter der Wut spüre ich ihre Angst. Sie hat Angst vor dem, was sie getan hat, aber sie besteht darauf, ein tapferes Gesicht aufzusetzen und sich nicht unterkriegen zu lassen. Ihr kleiner Körper zittert, und ich lege einen Arm um ihren Rücken und halte sie still.

"Was willst du hören?" Ihre Stimme wird brüchig, und ich lockere meinen Griff. "Mein Vater war ein Wolf und meine Mutter eine Verfluchte. Sie sind jetzt tot, und das ist alles, was ich über meine Abstammung weiß. Wie kann ich dir also sagen, was ich bin, wenn ich selbst keinen blassen

Schimmer davon habe? Und du willst die Wahrheit wissen? Was im Wald passiert ist, hat mich auch zu Tode erschreckt. Das habe ich noch nie gemacht."

Sie zittert jetzt heftig, ihre Lippen werden durch das kalte Wasser blass, und jede Selbstbeherrschung, die ich hatte, schwindet. Mir geht ihre Reaktion durch den Kopf, und es scheint, dass meine frühere Beobachtung richtig war. Sie arbeitet immer noch mit der Magie, aber das, was sie in ihren Adern trägt, ist viel gefährlicher, als jeder von uns ahnen konnte.

"Wir werden gemeinsam daran arbeiten, und ich gebe dir mein Wort, Narah, dass ich dir helfen werde, deine Fähigkeiten sicher zu entdecken." Ich lasse sie los, um ihr zu zeigen, dass ich zu meinem Wort stehe, und sie bäumt sich auf, als ob ich sie geschlagen hätte.

"Du hast eine brutale Art, deinen Willen durchzusetzen, nicht wahr?", wirft sie mir vor.

Ich bringe es nicht übers Herz, ihr zu sagen, dass ich im Vergleich zu meiner normalen Herangehensweise nachsichtig mit ihr war, aber ich lächle als Antwort. "Dann wollen wir dich mal aufwärmen."

Sie bewegt sich nicht.

Stattdessen senkt sie den Kopf, ihre Hände spielen mit dem Wasser.

"Waren sie wirklich Göttinnen?" Ihre Stimme ist

sanft, und als sie schließlich ihren gleißenden Blick hebt, ist ihr Ausdruck ungläubig.

Es dauert einen Moment, bis ich begreife, dass sie von den Wächterbäumen spricht. "Stone sagte, sie seien zum Teil Göttin und Hüterin des Waldes, aber auch von bösem Ursprung und wahrscheinlich leicht von den Hexen zu beeinflussen, um ihren Willen zu erfüllen."

Sie klemmt ihre Unterlippe zwischen die Zähne und kaut auf ihrem Mundwinkel, und mein früherer Kampfgeist hat sich in Besorgnis verwandelt.

"Entweder wir oder sie, es gibt nichts zu bedauern oder zu bemitleiden. Sie haben nicht gezögert mit dem, was sie uns antun wollten", sage ich und gehe zum Ufer, wobei ich bemerke, dass sie sich mir anschließt.

Sie wringt sich das Wasser aus ihrem unordentlichen Haar und aus dem Gesicht. "Ich weiß, aber das macht es auch nicht einfacher. Bis vor ein paar Monaten hatte ich noch nie jemand anderen als mein eigenes Wolfsrudel getroffen, bei dem ich aufgewachsen bin, und jetzt habe ich gerade fünf Baumgöttinnen getötet. Ich bin ein Ungeheuer." Sie keucht, und ich muss lachen, weil sie so niedlich ist.

"Das ist nicht lustig."

"Doch, das ist es", sage ich. "Du trauerst um die, die dich umbringen wollten? Wo ist der Sinn darin?"

Sie sieht mich lange an, und ihre angespannten

Schultern sinken, als ihr die Erkenntnis klar wird. "Ich verstehe, was du sagst, aber ich bin mir nicht sicher, ob ich dir völlig zustimme. Ein Tod ist immer noch ein Tod. Aber andererseits habe ich mich nur verteidigt."

"Das stimmt."

In ihrer Gegenwart wird mein Verstand schwach, und ich lasse ihr so viel mehr durchgehen, als ich es jemals jemand anderem erlauben würde.

Während wir uns durch das Wasser bewegen, tauchen Crius und Stone splitternackt vor uns auf. Nikos nutzt die Gelegenheit, von dem Felsen zu springen, auf dem er gesessen hat, und sich in den Fluss zu stürzen.

Narah scheint das nicht zu bemerken, denn sie sieht mich an, als wir aus dem Fluss steigen, und ihr Blick wandert an meinem Körper entlang zu meiner Erektion.

"Was hat dich dazu gebracht, dich so zu verhalten?", fragt sie.

Ihre Frage macht mich stutzig. So etwas hat mich noch nie jemand gefragt. Ich kann nur vermuten, dass sie damit meint, dass ich sie dränge, und nicht, dass ich einen Steifen bekomme, weil ich ihr so nahe bin.

Aber sie redet weiter, bevor ich antworten kann. "Jeder hat eine Geschichte, die ihn zu dem macht, was er ist. Du kennst meine, was nicht viel ist, aber was hat dich zu dem gemacht, was du heute bist?"

Ich frage mich, wie viel sie wirklich mit dem Rudel zu tun hatte, in dem sie aufgewachsen ist, um mir eine solche Frage zu stellen. Ich bezweifle auch, dass ich ihre ganze Geschichte kenne, aber für den Moment habe ich sie genug gedrängt. "Das wird von mir erwartet. Ich übernehme die Verantwortung oder ich werde übergangen. *Zeig niemals Angst, so hat* mich mein Vater erzogen. Und wenn ich doch mal Angst hatte, hat er mich so lange verprügelt, bis ich nichts mehr fürchtete als ihn und seinen Gurt."

"Das ist ja furchtbar", sagt sie, und da wird mir klar, wie naiv sie ist. Wo auch immer sie gelebt hat, man hat sie von der realen Welt ferngehalten.

"Nicht wirklich", sage ich. "Ich habe ihn damals wie heute gehasst, aber er hat mich zu dem gemacht, was ich bin."

Verwirrung macht sich in ihrem Gesicht breit, aber sie senkt den Kopf. Narah ist eine komplexe Frau, die ich gerade erst zu verstehen beginne. Für mich ist das erst der Anfang, wenn ich sie dazu bringe, sich zu öffnen.

Ich gebe ihr ein Zeichen, dorthin zu gehen, wo wir unser Lager am Waldrand aufgeschlagen haben, während ich zu Crius und Stone hinüberschreite.

"Zieh dir trockene Sachen an", sage ich ihr. "Wir gehen für unser Essen fischen."

Sie nickt und sagt kein weiteres Wort, während sie mit Überzeugung in den Augen über das steinige Ufer eilt. Ihre Kleidung trieft und klebt an ihrem Körper, folgt jeder Kurve ihres Hinterns, ihrer durchtrainierten Beine, ihrer schmalen Taille.

Mein Herz pocht in meiner Brust, und ich versuche mein Bestes, mich nicht von meinen Instinkten leiten zu lassen, wenn es um Narah geht. Aber das könnte ein Kampf sein, den ich gerne verlieren würde.

ZWÖLF

Ich nehme einen weiteren Bissen von dem auf dem Feuer gebratenen Fisch, während auch der Rest des Rudels die frisch gefangene Mahlzeit genießt. Ragnar, Stone und Crius unterhalten sich um das Feuer herum und tauschen sich über ein Jagdspiel aus. Stone reicht Crius den Weinschlauch, der mehrere Schlucke davon nimmt.

Nikos sitzt neben mir, isst seine Mahlzeit und starrt die anderen an. Ich habe mich daran gewöhnt, dass er in dieser Gruppe der Außenseiter zu sein scheint, aber ich verstehe nicht, warum. In der Tat tappe ich bei diesen Alphas in vielen Dingen im Dunkeln.

Ich schlucke das Essen in meinem Mund herunter und drehe meinen Kopf zu Nikos. "Warum bist du mit den dreien zusammen, wenn du so anders bist als sie?"

Nikos' grüne Augen sind dunkel wie ein Sturm, als er mich anschaut, und es stecken so viele Emotionen dahinter, dass ich sie nicht deuten kann. Vielleicht hätte ich nicht so eine persönliche Frage stellen sollen, aber ich bin neugierig zu verstehen, mit wem ich da kämpfe. Sicher, sein Kuss, seine heiße und kalte Reaktion verwirren mich, aber wenn ich ihn ansehe, fühle ich mich zu ihm hingezogen. Ich versuche gar nicht erst, meine lächerliche Logik zu verstehen, oder die Art, wie mein Herz schneller klopft. Wie sich meine Wölfin in mir unbehaglich regt und mich daran erinnert, dass Martell mein Seelenverwandter ist. Oder die Qual, die sich um mein Herz windet, als würde ich in Tränen ausbrechen, weil mein Körper so sehr nach ihm schmerzt.

Ich atme tief ein und verscheuche das Gefühl, dass mein Körper von all den Gefühlen, die in mir kämpfen, zerrissen wird. Es ist lächerlich, dass ich mich so fühle, und ich will nicht, dass diese Alphas davon erfahren. Es geht sie nichts an.

"Ich gehöre nicht zu ihnen, und doch bin ich einer von ihnen", antwortet er.

Ich schaue ihn mit zusammengekniffenen Augen an. "Soll das eine kryptische Antwort sein, die ich entschlüsseln soll? Ich kann dir jetzt schon sagen, dass meine Vermutungen ziemlich weit hergeholt sein könnten."

Sein schiefes Grinsen bringt mich zum Lächeln und mildert irgendwie die Spannung, die immer zwischen uns herrscht. "Mein Vater ist der Alpha der Balor-Wölfe aus Dänemark, die Todfeinde der Ulv-Wölfe."

"Ragnars Familie, richtig?", sage ich leise.

Er nickt. "Um die brutalen Kriege zwischen unseren Clans zu beenden, wurde ich dem Ulv-Rudel als Bezahlung übergeben, und Ragnars Schwester wurde zu meiner Familie geschickt." Er spricht leise, während sein Blick zu Ragnar hinüberwandert, der uns nicht zuzuhören scheint, sondern den anderen beiden seine eigene Geschichte erzählt.

Ich brauche einen Moment, um wirklich zu verstehen, was Nikos gerade erzählt hat und wie schrecklich es für sie gewesen sein muss, ihren Familien entrissen und wie Vieh verkauft zu werden. "Scheiße, ihr hattet also keine Wahl?"

"Es gibt immer eine Wahl. Tod oder Regeln befolgen."

Er antwortet nicht mit Sarkasmus, sondern in einem todernsten Ton, und als ich die Härte in seiner Stimme höre, läuft es mir kalt den Rücken hinunter. Plötzlich ergeben die Dinge mehr Sinn. Warum Nikos das schwarze Schaf ist, wie Crius ihn genannt hat.

Ich schimpfe. "Das ist keine Wahl. Wie lange gilt die Vereinbarung?"

Sein Kiefer spannt sich an, während er in die Flammen starrt und in seine eigenen Gedanken versunken ist. Ich dachte, er hat mich nicht gehört, also lasse ich es bleiben, bis er schließlich sagt: "Für immer. Wenn wir den Waffenstillstand brechen, wird Blut aus beiden Rudeln fließen. Wir sind die Bezahlung, und ich wurde von Ragnars Vater aufgenommen. Er nennt mich 'Sohn', aber das ist noch lange nicht alles. Ragnar war seit meiner Ankunft vor einem Jahr der freundlichste Mensch zu mir, und er hat mich in sein Rudel eingeschworen. Er mag mein Feind sein, weil er mit der Familie verwandt ist, aber ich bin ihm jetzt treuer als meinem eigenen Fleisch und Blut."

Ich versuche, alles zu begreifen, zu verstehen, wie Ragnar sich fühlt, weil er eine Schwester verloren hat. Ich frage mich, wie Nikos in eine Welt passt, die ihn ausgespuckt hat, ... vielleicht haben er und ich viel mehr gemeinsam, als ich jemals vermutet habe. Als ich einen Blick zurück auf Nikos werfe, ist sein Gesicht in Schatten gehüllt. Der scharfe Winkel seines Kiefers und das Tattoo an der Seite seines rasierten Kopfes erregen meine Aufmerksamkeit, da es bis zu seinem Nacken hinunterläuft. Aus der Nähe kann ich deutlich erkennen, dass es sich bei den Tätowierungen um zwei

Schlangen handelt, die sich gegenseitig umkreisen und in den Schwanz der anderen beißen.

Schweigen herrscht zwischen uns, während mir eine Frage nach der anderen im Kopf herumschwirrt, aber ich lasse sie unausgesprochen und unbeantwortet. Er hat mir mehr erzählt, als ich je erwartet hätte, und vielleicht musste er es mit jemandem teilen, anstatt es für sich zu behalten.

Wir essen beide weiter, und mir gehen so viele Gedanken durch den Kopf, vor allem nach dem zweiten Tag in den Giftwäldern, der noch schlimmer zu sein schien als der erste. Dann konzentriere ich mich auf meine Magie und starre auf meine Hände hinunter.

Ich habe meine Verbindung zur Magie heute Abend unterbrochen, nachdem ich die Gegend überprüft habe. Mein Körper muss sich nach allem, was passiert ist, ausruhen. Das heißt, von allem Verrückten.

Die Magie, die heute aus mir herausbrach, hätte nicht möglich sein dürfen, und ich werde das Grauen vor dem, was ich getan habe und was Ragnar mir über die Baumgöttinnen erzählt hat, nicht los. Mir stockt der Atem, und bei dem Gedanken wird mir kalt. Also schiebe ich es zusammen mit dem Rest meines verpfuschten Lebens beiseite und weigere mich, darüber nachzudenken, weil ich keine Antworten habe.

Ich hasse es, nichts über mich zu wissen oder zu denken, dass in meinen Adern vielleicht etwas anderes fließt als Hexenkräfte. Und wenn das der Fall wäre, warum hätte meine Mutter mir dann nicht davon erzählt?

Ragnars Gesichtsausdruck im Fluss war entsetzt, und ich habe zu viel Angst, ihn zu fragen, wofür er mich hält. Wer auch immer gesagt hat, dass Unwissenheit ein Segen ist, hatte recht, denn manchmal ist die Nichtbefassung mit einem Problem der beste Weg, einen weiteren Tag zu überstehen.

Ich sitze hier draußen mit diesen Alphas fest, und ich darf nicht zusammenbrechen. Ich *werde nicht zusammenbrechen*, während ich das für meine Schwestern und unsere Freiheit tue.

Ich stelle meinen leeren Teller neben meinen Füßen auf den Boden und lege meine Hände in den Schoß. Meine Finger krümmen sich, die Knöchel werden weiß, je stärker ich die Fäuste balle. Ein Stromstoß schießt mir bis in die Knochen, um dann augenblicklich wieder zu verpuffen. Hitze flammt in mir auf und verschwindet ebenso schnell wieder. Meine Fähigkeit brodelt knapp unter der Oberfläche, viel wilder als zuvor, als ob diese Wälder nach meiner Magie rufen.

Es ist nur Macht, sage ich mir. Ich darf keine Angst vor dem haben, was in mir ist oder was mich erwartet, und doch ergreift mich die Ungewissheit, verschmilzt mit mir.

Ich fühle mich gebrochen, und einen Moment lang denke ich darüber nach, einfach wegzugehen und Ragnar zu sagen, dass ich es nicht kann. Ich kann nicht mit dem umgehen, was in mir ist.

Es ist ein törichter, ängstlicher Gedanke, der genauso schnell kommt und wieder verschwindet und mich entnervt zurücklässt.

"Vertraue auf dich selbst", flüstert Nikos, lehnt sich näher heran und sein warmer Atem streift meine Wange, so wie damals im Wald, als er mich küsste.

Mein Körper pulsiert vor Verlangen, mein Mund öffnet sich, als ich mir seine Lippen auf meinen vorstelle. Sein maskuliner und holziger Geruch umgibt mich, während sein Blick mich durchdringt und ein Pochen in meine Magengrube und zwischen meine Schenkel schickt.

Ich versuche, mich auf seine Worte zu konzentrieren. *Vertrauen.* Das gleiche Wort, das Stone vorhin zu mir gesagt hat, und doch ist es etwas, das mir am schwersten fällt.

Nikos' Finger liegen an meinem Hals und er streichelt die Kurve meines Schlüsselbeins hinunter.

Mein Herz klopft in meinen Ohren immer lauter und lauter.

"Du zitterst so schön unter meiner Berührung", sagt er und lässt ein dunkles Lachen aus der Tiefe seiner Brust erklingen. Er zieht seine Hand weg, und ich schaue hinüber zu Ragnar, der uns vom anderen Ende des Feuers aus beobachtet. Seine Miene ist finster, und ich bin nicht dumm, ich weiß, dass er mich wie ein Alpha anstarrt, der mich ganz für sich beanspruchen will. Vor zwei Tagen hätte ich die Idee noch gehasst. Und jetzt? Ich bin verwirrt darüber, was ich bin, wer diese Männer sind und wie sie etwas in mir hervorrufen, dass ich noch nie zuvor erlebt habe.

"Wenn du schon niemandem in deiner Umgebung vertrauen kannst", sagt Nikos, "dann vertraue wenigstens dir selbst."

Seine Worte umschließen mich, und ich zittere bei dem Gedanken, dass ich nicht einmal das tue.

"Das sind weise Worte", antworte ich. "Sind es deine?"

Er schüttelt den Kopf. "Mein Bruder ist viel älter als ich, und ab und zu hat er mich mit solchen Sprüchen überrascht."

"Vermiss du deine Familie?"

"Ja und nein. Meine Familie ist nicht gerade von der liebevollen Sorte, aber sie war alles, was ich hatte, als ich aufwuchs."

Meine Brust krampft sich zusammen, wenn ich von seinem Verlust höre, wenn ich daran denke, wie sehr ich meine Eltern vermisse. Es vergeht kein Tag, an dem ich nicht an sie denke.

"Wenigstens leben deine Eltern noch", sage ich und bedauere meine Worte. Seine Eltern mögen am Leben sein, aber was nützt das, wenn er sie nicht besuchen kann? Nikos und ich sind uns nicht ähnlich, wir haben keine gemeinsame Zukunft, auch wenn ich zugeben muss, dass ich seine Gesellschaft allmählich etwas zu sehr genieße.

"Tut mir leid, das hätte ich nicht sagen sollen."

"Wie lange ist es her, dass deine Eltern gestorben sind?", weicht er geschickt aus, als sei er es gewohnt, mit Kommentaren über seine Familie umzugehen.

"Ich möchte sagen, schon ewig, weil es sich so anfühlt." Ich weiß, dass ich verrückt klinge, und ich schlucke den dicken Kloß hinunter, der sich in meiner Kehle gegen die Erinnerungen bildet, die darauf bestehen, nach vorne zu drängen. Ich hasse es, dass ich jedes Mal, wenn ich an meine Vergangenheit denke, nur Kummer und Qualen empfinde. Vielleicht werde ich eines Tages auf die Dinge zurückblicken und darüber lächeln.

Aber wem mache ich etwas vor?

Ich weiß nicht, wie lange wir vor dem Feuer sitzen und den Männern zuhören, wie sie von einer gemeinsamen Schlacht erzählen, bei der Crius in einem Baum stecken geblieben ist. Ich habe zwar nicht mitbekommen, wie er da hochgekommen ist, aber sie haben alle vor Lachen gebrüllt. Wenn ich mich unter ihnen fehl am Platz fühle, kann ich mir nur vorstellen, wie schwer es für Nikos sein muss.

Ein Teil von mir versucht herauszufinden, ob das der Grund ist, warum er mich gestern Abend gebeten hat, mit ihm allein zu den Hexen zu gehen. "Warum hast du mir gestern Abend diese Frage gestellt?"

Wenn er wegen meiner Frage nervös ist, zeigt er es nicht und schaut auch nicht zu den anderen hinüber. "Hast du dich entschieden?"

"Nein, aber ich bin neugierig."

Er studiert mein Gesicht, sein Blick wird ausdruckslos und distanziert. Er klettert auf seine Füße.

Ich schaue ihn fragend an, weil ich nicht weiß, was das alles soll.

"Du solltest etwas schlafen", sagt er mir. Das Nächste, was ich weiß, ist, dass er von den Jungs weg und über die dunkle Böschung zum ruhigen Rand des Wassers schlendert.

Ich habe ein Stechen in meinem Magen. Alles, was ich mir vorstellen kann, sind seine grünen Augen, die mit so viel Gefühl gefüllt sind, dass es mich einlullt, zu glauben, dass er sich um mich sorgt. Mein Blick fällt auf die drei Männer, die alle zu ihrem Freund am Wasser schlendern, und ich beobachte, wie sie ihn in ihr Gespräch einbeziehen, indem sie ihren Weinschlauch zu ihm bringen. Ich glaube wirklich, dass sie ihn nicht so sehr als Ausgestoßenen sehen, wie er es wahrscheinlich selbst tut. Nikos mag sich ein bisschen wie ein Außenseiter fühlen, aber die Alphas bemühen sich, ihn einzubeziehen.

Meine Gedanken schweifen zu Jae, und meine Brust zieht sich zusammen, weil ich sie und Kaira so sehr vermisse, und plötzlich tauchen Erinnerungen an die Zeit auf, nachdem wir unsere Eltern verloren hatten. An Lovis, nachdem er unseren Vater brutal getötet und seinen Platz als Alpha des Rudels eingenommen hatte, zu uns kam, um uns zu sagen, dass sie unsere Mutter endlich im Wald gefunden hatten, nackt und tot. Ich kann die Sanftheit in seinen Augen nicht aus meinem Gedächtnis löschen, als er verkündete, dass sie tot war, als würde es ihn kümmern ... und doch habe ich keinen Zweifel daran, dass er derjenige war, der sie ermordet hat. Und dann sah er zu, wie Martell versuchte, dasselbe mit mir zu tun.

Ich zittere davor, wie sehr ich ihn verabscheue. Ich verabscheue all diese rückgratlosen Arschlöcher, und doch habe ich jahrelang unter ihrem Kommando gelebt, habe jeden Tag ein Lächeln aufgesetzt, um meine Schwestern vor dem Mann zu beschützen, der uns alles genommen hat. Ein Teil von mir fragt sich, ob es etwas in mir zerbrochen hat, ihn jeden Tag zu sehen und daran erinnert zu werden, was er uns genommen hat, während ich nichts getan habe.

Ich atme tief ein, meine Augen werden feucht, ein Adrenalinstoß fährt durch meine Adern. Aber ich werde nicht weinen … nicht wegen dieser Bastarde. Meine Wölfin brodelt knapp unter der Oberfläche, wimmert immer noch nach einer Verbindung mit Martell, und in meiner Brust breitet sich Leere aus. Ich richte meine Wirbelsäule auf und muss einen Weg finden, meiner Wölfin klarzumachen, dass wir niemals zu diesem Mörder zurückkehren werden.

Mein Hals und meine Augen brennen mit diesem drückenden Schmerz, der mich immer daran erinnert, dass ich nicht gut genug bin, dass ich nicht weiß, was ich tue. An den meisten Tagen lasse ich mich davon nicht stören, aber an anderen, wie heute, kommt der Schmerz schnell und lässt mich in Trümmern zurück.

Ich beruhige mich, dann greife ich nach meinem Mantel und ziehe ihn über mich, während eine kühle Brise vorbeizieht und die Flammen in ein wildes Schwanken versetzt. In diesem Moment bemerke ich Ragnar, der zurück ins Lager schlendert, und sein Blick findet mich. Ich blinzle mit den Augen, um die Tränen zu vertreiben.

Ich lehne meinen Kopf zurück und starre ihn an, während meine Gedanken um die Vergangenheit kreisen, um den Verlust meiner Schwestern, um das Alleinsein, das mich zu ersticken droht.

Er ist barfuß, trägt eine schwarze Hose und ein locker sitzendes sandfarbenes Hemd. Der Stoff ist zerknittert und zeigt dennoch die Umrisse seiner Muskeln. Er ist ein kräftiger Alpha, seine Schultern sind wie Felsbrocken, sein Bizeps drückt gegen die Ärmel und das dunkle Haar weht im Wind, während seine blauen Augen an meinem Körper auf und ab wandern. Ich kann nicht anders, als zu bewundern, wie sexy dieser Mann ist, und ich räuspere mich, um die Monster in meinen Gedanken zu verscheuchen.

Er hält inne, holt etwas aus seiner Tasche und kommt an meine Seite. Er reicht mir eine gefaltete Decke.

Ich schenke ihm ein Lächeln und nehme sie gierig entgegen, dann bedecke ich meine Beine.

"Wie geht es dir?", fragt er.

Meine Haut errötet, weil ich ihm so nahe bin, und mein Atem stockt. Seine Wirkung auf mich überrascht mich immer noch. Ich hasse es, zuzugeben, dass ich so wenig Kontrolle über meinen Körper zu haben scheine, wie sehr ich durcheinander bin. Vom Zurückhalten der Tränen bis hin zu meinem Körper, der mich betrügt und sich nach ihm sehnt, bin ich ein heilloses Durcheinander.

"Eine Woche Schlaf würde helfen. Obwohl ich meine Erschöpfung darauf zurückführe, dass mich jemand fast ertränkt hat." Ich schenke ihm ein sarkastisches Grinsen und ziehe eine Augenbraue hoch.

Er lässt sich neben mir nieder, und als er mich ansieht, treffen unsere Blicke aufeinander, unsere Arme berühren sich. Ein Kribbeln durchfährt meinen Körper, und ein warmes Gefühl überkommt mich, genau wie im Fluss, als er uns fast nackt aneinanderdrängte und seinen großen Schwanz gegen meinen Bauch presste. Er hat meine Wölfin zum Leben erweckt, was mich zu Tode erschreckt hat, denn seit Martell war sie noch nie so kurz davor, für einen anderen Alpha herauszukommen.

"Du bist also nicht müde vom Kampf gegen die Baumgöttinnen, die uns fast umgebracht hätten?", fragt er mit seiner tiefen Stimme, die meine Gedanken durchschneidet.

"Nein", lüge ich, woraufhin ich unwillkürlich lächle, und er lächelt zurück.

Die Art, wie er mich ansieht, hinterlässt bei mir eine erregte Gänsehaut. Vorhin wollte ich ihn umbringen, weil er mich fast ertränkt hätte. Jetzt sind diese Gefühle immer noch da, aber ein noch stärkeres Gefühl macht sich in meinem Kopf breit. Wie könnte ich vier hinreißende Männer ignorieren, die mir weiche Knie machen? Außerdem weiß ich alles über Alphas. Darüber, was sie wollen, wozu sie fähig sind. Trotzdem reagiert mein Körper so sehr darauf, wenn Ragnar mir so nahe ist.

"Solange du bei uns bist, wirst du immer beschützt werden. Ich hätte dich nicht sterben lassen", gesteht er. Seine Hand bewegt sich und legt sich über meine in meinem Schoß, und seine Berührung ist alles, woran ich denken kann, alles, worauf sich mein von Lust getriebener Verstand konzentrieren kann.

"Du hättest mich täuschen können." Mein Blick fällt auf seine große Hand, die auf meiner liegt, auf die verheilten Narben auf seinen Knöcheln, von denen ich nur annehmen kann, dass es zu viele Kämpfe waren, um sie zu zählen. "Es gibt andere Wege, Informationen von Leuten zu bekommen", murmle ich.

"Stimmt, aber sie sind langwierig und nicht so effektiv." Er zieht seine Hand zurück, und ich spüre sofort die Kälte.

"Meine Mutter hat mir einmal gesagt, dass Alphas als Kämpfer geboren werden und Frauen, um Kinder zu gebären", sage ich. "Ich habe sie lange dafür gehasst, dass sie mir das gesagt hat, aber dann habe ich gemerkt, dass ihre Worte den gewünschten Effekt hatten. Sie brachte mich dazu, die Vorstellung von dem, was von Frauen erwartet wird, so sehr zu verabscheuen, dass ich beschloss, mich niemals mit jemandem zu paaren. Aber das Universum hatte wirklich eine Art, mir auf den Magen zu schlagen, sobald ich erwachsen war."

Ich kann nicht umhin, daran zu denken, wie schnell ich Martell als meinen Seelenverwandten akzeptiert habe, wie ich in der Paarungsnacht zu ihm gegangen bin. Natürlich tat ich es für meine Schwestern, für meine Wölfin ... aber nicht für mich. Ich habe vor langer Zeit einen Teil von mir selbst verloren, und es ist erschreckend, wie leicht ich auch das akzeptiert habe.

"Seit ich laufen konnte, warf mich mein Vater in die Kampfgruben, um mich zu trainieren, damit ich sein Krieger werde, deine Mutter hatte also nicht ganz unrecht."

Sein Eingeständnis macht mich neugierig. "Ist das in Dänemark üblich?"

"Im Ulv-Rudel, ja. Wir lebten in der Nähe eines gefährlichen Rudels, das unsere Männer tötete und unsere Frauen stahl, also hieß es kämpfen oder sterben."

Ich erinnere mich an Nikos' Worte, dass er mit Ragnars Schwester ausgetauscht wurde ... War sein Rudel so bösartig?

"In dem Rudel, in dem ich aufgewachsen bin, haben die Alphas nur selten trainiert, aber sie sind ständig losgezogen, um gegen andere Rudel zu kämpfen", sage ich.

Er leckt sich die Lippen und fragt: "Gibt es einen

Grund, warum dein Alpha den wilden Sektor nie beansprucht hat?"

"Lange Zeit war ich mir darüber nicht sicher", gebe ich zu und merke, wie dumm ich klingen muss. "Dann habe ich das Rudel verlassen und gemerkt, wie kleinkariert ich gedacht habe und wie viel größer die Welt ist. Und wie kleinlich und rückständig der Alpha des Rudels war. Ich bezweifle, dass er das Zeug dazu hatte, die Hexen herauszufordern."

Ragnar starrt geradewegs in die Flammen, versunken in seine eigenen Gedanken, Schatten sammeln sich unter seinen Augen. Alles an ihm schreit nach *Alpha*, von der Entschlossenheit in seinem Gesichtsausdruck bis hin zu der Energie, die er ausstrahlt, und dem Eindruck, dass er niemals zurückweichen wird, wenn er herausgefordert wird.

"Hast du eine der Hexen aus diesem Sektor leibhaftig gesehen?", frage ich.

Er nickt. "Bei unserer Ankunft in Rumänien sahen wir, wie zwei von ihnen das Dorf eines kleinen Wolfsrudels zerstörten. Sie waren rücksichtslos. Ich sah aus der Ferne, wie sie die Elemente aufriefen und das Land aufrissen, das alle verschlang. Dann schloss sich der Boden wieder, als hätte das Dorf nie existiert. Damals erfuhren wir, dass die Alphas in dieser Region sie fürchteten, und das aus gutem Grund."

"Und was wirst du tun, wenn du sie triffst? Hast du keine Angst, dass sie dich genauso schnell töten, wie sie das andere Rudel getötet haben?"

Ich sage mir, dass ich nicht fragen oder mich darum kümmern sollte, weil ich nicht Partei ergreifen will, dass dies nur ein Job für mich ist, um meine Schwestern zurückzubekommen. Und doch sitze ich da und warte auf seine Antwort, brenne darauf, es herauszufinden.

"Bist du immer so neugierig?"

"Wenn es ums Überleben geht, schon", sage ich. "Ich ziehe es vor, nicht in letzter Minute überrascht zu werden."

Ein Lächeln umspielt seinen Mund, aber er sagt nichts, weil er seine Geheimnisse für sich behält. Natürlich hätte ich nicht erwarten dürfen, dass er mir seine Pläne mitteilt, aber ich hatte zumindest auf eine kleine Andeutung gehofft.

Ich suche in seinem Gesicht nach irgendetwas, das mir verrät, was er denkt, während er mich direkt anstarrt, wie er es immer tut, aufmerksam und konzentriert, im vollen Bewusstsein, dass er die Situation unter Kontrolle hat.

Er streicht mir mit der Hand über die Wange und fährt mit den Fingern durch mein Haar, während sein anderer Arm meine Taille umschließt und mich näher zu sich zieht. Er bringt sein Gesicht nahe an meins und sagt: "Warum siehst du so verängstigt aus?"

Ich sitze atemlos da und starre diesen schönen Mann an, angezogen von seiner Berührung. Aus der Nähe betrachtet sind seine blassblauen Augen wie ein Sommertag, der mich näher zu sich ruft, während seine markanten Wangenknochen und sein starker Kiefer mich daran erinnern, dass ich bei ihm in einer ganz anderen Liga spiele. Seine Finger wandern meinen Rücken hinunter, bis sie auf die nackte Haut unter meinem Hemd stoßen, und ein leises Stöhnen entweicht meinen Lippen.

"Ich habe keine Angst", murmle ich.

Er lächelt wieder und lässt mich in seinen Armen schwach werden.

Ich möchte ihn wegstoßen, aber ich tue es nicht. Vielleicht bin ich nur eine weitere Frau, die sich unersättlich leicht in solch mächtige Alphas verliebt. Oder vielleicht sehne ich mich danach, zu erfahren, wie sich die Berührung eines Mannes anfühlt.

Als seine Hand weiter nach oben unter mein Hemd gleitet, wird seine Berührung auf meiner Haut federleicht, und es fällt mir schwerer, zu sprechen.

Sein Blick senkt sich auf meine Lippen, und alles, was ich denken kann, ist: *Bitte küss mich.* Er beugt sich vor, als ob er meine Gedanken lesen könnte, aber sein Mund drückt sich auf meine Lippen, dann wandert er hinunter zu meinem Hals, wo er mich küsst und tief einatmet.

Mein Herz rast.

Seine Lippen wandern meinen Hals entlang und beißen spöttisch in mich hinein. Meine Hände gleiten über seine Schultern, als er seinen Kopf hebt und meinen Mund erobert. Wir kommen schnell zusammen, unsere Münder pressen sich aneinander, während er Anspruch auf mich erhebt.

Die Art, wie Ragnar küsst, hat nichts Sanftes oder Süßes an sich. Er ist rau und beherrschend. Seine Zunge drückt sich in meinen Mund, schmeckt mich, erforscht mich, nimmt sich, was er will.

Ich drücke mich näher an ihn heran, meine Brüste gegen seine Brust, meine Brustwarzen sind steinhart, mit einem brüllenden Verlangen, das mich überrumpelt. Meine Wölfin lässt sich nicht beirren und meldet sich zu Wort, ihr Wimmern klingt wie das Gegenteil der Wölfin, die sich einem anderen unterwerfen wollte. Sie ergibt für mich keinen Sinn, aber als Ragnar meine Unterlippe in den Mund nimmt, sanft daran nagt und mich festhält, stöhne ich selbst vor Vergnügen auf. Geräusche, die ich nicht unterdrücken kann, während das Feuer zwischen meinen Schenkeln so intensiv brennt, dass es mich in wenigen Augenblicken erhitzt.

Seine Hand umschließt meine Brust, ein Daumen streicht über meine feste Brustwarze. Ich drücke meine Finger in seine Schultern, ziehe ihn näher an mich heran, und die ganze Zeit über durchströmt mich ein elektrisches Kribbeln. Noch nie hat mich ein Mann auf diese Weise berührt, und ich hole bei jedem Atemzug vor Erregung und Angst vor dem Unbekannten tief Luft.

Er fährt mit seiner Zunge über meine Lippen und flüstert: "Fühlst du dich jetzt entspannter?"

Sein Mund wandert noch einmal zu meinem Hals, und er nimmt mein Ohrläppchen zwischen die Zähne, während er meine Brustwarze fester kneift. Er leckt über meinen Hals und kitzelt mich.

Statt zu antworten, entweicht meinem Mund ein Stöhnen.

Jeder Nerv in meinem Körper steht in Flammen. Ich zittere, als seine Hand von meiner Brust über meinen Bauch zu den Knöpfen meiner Hose gleitet und sie aufreißt.

Ein Hauch von Panik mischt sich mit meiner Atemlosigkeit, und meine Hand greift instinktiv nach seiner, um ihn aufzuhalten. Wir befinden uns im Freien und in Sichtweite der anderen am Fluss.

"Jemand wird es sehen", schnaufe ich.

"Sollen sie doch", antwortet er.

Mein Herz schlägt so schnell, dass es mir schwerfällt, mich auf etwas anderes zu konzentrieren als auf seine Hand, die in meiner Hose und meiner Unterwäsche steckt.

Ich kenne diesen Mann kaum, und ich lasse zu, dass er seine Hand in meine Hose steckt. Ich schaue über meine Schulter zu den anderen, die immer noch am Fluss stehen und nicht in unsere Richtung schauen. Im selben Moment gleiten Ragnars Finger tiefer und streichen über die Stelle, an der ich glühe und so nass bin. Sofort spüre ich, wie sich ein Druck in meiner Magengrube aufbaut.

Ich halte mich an seinem Hemd fest und küsse ihn wieder, wobei ich mein Stöhnen der Lust unterdrücke. *Göttin, was mache ich nur?*

Er gleitet mit einem Finger an meinem Schlitz auf und ab, meine Beine werden unter der Decke breiter, und er beginnt an einer Stelle zu streicheln, die mich vor Erregung völlig verrückt macht. Er bewegt sich schneller, und mein Herz schlägt schneller, mein Puls pocht zwischen meinen Schenkeln.

"Du riechst so süß, so verdammt lecker", knurrt er gegen meinen Mund.

Unsere Blicke treffen sich, als er einen Finger in mich einführt.

Ich zucke zusammen, weil ich das so plötzlich nicht erwartet habe.

"Verdammt, Narah, du bist so eng." Seine Augen leuchten vor Hunger, und er stößt mit einer Geschwindigkeit in mich hinein und wieder heraus, die mich nach Luft schnappen lässt. Ich habe mich noch nie so gefühlt, bereit, allein durch eine Berührung in tausend Scherben zu zerspringen.

Er beobachtet mich, während ich stöhne.

Ich ertrinke, spüre ihn jedes Mal, wenn er in mich gleitet und mich dehnt. Er bewegt sich jetzt schneller, und ich bin in ihm verloren, vergesse, wo wir sind.

"Ich will dich schmecken", sagt er mir. "Ich will dich nackt, gespreizt, und dich kosten, damit du mich nie vergisst."

Seine Worte sind wie ein Auslöser, der mich umhüllt, und plötzlich spannt sich mein Innerstes an, und ich erzittere, explodiere gleich. Ich verkrampfe meine Schenkel, als eine Explosion durch mich hindurchfährt, aber Ragnar hört nicht auf, seinen Finger in mich zu treiben. Sein Mund stiehlt mein lautes Stöhnen, während ich mich gegen ihn stemme. Ich zittere heftig, als der Orgasmus von mir Besitz ergreift und in Wellen über mich hereinbricht. Meine Schreie werden immer wilder, und er nimmt sie auf, hält mich dicht an sich gedrückt. Ich will nicht, dass er mich jemals loslässt.

"Narah", sagt er, als ich mich beruhigt habe. Er zieht seinen Finger aus mir heraus, und ich bemerke die Blutflecken an den Enden seiner glitzernden Fingerspitzen. Er bemerkt sie auch.

Das Grinsen, das er mir zuwirft, ist voller Besitzanspruch, voller Verruchtheit, und meine Wangen glühen, weil ich noch nie mit einem Mann zusammen war.

"Ich bin mir nicht sicher, ob ich dich jemals wieder loslassen kann, kleine Füchsin", verspricht er mir.

DREIZEHN

Letzte Nacht habe ich vom Wald geträumt, von Schatten, die mich umkreisten. Der Wind wehte heftig, und Blut rann über den Waldboden. Aber mein Blick war auf die dunkle Gestalt gerichtet, die Kaira umarmte. Es hatte etwas wunderbar Beunruhigendes, wie glücklich sie aussah. Doch ich konnte nicht verhindern, dass mir die Tränen über die Wangen liefen, dass meine Brust sich anfühlte, als wäre sie in zwei Hälften geteilt worden, als mich schließlich ein Flüstern erreichte.

Zeit zum Aufwachen, süße Narah.

Jedes Mal, wenn ich mich an den Traum erinnere, bekomme ich eine Gänsehaut, obwohl wir schon fast den ganzen Vormittag unterwegs sind. Aber das Bild geht mir nicht aus dem Kopf, zusammen mit der Befürchtung, dass ich für Kaira zu spät komme. Meine Brust zieht sich zusammen, als ich mich an Ragnars Worte über das Mädchen erinnere, das er tot aufgefunden hat.

Es kann noch nicht zu spät sein. Ich werde dich finden, Kaira.

Mit jedem Schritt, den ich mache, lasse ich den Traum hinter mir. Noch kann ich nichts tun, um Kaira zu helfen ... nicht bevor ich diese Mission beendet habe.

Mir wird heiß, wenn ich daran denke, was ich gestern Abend mit Ragnar gemacht habe, wie leicht ich ihm nachgegeben habe.

Ich werde rot, wenn ich nur daran denke, während ein Schuss Euphorie meine Wirbelsäule hinunterfährt. Alles, woran ich mich erinnern kann, sind seine Finger in meiner Hose, seine Küsse, die Art, wie er mich schnell zum Orgasmus gebracht hat.

Wenn ich jetzt zu ihm hinüberblicke, kriecht mir das Feuer in den Nacken. Die letzte Nacht hätte nie passieren dürfen.

Seltsamerweise haben sich Nikos und Crius heute Morgen von mir ferngehalten und sind mit Ragnar hinter mir hergegangen. Wie immer besteht meine Panik daraus, dass sie gesehen haben, was Ragnar und ich am Feuer gemacht haben. Waren sie eifersüchtig? Verärgert? Sollte mich das überhaupt interessieren? Nein, natürlich nicht. Sie werden nur für einen flüchtigen Moment in meinem Leben sein, und sobald wir diese Mission beendet haben, werde ich Abstand zwischen uns bringen.

Und doch tut mir die Brust weh.

Ich trete gegen einen Kieselstein, und er fliegt direkt in einen Baum, an dem ich vorbeikomme.

"Alles in Ordnung?", fragt Stone, der neben mich tritt und mit den Händen den Riemen seiner über die Schulter gehangenen Tasche festhält.

Ich schüttele den Kopf und nicke dann. "Ich bin mir nicht sicher", antworte ich wahrheitsgemäß. "Ich habe nicht gut geschlafen."

Er schenkt mir ein warmes Lächeln, und trotz allem, was wir durchgemacht haben, seit wir in diesen verdammten Wäldern sind, scheint er nett zu mir zu sein.

"Nun, ich bin für dich da. Wenn du etwas brauchst, bin ich deine Anlaufstelle."

Das Morgenlicht hebt das tiefe Blau seiner Augen hervor, den kleinen Knick in seiner Nase, den sanften Ausdruck, mit dem er mich ansieht. Den gleichen Ausdruck, den er an dem Abend hatte, als er Jae und mir im Gasthaus das Abendessen brachte. Heute hat er sein blondes Haar zu einem Dutt zurückgesteckt, und es ist fast unmöglich, etwas an ihm auszusetzen zu haben.

"Danke", sage ich, obwohl ich weiß, dass es lahm klingt. Aber je mehr Zeit ich mit ihnen verbringe, desto mehr verliere ich die Orientierung.

Mit Stone an meiner Seite werde ich immer erregter, wie könnte ich da kalt bleiben? Ich meine, selbst mit dem leichten Knick in der Nase ist er hinreißend, und das macht ihn zu einer Versuchung, der ich nicht verfallen will. Nach der letzten Nacht ist mir klar geworden, wie leicht ich mich von der Verheißung des Verlangens leiten lasse, wie diese Alphas nicht nein sagen können, und das bedeutet, dass ich die Starke sein muss.

Sein Blick sucht meinen, und Paranoia drängt sich auf. Ich kann nicht umhin, mich zu fragen, ob er mich mit Ragnar gesehen hat. Es sollte mich nicht beunruhigen, aber das tut es.

Die Brise umweht mich und bringt seinen verlockenden Kiefern- und Wolfsduft mit sich. Er trägt ein schwarzes Hemd mit hochgekrempelten Ärmeln, tiefblaue Jeans und schwere Kampfstiefel. Der ganze Look steht ihm so gut, und als er mir zuzwinkert, erröten meine Wangen.

Ich bewege mich auf wackligem Boden, da mein Körper so intensiv auf ihn reagiert. Ich kann keine Ablenkung gebrauchen, aber was weiß ich schon über diese Alphas? Nun, abgesehen von ein paar Informationsfetzen, die sie geteilt haben.

Mein klopfendes Herz warnt mich, dass das schlecht ausgehen wird, und je mehr ich darüber nachdenke, dass ich sowohl Nikos als auch Ragnar küssen könnte, desto mehr Sorgen mache ich mir über das Wespennest, in das ich gestochen habe.

"Du weißt doch, dass du im Schlaf redest", sagt er aus heiterem Himmel.

Ich bleibe buchstäblich mitten im Schritt stehen und werfe ihm einen scharfen Blick zu, als mich die Kälte überkommt. Hatte ich im Schlaf etwas über Ragnar gesagt?

"Wirklich?"

"Was ist hier los?", fragt Ragnar und stellt sich neben mich, ebenso wie Crius und Nikos. Vier Augenpaare sind auf mich gerichtet, und wenn ich vorher schon nervös war, stehe ich jetzt unter einem verdammten Berg von Druck.

"Es ist nichts", antworte ich sofort und fummle an dem Riemen der Tasche auf meinem Rücken herum. Seit ich aufgewacht bin, gehe ich Ragnar aus dem einfachen Grund aus dem Weg, weil ich nicht weiß, was ich zu ihm sagen soll.

Oh, guten Morgen, ich habe unseren Kuss gestern Abend geliebt und wie du mich gefingert hast, bis ich kam, wobei uns wahrscheinlich jeder gesehen hat. Diese Bemerkung kann bei ihm nur zweierlei bewirken. Entweder wird er erregt und denkt, dass ich mehr will, oder er wird mich auslachen. Beides sind keine Optionen, die ich verfolgen möchte.

"Das ist schon etwas", fügt Stone schmunzelnd hinzu.

"Ich will es wissen", sagt Ragnar.

"Warum wirst du rot?" Crius starrt mich an, mit einem Dauergrinsen, das sich um seine Mundwinkel zieht.

Ach du Scheiße! Er weiß es, nicht wahr? Ich fühle es in meinen Knochen. Worüber sollten sie sonst reden? Ich hasse es, wie sehr es mich beeinflusst, obwohl es das nicht sollte. Aber ich bin offensichtlich dumm und lasse mich von meiner Anziehungskraft auf diese Männer tatsächlich blenden. Aber ich bin ein Omega, und für sie bin ich ein ... ein Trottel.

"Ich bin mir ziemlich sicher, dass sie Angst davor hat, dass wir darüber reden, dass sie und Ragnar letzte Nacht geknutscht haben", knurrt Nikos.

Seine eifersüchtigen Worte lassen meine Adern zu Eis erstarren. Wenn mich alle vier beobachten und Nikos' Stimme in meinem Kopf widerhallt, bin ich bereit, mich unter einem Stein zu verkriechen und mich für immer zu verstecken.

"Lass sie in Ruhe", sagt Ragnar. "Was ist schon ein bisschen Muschi zwischen uns, nicht wahr?"

Mir bleibt der Mund offenstehen. Die anderen drei schweigen. Es ist klar, dass sie diesen Teil nicht kannten ... bis jetzt. Ich starre Ragnar an, und er lacht. "Das ist doch keine große Sache."

"Doch, das ist es!", schieße ich zurück. Ich möchte ihn umbringen, vor ihnen allen fliehen.

"Eigentlich wollte ich nur sagen, dass du in

deinem Traum immer wieder nach Kaira gerufen hast", sagt Stone. "Aber *das hier* ist viel interessanter. Ich will Details."

"Nein! Keine Details", stottere ich, während ein Knurren meiner Wölfin in meiner Brust grollt. Ich bin verärgert, dass ich in diese Situation geraten bin, dass mein Gesicht sich anfühlt, als würde es brennen, dass Ragnar einen Moment, den ich genossen habe, in einen Albtraum verwandelt hat.

Verdammt seien sie alle.

Sie stellen Fragen, aber ihre Stimmen gehen in dem Klopfen meines Herzschlags in meinen Ohren unter. Ich drehe mich um und marschiere weiter, ich brauche so viel Abstand zwischen mir und ihnen, dass ich auf dem Mond sein möchte.

Ich zittere und hasse es, dass ein Moment, der für mich etwas Besonderes war, zu ihrer Belustigung wird.

Bevor ich zwei Schritte machen kann, ergreift eine starke Hand meinen Arm, und im nächsten Moment werde ich von Ragnar in den nahe gelegenen Wald gezerrt. Er hält etwa drei Meter von den anderen entfernt inne, als ob uns das irgendeine Art von Privatsphäre geben würde.

"Was ist los?", fragt er scharf, sein Blick haftet mit grimmiger Miene auf mir.

Ich bin immer noch geschockt, und als ich den Mund öffne, kommt erst einmal nichts. Als ich es erneut versuche, sprudelt die Wut aus mir heraus. "Wie konntest du mich vor ihnen so verhöhnen?"

Er zieht die Stirn in Falten und seine Hand drückt fester um mein Handgelenk. "Es gibt nichts zu spotten, kleine Füchsin. Was du mir letzte Nacht gegeben hast, werde ich immer in Ehren halten, aber ich habe keine Geheimnisse vor meinen Männern. Denkst du, sie haben nicht gesehen oder gerochen, was wir getan haben? Und solange du unter meinem Schutz stehst, gehörst du mir."

Ich versteife mich und befreie mich aus seinem Griff, wütend über seine Offenbarung, wütend darüber, dass ich ihnen wie ein Witz vorkommen muss. "Ich gehöre dir nicht." Ich balle meine Hände zu Fäusten.

"Da liegst du völlig falsch, Omega." Er packt mich an den Armen und zwingt mich zurück zu ihm. Ich stöhne auf und drücke mich gegen ihn, aber sein Griff wird fester, und er küsst mich so tief, dass mir die Knie weich werden. Mein Körper verrät mich völlig in einem Moment, in dem ich mich eigentlich wehren sollte. Stattdessen nimmt er sich, was er will.

Mein Bauch bebt, als ich merke, wie schnell meine Wölfin erwacht, wie sich mein Körper vor ihm verneigt. Ich grabe meine Nägel in seine Arme, während ich in seinem männlichen Duft ertrinke, in dem köstlichen Geschmack, den er hat. Mein Puls flattert, und ich verliere mich unter ihm, mein Kopf dreht sich.

Ich sollte das nicht genießen, aber ich drücke mich näher heran, und zwischen meinen Schenkeln sammelt sich Flüssigkeit. Nein, das darf nicht wahr sein. Ich hasse ihn, ich hasse meine Wölfin, ich hasse, wie schwach ich als Omega bin.

Als er sich von meinen Lippen löst, wiege ich mich näher, unfähig, das Schnurren auf meinen Lippen zu unterdrücken, das mir entweicht.

"Siehst du, Omega. Wir sind dazu bestimmt, zusammenzukommen, also was gibt es, wofür man sich schämen muss?"

Die Art und Weise, wie er mich so nennt, geht mir auf die Nerven, aber ich hätte wissen müssen, dass der Umgang mit vier Alphas Konsequenzen haben würde. Und jetzt, plötzlich, wird das Angebot von Nikos von Sekunde zu Sekunde verlockender.

Ragnar

SIE SIEHT mich mit so viel Hass an, dass mein Schwanz hart wird. Sie zittert, und das lässt mich nur noch mehr Lust verspüren, sie zu beugen und sie jetzt zu fordern. Um ihr zu zeigen, dass es vor meinen Männern nichts zu verbergen gibt.

Meine kleine Füchsin hat keine Ahnung, worauf

sie sich da eingelassen hat. Ich habe die Männer angewiesen, ihr Raum zu geben, damit sie sich an uns gewöhnen kann, aber es scheint, dass diese Zeit gekommen und gegangen ist. Zusammen mit einer Wahrheit, die ich seit unserem ersten Treffen ignoriert habe.

Sie stemmt sich gegen meinen Griff, ihr ganzer Körper zuckt. Ihr Kinn hebt sich drohend zu mir. "Lass mich los."

Die bernsteinfarbenen Augen leuchten, wie eine Flamme, während sich ihre Lippen zusammenpressen. Ich kann sie immer noch schmecken, und ich bin hungrig nach ihr, hungrig danach, diese schmollenden Lippen um meinen Schwanz zu haben, verdammt hungrig, in ihr zu versinken. Mein Bedürfnis nach ihr wächst, und es wird von Tag zu Tag schwieriger, meine Anziehung zu ihr zu ignorieren. Mein Wolf heult in meinem Kopf, begierig darauf, sie zu nehmen.

"Das war nicht Teil der Abmachung. Wenn das hier vorbei ist, wirst du mich nie wieder sehen", sagt sie mir, während sie über ihre Schulter zu meinen Männern schaut, die sich unterhalten.

Ich hake meine Finger unter ihrem Kinn ein und drehe diese wunderschönen Augen zu den meinen, mit langen Wimpern, und verdammt, sie ist wunderschön. "Nichts ist in Stein gemeißelt, kleine

Füchsin, also lass uns auf unsere Mission konzentrieren, bevor du andere Pläne machst."

Sie starrt mich an, ihr ganzer Körper wird steif, während sich das Verlangen in mir regt. Mein Wolf drängt darauf, eine Verbindung herzustellen, er will sie verschlingen. Das ist etwas Neues, das er noch nie gemacht hat.

"Du weißt nicht, wovon du redest", sagt sie mit rauer Stimme und geröteten Wangen. "Du hast nicht zu entscheiden, was mit mir passiert."

Ich bewundere ihren Kampfgeist und ihr Lachen und bin mir jetzt sicherer, was ich von ihr will, als ich es in den letzten Tagen war.

"Es ist so", sage ich zu ihr, während die Funken in ihren bernsteinfarbenen Augen aufleuchten. "Ich habe mir gesagt, dass zwischen uns nichts passieren würde, aber ich habe meine Meinung geändert."

Ihr Blick weitet sich, und die Realität meiner Worte wird ihr bewusst, als sich ihr Gesichtsausdruck verändert. In Wahrheit hatte meine "Bleib weg"-Politik alles damit zu tun, unsere Mission zuerst zu erfüllen, aber jetzt bin ich mir nicht sicher, ob es etwas ändern wird, wenn ich warte.

"Du musst die Verbindung zwischen uns spüren", dränge ich, als sie sich aus meinem Griff löst.

Ihre Lippen spannen sich. "Das habe ich bei euch allen vier, es ist also nichts Besonderes. Nur die üblichen Alphas, die an nichts anderes denken als an ihre Schwänze."

Mein Schwanz verkrampft sich bei der Art, wie sie das sagt ... sie so erregt zu sehen, macht mich an. Sie ahnt nicht, wie tief sie schon drinsteckt. "Heute Nacht wirst du mir gehören und ich werde dein Erster sein."

Ihr Mund bleibt offen, aber der Blick in ihren Augen ist entweder schockiert oder mörderisch. *Scheiße ist die heiß.*

"Ich werde dir eine Klinge ins Herz rammen, bevor das passiert." Sie stemmt die Hände in die Hüften, Wut schwingt in ihrer Stimme mit.

"Ich werde dich beim Wort nehmen." Ich greife gerade nach ihr, als ein ohrenbetäubendes Knurren durch die Luft schallt.

Die Haare in meinem Nacken stellen sich auf, während Narah sich zitternd umschaut.

"Oh, Scheiße!", ruft sie und rennt zurück zu meinen Männern.

Ich richte meine Aufmerksamkeit auf sie und sehe erst einmal nichts. Meine Füße stoßen mit eiligen Schritten auf den Boden. "Was zum Teufel hast du gesehen?"

Aber etwas anderes erregt meine Aufmerksamkeit.

Die Luft vor Narah und den Männern kräuselt

sich wie eine Hitzewelle, und sofort materialisiert sich ein monströser Bär vor uns.

Die mindestens zwei Meter hohe Kreatur steht auf ihren Hinterbeinen und überragt uns wie ein Berg. Das braune Fell wiegt sich im Wind, und hinter der Kreatur verschwindet eine schwarze Nebelschwade im Wald. Es beobachtet uns mit leuchtend gelben Augen, die Hinterfüße fest auf dem Boden, die Vorderpfoten an den Seiten hängend, die scharfen Krallen ausgefahren. Sein Brustkorb hebt und senkt sich, heißer Atem strömt aus breiten Nasenlöchern.

Meine Männer und ich treten vor, während sie Narah hinter sich schieben.

"Such dir einen Baum und klettere rauf, Narah", sage ich ihr und lasse das Tier nicht aus den Augen. Aber es ist nicht irgendein Tier, es ist aus Magie, mit der Absicht der Hexen, jeden zu vernichten, der dieses Land durchquert.

Er hebt seinen riesigen Kopf, und ein gewaltiges Gebrüll dringt aus seiner Kehle, und die Spucke fliegt in alle Richtungen. Der Wald erzittert. Meine Finger krümmen sich um den Griff meines Gürtels, und eine Lanze des Schreckens durchzuckt mich. Es rast in meinen Adern und zerrt an meiner Brust, aber was wäre ein Kampf ohne Vorfreude?

"Wer ist bereit für eine neue Felldecke?", frage ich, doch als niemand antwortet, schaue ich meine

Männer an, die zu sehr von dem Anblick gefesselt sind. Plötzlich sprintet Crius nach rechts, Stone nach links, und Nikos weicht zurück.

Ein Schauer überläuft mich.

Der Boden unter meinen Füßen bebt so plötzlich, so schnell, dass ich vergesse, was ich gesagt habe.

Ich richte meine Aufmerksamkeit geradeaus.

Die Kreatur kommt auf allen Vieren direkt auf mich zu, donnert auf mich zu, die Augen brennen wie Feuer. Große Pfoten stampfen auf den Boden, während sich das Tier in jeden Sprung wirft, um mich schneller zu erreichen.

Diese Augen ... sie durchdringen mich, als ob sie nur mich sehen.

Adrenalin durchflutet mich, weil die Dinge so schnell aus dem Ruder gelaufen sind. Ich verstehe nicht, was meine Männer tun, aber sie müssen einen Grund haben, sich zurückzuziehen.

Ich greife meine Klinge aus dem Gürtel und stürme vorwärts, einen Kriegsschrei auf den Lippen. Mein Wolf ist knapp unter der Oberfläche, bereit, hervorzutreten und Blut zu vergießen, aber zuerst muss ich diese Bestie aufhalten.

Mein Herzschlag pocht laut in meinen Ohren.

Ich sprinte blitzschnell und werfe mich in eine Vorwärtsrolle, wobei ich nach links ausweiche, um den Bären nicht frontal zu treffen. Die Luft prallt von der Pranke der Kreatur, die die Luft durchschneidet, auf meinen Rücken.

Ich springe auf die Füße, drehe mich um und stürze mich auf seinen Rücken. Wir haben zu Hause schon so oft Bären erlegt. Die Biester kommen von den Bergen herunter, wenn ihnen die Nahrung ausgeht.

Ich klettere den Rücken der Kreatur hinauf, die Klinge zwischen den Zähnen, die Hände im Fell vergraben, um den Kopf zu erreichen.

Eine plötzliche Bewegung von rechts erregt meine Aufmerksamkeit, und ich erwarte fast, dass es Crius ist. Stattdessen trifft mich der wilde Hieb einer großen Tatze so unerwartet, dass ich keine Zeit habe, mich zu ducken. Die Krallen zerkratzen mein Gesicht, und ich werde vom Rücken des Bären geschleudert. Ich knalle auf den Boden, meine Klinge wird weggeschleudert, und mein Körper rollt durch den Schwung, bis ich gegen einen Baum pralle.

Ich stöhne unter dem Aufprall auf, ein scharfer Schmerz krampft meinen Rücken zusammen, ein stechender Schmerz von den Krallen, während sich mein Kopf dreht. Aber ich habe keine Zeit zum Ausruhen. Ich stoße mich vom Boden ab, der Wald kippt um mich herum, mein Gesicht brennt von dem Kratzer des Bären.

Mein Blick ruht auf dem Tier, das mir keine Aufmerksamkeit mehr schenkt.

Ich habe es mit jemandem zu tun, der mir den Magen umdreht.

"Hel?", rufe ich und starre ungläubig auf meine Schwester, die auf der kleinen Lichtung steht. Ein Zittern kräuselt sich unter meinem Herzen. Das letzte Mal, als ich sie sah, liefen ihr Tränen über die Wangen, als Vaters Männer sie im Austausch gegen Nikos aus unserem Haus zerrten.

Mein Bauch dreht sich um sich selbst, und eine unsichtbare Hand packt mein Herz und zerreißt es. Erinnerungen bohren sich in meinen Kopf, und die Vergangenheit taucht wieder auf.

"Schick mich stattdessen", rufe ich Vater vom anderen Ende des Raumes zu, wobei mir der Zorn in der Brust brennt.

Er steht mit dem Rücken zu mir und blickt aus dem Fenster auf das Feld draußen, in die Richtung, in die die Balor-Wölfe Hel gebracht haben. Er ist ein großer Mann, größer als ich. Ich habe nur eine Person gesehen, die sich ihm widersetzt hat, und die hat den nächsten Tag nicht überlebt.

"Sag etwas", brülle ich und balle meine Hände zu Fäusten, weil ich diesen kaltherzigen Bastard verab-scheue. Mutters Schreie hallen aus dem Flur, und mein Herz klopft wie wild.

Vater dreht sich zu mir um und sieht mich mit verletzter Resignation in seinen Augen an.

Wut erfüllt jeden Zentimeter von mir, und nicht

einmal sein bedauernder Schmerz kann mein Bedürfnis dämpfen, jemandem meine Faust ins Gesicht schlagen zu wollen.

"Ragnar, mein Sohn", beginnt er, aber ich habe genug und marschiere auf ihn zu.

"Hast du mich nicht gehört? Ich werde ihren Platz einnehmen. Bringt sie zurück."

Ich erwarte, dass er reagiert, dass er mir an die Kehle geht, dass er zuschlägt. Alles, nur nicht, dass er den Kopf senkt und sich wieder dem Fenster zuwendet.

"Wir sind ihnen zahlenmäßig unterlegen, das weißt du." In seiner Stimme schwingt eine Warnung mit.

"Na und? Hel zahlt den Preis? Sie ist das Opfer für unser aller Leben?" Hitze durchfährt mich wie ein Sturm.

"Wenn ich könnte, würde ich dich sofort losschicken", gibt er verzweifelt zu, und mir wird klar, dass er es ernst meint. Er würde mich, ohne zu zögern, loswerden. "Aber du bist es nicht, den sie wollen", murmelt er. "Der Alpha ist mit einem Angebot zu mir gekommen. Er will Hel für sich beanspruchen, und das erkauft uns unsere Sicherheit."

Ich knurre. "Du hast sie an dieses verdammte alte Schwein verkauft?"

Seine Arme fallen an seine Seiten, aber er reagiert nicht und beachtet mich nicht einmal. Mein Blick fällt auf den Ring an seinem Finger, dunkel und blutbefleckt, getragen von seinem Vater und Großvater, allesamt Alphas des Ulv-Rudels vor ihm. Aber was nützt es, ein *mächtiger Alpha zu sein, wenn man zulässt, dass andere einem die Seele aus der Brust reißen?*

Ich reiße meinen Blick zurück in die Realität, von Hel zu den anderen Männern, die gegen etwas kämpfen, das ich nicht sehen kann ... was zum Teufel ist hier los? Ich schaue schnell zurück und entdecke Narah hinter einem Baum, ihr Blick ist entsetzt.

"Hat der Bär deine Zunge, Bruder?", stichelt Hel. "Wirst du an meiner Seite kämpfen, oder hast du in den rumänischen Landen dein Rückgrat verloren?" Ihre blauen Augen funkeln im Licht, und sie grinst schelmisch, wie sie es immer tat, wenn sie mich, während unseres Kampftrainings, herausforderte.

Ich schüttle den Kopf, um meine Sicht zu klären, weil ich überzeugt bin, dass ich halluziniere.

Langes braunes Haar hängt ihr den Rücken hinunter, unberührt vom Wind, der mir entgegen- schlägt. Sie trägt ihre Kampfausrüstung: Lederho- sen, schwere Stiefel und ein enganliegendes Kleid, das ihr bis zur Hälfte der Oberschenkel fällt. Es ist blau wie Mitternacht, ihre Lieblingsfarbe, und in der Hand hält sie ihren kurzen Dolch, den Mutter ihr geschenkt hat, bevor sie zu den Balor-Wölfen geschickt wurde.

Der Bär erhebt sich erneut auf die Hinterbeine, knurrt seine Drohung und verspricht, uns zu zerfleischen.

Hel grinst in meine Richtung, und ich breche fast

zusammen, als ich sie sehe ... Götter, ich habe meine Schwester so sehr vermisst.

"Bist du ein Weichei, Bruder?"

Das ist nicht richtig ... sie kann nicht in den verdammten giftigen Wäldern sein. Doch mein Griff um mein Messer wird fester.

Plötzlich stürmt der Bär auf meine Schwester zu, und der Schrecken überkommt mich.

Ich stürze mich auf sie. "Pass auf!", schreie ich, stürze wie wild auf sie zu, lasse meine Klinge fallen, und mein Wolf reißt aus mir heraus, zerfetzt meine Kleidung und meine Haut.

Die Luft strömt ein, ohne dass die wütenden Flammen, die mein Inneres überschwemmen, gelöscht werden.

Ich höre nicht auf ... niemals. Ich habe meine Schwester einmal verloren, weil ich zu feige war, sie zu retten und mich den feindlichen Wölfen entgegenzustellen. Aber das wird auf keinen Fall wieder passieren.

VIERZEHN

"Ein Bär", rufe ich und lasse meinen Blick nicht von dem schwarzen Ungetüm, das aus dem Wald auftaucht. Gelbe Augen finden mich, ein Knurren rollt aus der riesigen Brust des Neuankömmlings. Ich weiche vor dem Tier zurück, das mich offenbar zu seiner Beute machen will.

"Scheiße! Crius, Stone!"

Ich werfe einen Blick über die Schulter, als sich niemand meldet, aber sie sind nicht einmal in meiner Nähe. Stone ist auf der anderen Seite der Lichtung und macht weiß Gott was, während Crius wie ein Verrückter in den Wald hinein und wieder heraus hüpft, sich duckt und herumrollt. Er hat endgültig den Verstand verloren. Ich wusste, dass er es eines Tages tun würde, aber warum ausgerechnet jetzt?

Natürlich kommt niemand, als ich um Hilfe rufe. Das ist die Geschichte meines Lebens, nicht wahr?

Ich scheiße auf jeden Einzelnen von ihnen. Ich brauchte sie nicht, als meine Familie mich verkaufte, und ich brauche sie ganz sicher auch jetzt nicht. Stattdessen senke ich meinen Blick auf den sich nähernden Bären, dessen Fell so schwarz ist wie die Federn eines Raben. Er hat nichts Normales an sich, mit seinen flammenden Augen und dem dunklen Nebel, der hinter ihm herzieht. Er windet sich um seine Beine, als ob ich in einem schrecklichen Traum wäre.

Den Kopf zurückgeworfen brüllt das Monster mir entgegen, der Klang dringt in meine Ohren, und verdammt, das klingt für mich ziemlich real.

Ich schnappe mir meine Klingen aus den Stiefeln, eine in jede Hand, und bin bereit, diesen Scheißkerl zu häuten. Es ist nicht das erste Mal, dass ich mit einem riesigen Pelzball tanze.

Ich hebe den Kopf und starre in das verheißungsvolle Gesicht des Tieres und warte darauf, dass es eine Bewegung macht, sich auf mich stürzt.

Die Sekunden vergehen.

Dann bricht er plötzlich nach vorne aus.

Der Boden bebt, ich habe die Bestie im Visier. Ich

versuche, den Kloß in meinem Hals hinunterzuschlucken.

In diesem Moment fallen mir die Worte meines Bruders ein. *Lass den Feind bis zur letzten Sekunde glauben, dass er gewonnen hat. Dann schlägst du zu.*

Mein Herz schlägt mir bis zum Hals. Jeder Zentimeter von mir ist mit Adrenalin gefüllt und reagiert auf den Hunger in den Augen dieses Tieres. Es will mein Blut, und ich werde ihm den Garaus machen.

Die Kreatur stürzt sich auf mich, das Maul mit den messerscharfen Zähnen klafft auf, die ausgefahrenen Krallen greifen nach mir.

Ich werfe mich zur Seite, das Tier taumelt hinter mir her, aber der Schwung macht es träge und unbeholfen. Ich greife das Tier direkt an der Seite an und stoße mein Messer nach oben in die weiche Haut des Unterleibs, wobei sich die Klinge ins Fleisch bohrt.

Ein ohrenbetäubendes Knurren kommt aus dem Maul des Bären, als er sich herumdreht und eine Tatze so groß wie mein Kopf schwingt. Ich ducke mich und schleudere mich gegen seine Brust.

Achte auf den Mund, achte immer darauf, singt die Stimme meines Bruders in meinen Ohren.

In aller Eile stoße ich die Klinge nach oben, als sich die Kreatur mit aufgerissenem Maul nach unten beugt.

Mein Messer sticht unter dem Kinn durch und

geht glatt durch. Ich lasse die Waffe los, springe außer Reichweite und drehe mich wieder um.

Mit klopfendem Herzen erwarte ich, dass er auf dem Boden zusammenbricht. Stattdessen knurrt er wie ein Donnerschlag, und die Klinge unter seinem Kinn tut nichts.

Was soll der Scheiß?

In diesem Moment merke ich, dass die Bestie kein Blut verliert, keinen einzigen Tropfen, und die Realität holt mich ein, dass ich es mit Magie zu tun habe, mit etwas, das vielleicht schon tot ist.

Wie zum Teufel soll ich das erledigen?

"Narah", rufe ich, aber als ich mich umdrehe, ist sie nicht in Sicht. Verdammt!

Die Angst kriecht mir in den Nacken, als das Tier sich erneut zum Angriff rüstet und keine Anzeichen von Müdigkeit zeigt.

Ich drehe meinen Kopf und suche die Umgebung nach den anderen ab. Ragnar ist am nahesten dran, er dringt in den schattigen Wald ein, seine Aufmerksamkeit gilt etwas im Inneren des Waldes.

"Ragnar", rufe ich. "Ich brauche Verstärkung." Die Worte schwellen in meiner Kehle an, als er meinen Ruf nicht einmal zur Kenntnis nimmt. Stattdessen flüchtet er in den Wald und lässt mich zurück.

Angst durchzuckt mich, Wut schlägt mir in die

Eingeweide. Er hat mich verlassen, das verdammte Arschloch.

Ich richte meinen Kopf auf die beiden anderen. "Crius, Stone, ich brauche hier eure Hilfe."

Nichts. Nicht eine verdammte Antwort oder auch nur ein Blick in meine Richtung.

Kalter Hass flammt in mir auf und trifft mich mitten ins Herz und erinnert mich daran, dass ich nicht zu ihnen gehöre, sondern ein Außenseiter bin. Derjenige, den sie als Lockvogel benutzen können.

Ich werfe einen flüchtigen Blick hinter mich und sehe, wie Narah Ragnar in den Wald folgt, und balle meine Hände zu Fäusten.

Der Stachel der Zurückweisung durchfährt mich, und in diesem Moment macht der Bär seinen Zug und stürzt sich unerbittlich auf mich.

Ich bin allein und stehe dem Tod gegenüber. Mein Magen zieht sich zusammen, und ich kann die Wut auf meiner Zunge schmecken.

In meinem Kopf herrscht nur Leere, eine Leere, an die ich mich gewöhnt habe. Die Klarheit treibt die Angst durch meine Adern.

So wie meine Familie mich im Stich gelassen hat, werden es auch alle anderen tun.

Ich akzeptiere also mein Schicksal, allein zu sein.

Ein Brüllen dringt aus meinem Inneren, und ich stürze mich in den Kampf, bereit, bis zum Ende zu kämpfen.

Crius

SCHLAG AUF SCHLAG haue ich meine Fäuste in die Seite des weißen Ungetüms, meine Füße bewegen sich schnell. Ich weiche einem schwingenden Arm aus und springe aus der Reichweite der schnappenden Kiefer.

Es kommt so schnell, so wild auf mich zu, dass mein Adrenalinspiegel noch mehr in die Höhe schießt. Ich bin in meinem Element und stehe dem Tier gegenüber. Wir bewegen uns beide blitzschnell, und bei jeder Gelegenheit verpasse ich ihm Schläge, aber das bremst ihn nicht einmal.

Scheiße!

Ich ringe nach Luft, aber eher sterbe ich, als dass ich aufgebe.

Das große Ungeheuer dreht sich schnell und wirft sich auf mich. Der Bär ist so groß, dass er das Licht über mir komplett wegnimmt. Ich lache und stürze mich auf ihn, weiche seinen schwingenden Klauen aus, während ich die Axt von meinem Gürtel nehme und sie ihm in den Bauch ramme. Plötzlich taumelt er zurück und verliert durch den Angriff das Gleichgewicht.

Ich nutze den Moment und schwinge meine Waffe wie wild nach dem Tier. Die scharfe Kante der

Axt schneidet in seine Seite, das Fell fällt ab, aber wo zum Teufel bleibt das Blut?

Kein einziger Tropfen befleckt das weiße Fell.

Ich klammere mich an den Stiel der Axt, hacke weiter und schreie: "Stirb, du verdammter Bär, stirb!"

Eine Pfote trifft mich so plötzlich und unerwartet in die Seite, dass ich über die Waldlichtung geschleudert werde. Ich stürze und schlage hart auf dem Boden auf, meine Seiten schreien vor Schmerz auf. Als ich meine Rippen berühre und meine Hand zurückziehe, sind meine Finger rot gefärbt.

"Du Arschloch!", stöhne ich, während ich mich aufrichte und ein scharfer Schmerz über mich hereinbricht. Ich zische und beiße die Zähne zusammen. Diese Wunde wird sehr wehtun, bevor sie verheilt ist.

Zum ersten Mal seit langer Zeit beschleichen mich Zweifel, dass dies ein Kampf ist, den ich nicht gewinnen kann, dass der Tod endgültig über mich gekommen ist. Dass ich mir zu viel zugemutet habe.

Mein Kopf pulsiert mit dem unerträglichen Schmerz in meiner Seite, während mein Herz schlägt, um weiterzukämpfen. Ich bin nicht so weit gekommen, um vor meiner Zeit zu fallen. Das ist nicht mein Schicksal ... noch nicht und nicht hier.

Der Bär verschwimmt vor mir, und ich schüttle den Kopf und lasse meine Axt fallen. Mit einem einzigen Gedanken stürmt mein Wolf wie ein Sturm aus mir heraus und zerreißt meinen Körper. Ich schreie auf, weil meine Rippen schmerzen und ich Blut verliere.

Um mich herum tummeln sich die anderen Männer und vögeln wie immer herum, aber ich brauche sie nicht. In der Schlacht brauchte ich sie nie.

Auf allen Vieren sprinte ich vorwärts und greife den Bären mit gefletschten Zähnen an. Nichts wird mich aufhalten.

Die Geschwindigkeit ist auf meiner Seite, und ich laufe um das Tier herum und greife es dann von hinten an, bevor es sich überhaupt dreht. Ich beiße in sein Bein, meine Zähne bohren sich hinein, der Geschmack auf meiner Zunge ist wie Schmutz.

Ich reiße Fleisch und Fell ab und koche vor Wut. Außerhalb seiner Reichweite spucke ich das Stück des Bären aus, das zu Staub zerfällt, noch bevor es den Boden berührt, und aus meinem Blickfeld verschwindet.

Ich zucke zurück und reiße den Kopf hoch, als das Monster auf mich zustürmt, die Wut der Hölle in seinen Augen. Mit gerümpfter Nase brüllt das Ding ein ohrenbetäubendes Knurren.

Wut kocht in mir hoch, während in meiner Brust die Angst aufflackert, denn egal, was ich tue, ich werde nicht gut genug sein, um diesen Bären zu besiegen.

Stone

"Ragnar", rufe ich. Er steht drei Meter von mir entfernt, mit dem Rücken zu mir, während in der Ferne ein riesiger Braunbär an der Erde kratzt und seinen Blick auf mich gerichtet hat. Es ist, als ob Ragnar die Anwesenheit des Tieres nicht spürt und das verdammte Ding nicht einmal sehen kann.

"Kümmere dich um deinen eigenen Scheiß", bellt er plötzlich, und als er zu mir hinüberschaut, leuchten seine Augen feurig gelb. Ich versteife mich erschrocken, denn mit seinen Augen stimmt etwas nicht.

Doch seine Antwort verzehrt mich, lässt einen dumpfen Schmerz in meinem Kopf entstehen. So hat er noch nie mit mir gesprochen. "Was zum Teufel ist dein Problem?"

Ich sammle die Klingen aus meinem Gürtel. Um mich herum zittern die Bäume im wilden Wind, die Äste wiegen sich und rascheln. Keine Spur von Crius oder Nikos ... und hinter mir ist Narah verschwunden. Sie war vorhin noch da, deshalb habe ich diese Position eingenommen, um zu verhindern, dass sie in Gefahr gerät.

Ein Schauer läuft mir über den Rücken, und die Runen auf meiner Brust glühen blau von der Magie, die die Luft verdirbt. Die Haare in meinem Nacken richten sich auf, und der Feuerschein in den Augen des Bären ähnelt zu sehr dem, den ich in Ragnars Augen gesehen hatte.

Ich werfe noch einmal einen Blick über die Schulter nach Narah, und mir läuft es kalt den Rücken hinunter, als ich kein Zeichen von ihr sehe.

Ein markerschütterndes Knurren lässt mich meine Aufmerksamkeit wieder auf den Bären richten, der nun auf mich zustürmt. Die Vorderpfoten knallen auf den Boden, die Hinterbeine treiben ihn näher und näher.

"Wir haben Gesellschaft", rufe ich dem Team zu. "Jemand flankiert ihn von der Seite, und ich nehme ihn frontal."

Das heftige Donnern peitscht durch die Luft, und ich studiere meinen Gegner, die donnernde Art, wie er sich fortbewegt.

Als niemand antwortet, bin ich angespannt.

"Was zum Teufel, Mann?" Die Wut brennt in mir.

"Um Himmels willen!" Ich werfe meine Messer hin, ich habe genug. Ich koche vor Wut, mein Kiefer krampft sich zusammen.

Der stürmende Bär ist fast über mir. Ich falle auf die Knie und schlage meine offenen Handflächen auf den Boden. Eine Woge bricht über meine Brust herein, und in Sekundenschnelle durchfährt sie meine Runen, während die Kraft meine Arme hinunter und in den Boden fließt.

Ich rufe die Energie der Elemente an, damit sie mich gegen die herannahende Gefahr unterstützt.

Augenblicklich bebt die Welt unter mir, und mit einem Mal reißt ein großer Spalt die Erde direkt unter den Pfoten des Bären auf.

Er ist so nah, dass ich seinen heißen Atem spüren kann, als er plötzlich in die dunkle Höhle hinunterfällt. Sein wimmerndes Entsetzen hallt wider, während er wie wild an den Wänden kratzt und verzweifelt versucht, sich wieder nach oben zu hangeln.

Mein Herzschlag donnert in meiner Brust, mein Puls rast, weil ich so verdammt sauer auf Ragnar bin, und ich tanke Energie, während ich mehr und mehr Kraft in den Boden stecke. Ich bin erschöpft von diesem Hexenmist.

"Weg ist er." Mein Flüstern wird von der Brise aufgefangen.

Das Land zittert, die Bäume schwanken heftig, die Natur scheint zum Leben zu erwachen, und der Riss in der Erde schließt sich hastig mit einem letzten dumpfen Schlag. Er kommt so schnell, dass das Ungeheuer keine Chance hat.

Und er ist verschwunden.

Keine Schreie oder Drohungen mehr.

Scheiße, ja.

Ich stehe auf, schüttle mir die Macht von den Händen, die Fackel über meiner Brust schwindet, und ich bin stolz auf mich. Und wo zum Teufel ist Ragnar?

Um mich herum ist keine Menschenseele in Sicht. Ich drehe mich auf der Stelle um und werfe einen Blick durch den Wald, als plötzlich ein weiterer Bär aus dem Schatten tritt. Er kommt schneller auf mich zu als der vorherige, sein Maul klafft auf, sein Speichel fliegt im Wind.

Ich zucke zusammen und werde in die kalte, harte Realität der Situation zurückgerissen.

Egal, was ich tue, die Magie in diesem Land wird mich nicht gewinnen lassen, nicht wahr?

Dann brenne ich den ganzen verdammten Wald nieder, um das zu beenden.

FÜNFZEHN

Wie schon ein halbes Dutzend Mal zuvor schleudere ich meine Hände nach außen und ziele auf die Lichtung im Wald, wo die Alphas gegen vier Bären kämpfen. Kriegsgeräusche durchfluten den Wald, das Knurren der Bären und das furchterregende Donnern massiver Pfoten auf dem Boden. Die Männer werden wie Puppen durch die Gegend geworfen, aber sie bleiben nicht liegen, nicht ein einziges Mal. Ich beginne mich zu fragen, ob sie unzerstörbar sind.

Kurze, goldene Funken der Magie sprühen aus meinen Fingerspitzen, die mit jedem meiner Versuche abflachen. Ich möchte schreien. Natürlich funktioniert es jetzt nicht, und ein Schauer läuft mir über den Rücken, weil ich mich so verloren fühle.

"Scheiße!" Ich schüttle meine Arme, spüre, wie die Energie in mein Fleisch sticht, und versuche es erneut.

Verdammt, nichts.

"Jetzt komm schon."

In den Wäldern tummeln sich Monster und schreckliche Dinge, und ich kann nichts dagegen tun.

Ein Bann greift die Männer an. Nur so lässt sich beschreiben, was ich sehe und warum die Bären nicht zu Boden gehen, warum jeder von ihnen eine schwarze Spur aus dichtem Rauch hinter sich herzieht.

Ich lecke mir die trockenen Lippen, Panik zerreißt mich. Ich gehe auf und ab, nage an meiner Wange.

Diese Bären sind keine echten Tiere ... ganz und gar nicht. Sie sind magisch, Illusionen, die zum Töten gemacht sind.

"Stone", rufe ich zum zehnten Mal, weil er mir am nächsten ist, aber er antwortet nicht, und wenn er doch in meine Richtung schaut, scheint er durch mich hindurchzustarren.

Ich schlucke schwer, mein Atem geht schnell. Ich muss wissen, wie ich ihnen helfen kann, bevor es zu spät ist.

Die Schreie und das Knurren durchfluten die Luft mit Wut, mit einem Gift, das die Natur befleckt.

Illusionen ... ich denke an die Szene, in der jeder gegen seinen eigenen Bären kämpft. Die Kämpfe gehen ineinander über. Ein Bär rammt Ragnar eine Pfote in die Seite und schleudert ihn über den Boden. Er fliegt direkt durch den weißen Bären, gegen den Crius kämpft, als wäre er gar nicht da. Keiner scheint den anderen zu bemerken.

Es ist eine Fälschung ... die ganze verdammte Sache ist Schall und Rauch, und doch bluten die Männer bei den Angriffen. Sie sind groß und stark genug, um auf sich selbst aufzupassen, doch in meinen Gedanken trommelt die Sorge, dass dies kein gewöhnlicher Feind ist, dem sie gegenüberstehen.

Die Angst steht ihnen ins Gesicht geschrieben, als wüssten sie, dass sie diesen Krieg nicht gewinnen können, und doch wagen sie nicht, aufzuhören. Es ist dumm, aber ich bewundere ihre Hartnäckigkeit. Es ist, als ob sie vor nichts Angst hätten ... nur, dass jeder etwas fürchtet.

Der schnellste Weg, besiegt zu werden, ist, die Angst in die Seele zu lassen, sagte mir Vater. *Das ist die Art, warum viele auf dem Schlachtfeld fallen. Sie lassen sich von der Angst besiegen.*

Ich zerbreche mir den Kopf darüber, wie ich ihnen helfen kann, während ein schwacher Zauber über meine Finger huscht und dann ganz verschwindet.

Regeln, hat Mutter mir gesagt. *Magie existiert*

nach Regeln, und alles geschieht aus einem bestimmten Grund. Eine Ursache und deren Wirkung, ein Positiv und Negativ, um einen Angriff zu annullieren.

Eine Bewegung lenkt meine Aufmerksamkeit auf Stone, der den ganzen Wald erbeben lässt. Seine Kraft verblüfft mich, denn er spaltet den Boden mit einer solchen Leichtigkeit, dass er die Bären verschluckt, die ihn angreifen, immer und immer wieder. Doch ich weiß, dass eine Hexe, die den Boden so aufbrechen kann, damit nur die Spitze des Eisbergs ihrer Fähigkeiten zeigt ... etwas, das ich erst noch lernen muss. Die ganze Sache schüchtert mich ein wenig ein.

Aber für uns alle gibt es im Moment eine Dringlichkeit, die mich völlig vereinnahmt, und ich atme tief durch. Ich muss etwas tun.

Mein Blick hebt sich zu den Schatten, die die Lichtung im Wald umgeben, wie sie sich verdunkeln, als würden weitere Bären auftauchen, um die Alphas anzugreifen und zu töten.

Es sollte mir egal sein, denn wenn ich einen Weg weg von diesen Alphas wollte, dann ist dies mein Moment, meine Chance zu entkommen. Doch ich kann meine Füße nicht bewegen, und meine verzweifelten Gedanken sind außer Kontrolle geraten. Ich habe Mühe, irgendetwas anderes zu verstehen als die rohen Gefühle, die verlangen, dass ich diese wilden Männer beschütze.

Ich verliere scheinbar den Verstand. Vielleicht bereue ich es später, aber ich kann sie nicht im Stich lassen, wenn ich möglicherweise helfen kann.

Mit schnellen Schritten eile ich zu Stone hinüber, meine Haut kribbelt vor Angst, mein Blick huscht über die vier Kämpfe, die gleichzeitig stattfinden. Zaubersprüche, die die Männer beeinflussen ... aber sie beeinflussen mich nicht, was auch keinen Sinn ergibt.

Die Augen von Crius auf der anderen Seite des Feldes sind voller Schrecken, sein Körper ist blut-durchtränkt, als er nach seinem Kampf seine Kleidung wieder anzieht, und meine Brust zieht sich zusammen. Die Bären haben alle unterschiedliche Größen und Farben, aber die schwarzen Nebel-schwaden, die sie umgeben, sind alle gleich. Das muss der Schlüssel sein, der sie miteinander verbin-det, und der Gedanke verzehrt mich.

Der Boden verschlingt einen weiteren Bären, als ich Stone erreiche. Seine Kraft ist beeindruckend, aber dieser Zauber wird nicht nachlassen, bis er vor Erschöpfung nachlässig wird und einen Fehler begeht, der sein Leben beenden wird.

"Stone", rufe ich ihm zu und lege meine Hand auf seinen Arm.

Er zuckt bei meiner Berührung zusammen, seine Schultern und sein Kopf werden zurückgeworfen, als würde er mich für einen Bären halten.

In dem Moment, in dem sein Blick auf mir ruht, wird sein Blick weich, und er schüttelt den Kopf, als ob er mich klarsehen würde. "Narah, wo zum Teufel warst du hin?" Sein Blick wandert über seine Schulter zurück in den umliegenden Wald und wieder zu mir. Der nächste Bär wird jeden Moment auftauchen, wir haben also keine Zeit.

In meiner Brust keimt die Hoffnung auf, dass es funktionieren wird, dass ich etwas bewirken kann. "Ich glaube, ich weiß, wie wir das beenden können."

Er wendet seine Aufmerksamkeit mir zu, seine Hand ergreift meine und drückt sie. "Nun, tu es schon."

Das Adrenalin pumpt, alle meine Sinne sind in höchster Alarmbereitschaft, so angespannt, dass sie zu platzen drohen.

"Alles hier ist eine Illusion. Es kann dir wehtun und dich sogar töten, aber du wirst die Bären niemals zerstören. Sie sind Energie, nichts weiter."

Er schüttelt den Kopf. "Das ist verdammt großartig. Dann benutze doch deine Magie."

Ich schlucke schwer, denn ich spüre den Druck, etwas leisten zu müssen. "Es geht nicht um mich", erkläre ich und denke daran, wie schlecht meine Versuche gelaufen sind. "Du musst den Zauber aufheben. Er ist eine Illusion, eine Lüge, also kannst nur du ihn aufhalten. Du musst die Wahrheit dessen enthüllen, was du wirklich fürchtest."

Das Gegenteil ihrer Tapferkeit.

Er starrt mich verwirrt an, dann sucht er die Umgebung ab, und ein Anflug von Sorge rümpft den Nasenrücken. "Das macht keinen Sinn."

"Doch, das tut es", sage ich und spanne die Schultern an.

Ohne zu zögern, ertönt hinter Stone ein Brüllen, und wir schauen beide auf den riesigen Bären, der über das offene Land auf uns zu rennt. Mein Mund wird trocken, und meine Hoffnung schwindet.

Stone lässt sich auf den Boden fallen, seine Hände liegen flach auf dem Boden. Meine Haut kribbelt augenblicklich bei seiner Kraft, als blaue Energie an seinen Armen hinunter und in den Boden fließt.

"Wie lange willst du das noch tun? Bis du vor Erschöpfung zusammenbrichst und der Bär dich tötet?", sage ich, während sich die Frustration in meiner Brust festsetzt.

"Ich verstehe nicht, was du von mir verlangst, Narah", bellt er, ohne den Bären aus den Augen zu lassen.

Die Erde unter meinen Füßen bebt, als das Tier auf uns zustürmt. Ich kann nicht anders, als vor dem einschüchternden Anblick zurückzuschrecken.

"Der Spruch ist ein Phantom. Wie bekämpft man eine Lüge? Man sagt die Wahrheit über etwas, das man verheimlicht hat. Von dem, was dir Angst macht. Bei der Magie geht es um positive und negative Energie, um ein Gleichgewicht der Kräfte. Das ist doch nicht so schwer zu verstehen." In meinen Worten schwingt Irritation mit, denn ich will einfach nur, dass er es endlich tut.

Ein explosives, krachendes Geräusch erschüttert die Luft, und ich zucke zusammen. Ich blicke gerade auf, als das angreifende Tier von der Erde verschluckt wird. Ich schaue weg, weil ich es nicht leiden sehen will, auch wenn es nicht echt ist. Seine wimmernden Laute sind schon schlimm genug.

Stone ist im Nu wieder auf den Beinen und sieht mich seltsam an. "Ich sage dir also einfach die Wahrheit? Das war es dann? Worüber?"

Mein Puls rast, denn das ist nur Theorie, aber mehr habe ich im Moment nicht.

"Sage etwas, das du dir selbst vorgelogen hast, etwas, das du fürchtest. Dann sag es der Energie, die dich umgibt. Ein Geheimnis, das du noch keiner Seele erzählt hast. Ich habe zum Beispiel ein paar Sekunden lang darüber nachgedacht, euch vier hier zum Sterben zurückzulassen, als ich geflohen bin." Meine Wangen brennen, weil ich ihm das direkt ins Gesicht sagen muss, aber ich habe im Moment keine Geduld für Taktgefühl.

Seine Miene verfinstert sich, dann zuckt er mit den Schultern. "Ja, ich würde wahrscheinlich dasselbe tun."

Als ich zu Crius hinüberschaue, blutet er stark

aus der Seite. Ich denke immer wieder an Vaters Worte, dass es zum Scheitern führt, wenn man Angst zulässt, und dass meine Strategie, sie dazu zu bringen, ihre Angst zuzugeben, vielleicht falsch ist. Aber was kann es sonst sein? Das Element der Angst muss das sein, was sie zurückhält, was hier gilt.

"Jeder von euch kämpft seinen eigenen Krieg. Vielleicht stehen die Bären für jede eurer Ängste, also müsst ihr sie mit der Wahrheit dessen konfrontieren, was euch Angst macht."

Obwohl er die Stirn runzelt, schließt er für einen Moment die Augen und sagt: "Das ist lächerlich, aber ich spiele mit." Er knurrt leise vor sich hin, dann wird seine Stimme sanft. "Ich erzähle allen, dass es mir gut geht, obwohl ich in Wirklichkeit Angst habe, nie ernst genommen zu werden und für jeden Alpha die Witzfigur zu bleiben." Er macht eine Pause, und ich hänge an seinen Worten, mein Herz trommelt lauter, weil er etwas zugibt, das ich nie von ihm erwartet hätte. Dann öffnet er die Augen. "So etwas in der Art?" Seine Stimme verfinstert sich, sein Gesichtsausdruck verdreht sich, als wolle er plötzlich zurücknehmen, was er gesagt hat.

Ich greife nach seinem Arm, aber er zieht sich von mir zurück, und mir dreht sich der Magen um, weil ich ihn verletzt habe. "Stone, es ist nicht ..."

Plötzlich weiten sich seine Augen vor Überraschung, und seine Beine geben in einem Herzschlag den Halt auf. Er bricht auf dem Boden zusammen. Die Augen geschlossen, liegt er halb auf der Seite, einen Arm auf dem Bauch. Er ist ohnmächtig.

Ein kalter Schlag trifft mich in der Brust, und vor Panik falle ich neben ihm auf die Knie.

"Stone!"

Hastig prüfe ich seinen Puls. Er lebt noch ... aber sein Herzschlag verlangsamt sich.

"Aufwachen!" Ich schüttle ihn heftig.

Es kommt keine Antwort.

Was habe ich getan? Kälte dringt in meine Adern, und ich starre auf ihn hinunter, warte darauf, dass er aufwacht, irgendetwas.

Aber es gibt nichts.

Kein plötzliches Aufwachen, um über mich zu lachen, weil er Witze macht.

Nicht ein bisschen.

"Scheiße. Scheiße. Shit." Ich schüttle Stone an den Schultern. "Bitte steh auf."

Immer noch nichts, und ich ziehe mich auf die Fersen zurück, wobei mir die Angst in die Augen schießt, dass ich die Sache irgendwie verschlimmert habe. Dass ich seinen Tod verursachen werde.

Als ich den Kopf hebe, ist kein Bär auf dem Weg zu ihm. Da er ohnmächtig ist, gibt es nichts, was die Kreatur angreifen könnte. Trotzdem lassen die anderen drei Alphas in ihren Kämpfen nicht nach, aber ihre Bewegungen werden langsamer, erschöpfter.

Ein Zittern in meinen Händen fährt meine Arme hinauf, und ein leises Wimmern entweicht meiner Kehle.

Was muss ich tun?

Ich fahre mir immer wieder mit den Fingern durch die Haare, stehe auf und senke meinen Blick wieder auf Stone. Ich zittere und schlinge meine Arme um mich, mein Atem geht stoßweise. Mein Geist füllt sich mit Bildern von Stones Tod, vom Tod aller Alphas. Wenn ich auf meine Hände hinunterschaue, werden meine Fingerspitzen nicht mehr schwarz sein, sondern mit ihrem Blut bedeckt, denn das wird alles meine Schuld sein.

Alles ist meine Schuld.

Meine Schwestern waren verloren, weil ich meine Magie nicht kontrollieren konnte.

Kaira ist immer noch irgendwo da draußen.

Tränen steigen mir in die Augen, und ich möchte zusammenbrechen, über die Ungerechtigkeit weinen und mir wünschen, ich wäre stärker. Ich möchte in dem Gasthauszimmer sein, in dem ich seit Wochen lebe, aber ich bin nirgendwo in Sicherheit, oder? Hier draußen bin ich in einer Wildnis, in der der Tod in den Schatten lauert, wo sich nicht einmal Tiere hintrauen.

Stattdessen fühlt es sich an, als würde ein

schrecklicher Sturm aufziehen ... dem ich nicht entkommen kann, wenn ich jetzt nicht umkehre.

Ich bin einen langen Moment lang still und hasse mich dafür, dass ich meine Eltern enttäuscht habe, dass ich nicht so bin, wie sie mich haben wollten.

Das gedämpfte Grunzen der Männer und das Knurren lassen mich den Blick heben. Sie kämpfen einen nicht zu gewinnenden Kampf, ohne Rücksicht.

"Reiß dich zusammen, Narah. Denk nach. Stones Bär kehrt nicht zurück, und er ist noch am Leben. Alle Männer stehen unter dem gleichen Bann. Das bedeutet also, sie sind durch denselben Bann miteinander verbunden. Natürlich sind sie das."

Ich warte nicht einmal darauf, dass sich der Gedanke festsetzt, bevor ich zu Crius sprinte und der einzigen Möglichkeit folge, sie zu retten.

Die schiere Zurschaustellung seiner wilden Männlichkeit, als er aus der Reichweite des Bären springt, erregt meine Aufmerksamkeit. Crius dreht sich und wirft sich auf das Tier, sodass ich vor Ehrfurcht fast erstarre. Alles an Crius ist verführerisch und kraftvoll, besonders die Art und Weise, wie er sich mit solcher Schnelligkeit und Geschicklichkeit bewegt.

"Crius." Ich strecke die Hand aus und berühre seinen Arm.

Er sieht mich an, seine Wangen und seine Stirn

sind blutverschmiert, und ich erschaudere. "Verschwinde von hier", schnappt er, dann stürzt er sich auf die Kreatur, die auf ihn zustürmt. Er katapultiert sich mit solcher Leichtigkeit auf das weißpelzige Ungetüm, dass ich nicht wegsehen kann.

Er stößt gegen die Schulter des Bären und spießt seine Axt blitzschnell in dessen Hinterkopf auf, bevor er weggeschleudert wird. Sein Griff entgleitet der Waffe, die noch immer im Hals des Tieres steckt, und er wird über die Lichtung geschleudert, bevor er gegen einen Baum prallt.

Er stöhnt und schlägt hart auf den Boden.

Ich sprinte zu ihm hinüber, weil ich Angst habe, dass er stirbt. Der Bär bemerkt mich nicht einmal, aber er knurrt wütend, als er versucht, nach der Axt in seinem Nacken zu greifen.

"Der Zauber ist eine Illusion, und du kannst ihn stoppen, indem du laut die Wahrheit darüber sagst, was dir Angst macht."

Er hebt eine Augenbraue. "Ist das eine Art Trick, um mich kennenzulernen? Du brauchst dich nicht so anzustrengen, meine Hübsche. Frag einfach und ich gehöre dir."

Ich bin vielleicht kurz davor in Ohnmacht gefallen, aber das ist nicht der Moment, um überschwänglich zu werden. "Halt einfach die Klappe und hör zu. Du kannst diesen Kampf nicht mit deiner Kraft gewinnen. Du musst dem Zauber entgegenwirken."

Er wischt sich den Staub ab, als der Bär brüllt, sich auf die Hinterbeine stellt und nach der Waffe schlägt, die noch in seinem Fleisch steckt.

"Beeile dich, verdammt noch mal!", schnauze ich und starre auf das Blut, das an seiner Hüfte heruntertropft und seine Hose durchtränkt. Ich weiß nicht einmal, wie er bei so viel Blutverlust noch stehen kann. Er steht da und kämpft mit einem verletzten Bein und die Kratzspuren an seinem Hals sehen so tief aus, dass ich Angst bekomme.

Er zuckt mit den Schultern und stöhnt dann, während sich seine Lippen vor lauter Schmerz zusammenziehen.

"Du willst etwas wissen, nicht wahr?", beginnt er mit einem scharfen Ton in der Stimme. "Etwas darüber, warum ich so abgefuckt bin ... Ich habe einmal einen Deal mit den benachbarten Rudel-Alphas gemacht, die mich herausgefordert haben, und ich habe zugestimmt, sie alle allein zu besiegen. Das war beschissen und ich wusste es, aber ich konnte nicht zurücktreten. Ragnar hat es aufgehalten, bevor es angefangen hat, sonst würde ich jetzt nicht hier mit dir stehen." Er grinst halb, als würde es ihn schmerzen, das ausgerechnet mir gegenüber zuzugeben.

"Ich verurteile dich nicht", gebe ich zu, während

er einen Blick auf den Bären wirft, der auf alle Viere fällt und auf uns zustürmt.

"Ich habe eine Scheißangst davor, zu versagen, eine Schlacht nicht zu gewinnen, andere umzubringen. Und seltsamerweise habe ich keine Angst vor dem Sterben."

Gerade als das letzte Wort seine Lippen verlässt, rollen seine Augen in den Hinterkopf und er fällt zu Boden, als sich ein Schatten über uns legt.

Mein Herz klopft laut in meinen Ohren, mein Verstand ist gefangen von dem, was er gerade enthüllt hat.

Plötzlich ergießt sich ein dunkler Nebelschauer über uns, und ich ducke mich aus reinem Instinkt und schütze meinen Kopf mit den Händen. Der verschwindende Bär verdunkelt die Welt für einen Moment und erzeugt ein bedrohliches Gefühl in einem ohnehin schon furchterregenden Wald.

Crius liegt zu meinen Füßen, auf dem Rücken, die Arme zu beiden Seiten von sich gestreckt, die Beine angewinkelt ... und er ist bewusstlos, genau wie Stone. Ich möchte glauben, dass das, was ich tue, funktionieren wird. Bitte funktioniere.

Nur ein Teil von mir schaukelt immer noch auf den Fersen bei seiner Offenbarung über den Tod ... der Tod macht mir mehr Angst als alles andere. Meine Schwestern allein zurückzulassen, ist mein schlimmster Albtraum, aber Crius lässt sich darauf ein? Er hat mehr Angst, nicht zu siegen.

Aber ich schüttle diese Gedanken ab, denn ich muss zu den letzten beiden Alphas.

Ohne innezuhalten, drehe ich mich um und renne mit voller Geschwindigkeit los, wobei ich schreie, noch bevor ich ihn auf der anderen Seite der Lichtung erreiche. "Nikos!"

Als ich ihm meine Hand auf den Rücken lege, dreht er sich um und schaut mich stirnrunzelnd an, dann wendet er sich wieder dem Bären zu. Was ist nur los mit ihm ... er ist die ganze Zeit so heiß und kalt?

"Bitte, Nikos, beeil dich." Ich ergreife seine Hand und flehe ihn an, sich zu öffnen, um ihm zu erklären, was er zu tun hat. Er runzelt die Stirn, als hätte ich ihm Unrecht getan, ihm zu zeigen, dass ich mich kümmere. Er dreht sich um, reißt seine Hand aus meiner und stürmt auf den Bären zu.

Seine Antwort wird durch den Wind getragen. "Ich habe Ragnar belogen, als ich ihm sagte, ich hätte nicht die Absicht, sein Rudel zu verlassen." Er weicht der schwingenden Pranke des Bären aus und springt in den Kampf, wobei seine Klingen über die Unterseite des Tieres streichen. "Am Ende ist es einfacher, wenn ich gehe, bevor ich hinausgeworfen werde."

Seine Worte haben genauso viel Wucht wie die,

die er dem Tier entgegenschleudert, aber in Sekundenschnelle fällt er zu Boden, während der Bär sich in einen schwebenden Nebel verwandelt, der sich im Wind verflüchtigt.

Doch ich kann mich nicht rühren und ertrinke stattdessen in Nikos' Geheimnis, um die Niederlage zu hören, mit der er sich bereits abgefunden hat, dass er zur Seite geschoben wird. Verdammt, diese Männer sind hart wie Berge, aber im Inneren sind sie genauso kaputt und verdreht wie ich.

So sehr ich ihn auch wachrütteln und zum Reden bringen möchte, reiße ich mich von ihm los und schwinge mich zu Ragnar in seiner weißen Wolfsgestalt, der mit einem riesigen Braunbären zusammenstößt. Es erstaunt mich immer noch, wie massiv er ist ... er ist anders als jeder Alpha, den ich bisher gesehen habe. Aber er ist der Letzte, den ich in Ordnung bringen muss. Ich eile zu ihm, wobei ich mir nicht sicher bin, ob ich sein Geheimnis wirklich hören will, wenn mein Verstand von dem, was ich gerade von den anderen dreien erfahren habe, schmerzt.

Ich nähere mich ihm, als er zu einem Angriff ansetzt. Eine lange, schmerzhaft aussehende Wunde zieht sich über seinen Arm, Blut tropft hinter ihn. Er humpelt und bewegt sich träge. Innerlich schmerzt es mich, zu sehen, wie besiegt diese Alphas sind, wie sie einen unmöglichen Kampf ausfechten.

"Ragnar", rufe ich und bezweifle, dass er mich hören kann, also stürze ich zu ihm und strecke meinen Arm nach seinem Rücken aus.

Plötzlich wird Ragnar von dem schwingenden Kopf des Bären ins Gesicht geschlagen. Er stöhnt vor Schmerz und taumelt so schnell zurück, dass ich keine Zeit mehr habe, ihm auszuweichen.

Panik ergreift mich, als ich aufschreie, und er wirbelt so schnell herum, dass sein riesiger Wolfskopf mit der Wucht eines Berges auf mich einschlägt. Das Nächste, was ich weiß, ist, dass ich auf dem Boden aufgeschlagen bin und ein enormer, stechender Schmerz im Zickzack über meine Nase und meine Augen läuft. Sterne verschwimmen in meiner Sicht, und eine immer tiefer werdende Dunkelheit kommt auf mich zu.

SECHZEHN

Die Verwirrung macht mich kurzzeitig blind, als ich mit Narah zusammenstoße. Sie fällt durch meinen Aufprall zu Boden, ihre Augen flattern, dann schließen sie sich endgültig.

Woher kam sie? Eben war meine Schwester Hel noch an meiner Seite, dann verschwand sie. Jetzt taucht Narah aus dem Nichts auf.

Das ohrenbetäubende Brüllen des Bären ist wieder da, und ich bin entsetzt, dass Narah jetzt in tödlicher Gefahr ist. Und warum hatte sie diesen verdammten Bären nicht einfach aus dem Leben gerissen?

Verdammt! Ich reiße meinen Blick von ihrem schlaffen Körper los, meine Brust zieht sich zusammen und ich drehe mich gerade um, als der Bär sich auf uns stürzt.

Die Welt verdunkelt sich für einen Moment, als die dunkle Masse bereit zu sein scheint, die Welt zu verschlingen. Es sollte mich eigentlich erschrecken, aber in diesem Moment bin ich außer mir vor Wut, dass Narahs Leben in Gefahr ist. Ein neu entdecktes Adrenalin steigt in mir auf und pocht durch meine Adern.

Ich stürze mich in meiner Wolfsgestalt auf das Biest, um es zu vernichten, denn ich habe genug von seinem Blödsinn.

Wir prallen aufeinander, und alles, was ich sehe, ist Wildheit, dunkles Fell und Wut, die mich umtreibt. Nichts ist wichtiger, als den Feind zu vernichten und Narah zu beschützen. Mein Wolf hat das Sagen, und er verlangt, dass wir sie retten und sie dann endlich für uns beanspruchen. Er ist verdammt sauer auf mich, weil ich so lange gezögert habe, weil ich sie noch nicht brünstig gemacht habe, denn er besteht darauf, dass wir sie als unser Eigentum behalten.

Ungewissheit trübt meine Gefühle in dieser Sache ... Ich hatte eine Gefährtin verloren und mir selbst versprochen, dass ich keine andere Frau nehmen würde, außer zum Ficken. Und Narah ... nun, sie ist wegen unserer Mission hier. Deshalb habe ich mich von ihr ferngehalten.

Mein Wolf lacht in meinem Kopf und besteht darauf, dass ich niemandem etwas vormache.

Verdammt! Das ist nicht das, was ich hören will.

Ich zerreiße den Bären immer wieder, meine Zähne bohren sich in das weiche Fell und das Fleisch, reißen Stücke heraus. Kein Blut tritt hervor, was falsch ist. Die ganze Sache ist furchtbar falsch.

Ein scharfes Brennen rast meinen Rücken hinauf, und ich heule vor Schmerz auf, weil der Kratzer des Bären meine Haut aufgerissen hat.

Ich springe seinem nächsten Schlag aus dem Weg, weiche einem weiteren Schlag aus und wende mich von ihm ab. Erst dann zeigt sich das ganze Ausmaß meines Angriffs auf ihn. Bisswunden und fehlende Fleischstücke übersäen seine Brust und seinen Unterleib. Er taumelt, aber die Wunden heilen durch die dunklen Funken, die über sie sprühen.

Ich schlucke und taumle auf meinen eigenen Füßen. Wie soll ich den Unschlagbaren besiegen? Aber es nützt mir nichts, wenn ich diese Scheiße in meine Gedanken lasse.

"Ich bin unbesiegbar", sage ich mir.

Dann drehe ich mich um und sprinte zurück zu Narah, weil ich weiß, dass wir fliehen müssen. Ich schäme mich nicht, mich von einem Kampf abzuwenden, wenn jemand in Gefahr ist.

Dies ist unser kleines Zeitfenster, um zu entkommen.

Als ich an Narahs Seite schlittere, zieht sich mein Wolf zurück, und meine Glieder strecken sich, die Knochen knacken. Ein brennender Schmerz gräbt sich in meinen Körper und reißt mich mit meinen Verletzungen auseinander. Feuer flackert auf meinem Rücken und meiner Brust von den Bärenkratzern auf, und mir wird schwindelig. Ich zucke durch die Qualen und schüttle den Kopf, um klar zu sehen.

"Ich bin unbesiegbar."

Mein Wolf ist meine Rüstung, aber jetzt muss ich Narah hier rausbringen, und ich beiße mich durch den entsetzlichen Schmerz, der mich verschlingt.

Ein kurzer Blick auf die Lichtung zeigt keine Anzeichen meiner Männer, und ich bin zu erschöpft und habe Schmerzen, um wütend darüber zu sein, dass sie verschwunden sind. Sie werden ihre Gründe haben, denn wir sind eins und würden einander niemals im Stich lassen. Damit steigt eine neue Sorge in mir auf, die Sorge, dass sie vielleicht in größerer Gefahr sind als ich.

Ich gehe in die Hocke und nehme Narah in meine Arme. Mit schnellen Schritten trage ich sie weg. Hinter mir stolpert der Bär noch herum, aber er wird schnell genug geheilt sein und mich verfolgen. Und ich warte nicht, um ihm die Chance dazuzugeben.

Narah liegt schlaff an meiner Brust, auf ihrer Stirn hat sich ein großer roter Bluterguss gebildet, wo unsere Köpfe zusammengestoßen sind. Verdammt! Ich möchte sie schütteln, weil sie so dumm gewesen ist, während des Kampfes zu mir zu kommen, oder hatte sie vielleicht eine magische Lösung?

Weiß der Teufel, aber ich bin derjenige, der sie beschützt, und so sollte es auch sein.

"Scheiße, Narah", knurre ich unter meinem schweren Atem. Meine Füße stampfen auf den Boden, und ich schaue immer wieder über meine Schulter, aber jedes Mal, wenn mein Blick auf Narah fällt, knurrt mein Wolf seine Absichten heraus, sie zu fordern.

Nur bin ich immer noch wütend, dass sie sich selbst in Gefahr gebracht hat und nie auf die Vernunft hört. "Das nächste Mal, wenn ich sage, du sollst zurückbleiben, hörst du zu!"

Keine Antwort. Nicht, dass ich eine erwartet hätte, aber die ganze Situation ist beschissen. "Ich weiß nicht, wie du es gemacht hast, aber es gefällt mir nicht, dass du mir unter die Haut und in meine Gedanken kriechst. Ich bekomme deinen Duft nicht aus der Nase, die Sanftheit deines Körpers nicht aus dem Kopf, und der Hunger, dich zu nehmen, wächst mit jedem Tag."

Hinter mir erhebt sich der Bär auf seinen Hinterbeinen, vollständig geheilt, und mein Herz bleibt fast stehen, als die Kreatur mich mit voller Absicht anstarrt, um uns zu verfolgen. Ich brauche einen Ort, an dem ich Narah verstecken kann, damit sie nicht in Gefahr gerät.

"Du willst die Wahrheit wissen", sage ich und sprinte nach vorne, halte sie fest an mich gedrückt, während sie in meinen Armen hüpft. "Ich will dich nicht mögen oder dich als mein Eigentum betrachten. Ich habe mir selbst versprochen, dass ich das nicht tun werde. Nicht jetzt, wenn mein Leben so kompliziert und beschissen ist. Aber alles an dir lässt mich an mir zweifeln, und was immer du getan hast, um mich zu verzaubern, muss ein Ende haben. Denn jetzt nehme ich dich zu mir und behalte dich für die Ewigkeit. Und genau das macht mir mehr Angst als das Monster, das hinter mir her ist."

Der Boden bebt hinter mir, und ich stelle mich dem angreifenden Tier.

Im selben Sekundenbruchteil geben meine Knie plötzlich nach, und ein seltsames Gefühl überkommt mich. Ein Gefühl der Erschöpfung, der völligen Schwäche, und mit ihm gerät die Welt um mich herum ins Wanken.

Was soll der Scheiß?

Meine Arme erschlaffen, und Narah entgleitet meinem Griff. Sie fällt zu Boden, während alles um mich herum kippt.

Der Schrecken packt mich. Was geschieht mit mir? Mit letzter Kraft reiße ich meinen Kopf zu dem Bären hoch, gerade als sich sein Körper in schwarzen Nebel auflöst. Die Kreatur verschwindet genauso schnell, wie die Dunkelheit über meinen Geist hereinbricht und mich aus dieser Welt reißt.

Narah

Etwas Sanftes streichelt meine Wange, und es dauert einen Moment, bis meine Gedanken wieder in die Realität zurückkehren, um mich an den Zauber mit den Bären zu erinnern und daran, in welch gefährlicher Situation wir uns alle befinden.

Bei diesem Gedanken reiße ich sofort die Augen auf, und Crius schaut grinsend auf mich herab.

"Wie fühlst du dich, meine Schöne?", fragt er und schiebt mir lose Haarsträhnen aus der Stirn, und ich zucke bei der Berührung zusammen. "Du hast dir einen dicken blauen Fleck geholt." Er stupst mir an die Stirn.

"Autsch." Ich schlage seine Hand weg und drücke mich hoch. Crius lässt nichts anbrennen und nimmt meine Hand, dann bin ich blitzschnell auf den Beinen. Zuerst schwankt das Land um mich herum, und ich halte mich an seinem starken Arm fest, bis ich mein Gleichgewicht gefunden habe.

Crius' Umarmung verengt sich, lässt mich aber nicht fallen. Ich halte sein Hemd fest.

Es ist so still, und ich spüre die kühle Luft auf meinem Gesicht, höre das Pochen meines Herzens in meinen Ohren. Wir sind nicht mehr auf der Lichtung, sondern wieder am Ufer des Flusses. In der Nähe brennt ein Feuer, und in der Ferne schlendern Ragnar, Nikos und Stone am Ufer entlang auf uns zu.

"Du bist geheilt", sage ich und starre auf Crius' Körper hinunter. "Du hast durch den Angriff des Bären furchtbar geblutet."

"Meine Wunde hat sich geschlossen, und es wird nicht lange dauern, bis sie vollständig verheilt ist. Du warst schon seit ein paar Stunden bewusstlos."

"War ich das?" Erinnerungen an das, was wir kürzlich erlebt haben, schwirren in meinem Kopf herum, während sich die Bäume in der kühlen Brise wiegen und der Fluss im Sonnenlicht glitzert. Ich schaue auf, denn ich habe die Sonne vermisst.

"Du hast uns gerettet", sagt Crius und streicht mir mit seiner Hand noch mehr Haare aus dem Gesicht, und bei seiner Berührung schmelze ich dahin. "Das hast du auch sehr geschickt angestellt. Obwohl ich dich warnen muss ... nicht jeder ist besonders glücklich darüber, dass er gezwungen war, seine Geheimnisse mit dir zu teilen."

Ich blinzle ihn an, betrachte seine scharfe Kieferpartie und seine Wangenknochen, seine strahlenden, haselnussbraunen Augen mit den grünen Flecken. "Ich habe versucht, euer Leben zu retten." Ich denke zurück an Crius, der zugab, dass er keine Angst vor dem Tod hatte, sondern mehr daran interessiert war, andere zu beeindrucken.

"So, wie ich das sehe, habe ich dir etwas Intimes erzählt, und du hast mir geholfen, mich zu retten. Das war nicht nötig, aber ich weiß es zu schätzen", murmelt er.

"Ist es dir wirklich egal, ob du stirbst?" Die Worte gleiten mir im Flüsterton über die Lippen und ich bereue sie sofort.

Er starrt mich eine Weile an, sein Blick wird teilnahmslos. "Ich hätte schon vor langer Zeit für meine Taten sterben sollen, Narah, und nein, das ist kein Geheimnis, das du mir jemals entlocken wirst." Sein Kiefer krampft sich zusammen, während ein Aufflackern von Schmerz seinen Blick durchkreuzt. Die Tragödie in seinen Augen erdrückt mich, und jetzt wünschte ich, ich hätte die Frage nie gestellt. Was könnte geschehen sein, dass er sich jetzt den Tod wünscht?

Ich strecke meine Hand aus und streichle sein Gesicht, immer noch unfähig zu glauben, dass dies real ist und wir alle den letzten Zauber überlebt haben. Er lehnt sich sanft gegen meine Berührung und schließt für einen Moment die Augen, als ob die Realität auch ihn noch nicht ganz erreicht hat. Er bewegt sich nicht, und ich möchte mich vorbeugen und seine Lippen schmecken. Ich nehme die schöne Struktur seines Gesichts, seines Halses, seines kräftigen Körpers in mich auf und wiege mich als Antwort darauf nach vorne. Fast bin ich versucht, hinüberzugreifen und die Falten auf seinem Nasenrücken zu glätten.

Seine Augen gleiten auf. "Narah, warum hast du keine Verletzungen von einem Bärenangriff?" Er wechselt schnell das Thema, und ich dränge ihn auch nicht dazu.

"Für mich ist nie einer gekommen. Nur für euch vier." Als die Antwort meinen Mund verlässt, kann ich nicht anders, als mich zu fragen, ob die Hexen ein Spiel mit uns treiben. Wollten sie sehen, wie ich reagiere, wie ich meine Macht nutze, um den Männern zu helfen?

Meine Finger krallen sich fester an Crius' Hemd. Der Gedanke rast und bringt die erschreckende Erkenntnis mit sich, dass wir in eine größere Falle laufen, aus der keiner von uns entkommen kann.

Ein Zittern läuft mir über den Rücken, und ich schaue auf, um seinem Blick zu begegnen. "Vielleicht wäre es klug, wenn wir umkehren und diese Mission vergessen."

Seine Augen verengen sich daraufhin, aber es ist die Stimme eines anderen, die uns ablenkt.

"Sie ist wach", erklärt Stone und nimmt Crius die

Gelegenheit zu einer Antwort. Stones Stimme ist dunkel, und als ich ihn ansehe, zeichnen sich Schatten auf seinem Gesicht ab. Sein Geheimnis, von niemandem ernst genommen zu werden, drängt sich mir auf, und ich weiß, dass er denkt, ich sei es nicht wert, diesen Teil von ihm zu sehen. Aber mehr könnte er sich nicht irren.

Crius löst seine Arme von mir, und ich wende mich den drei anderen zu, die sich mir nähern.

Nikos starrt mich mit demselben beunruhigenden Blick an wie Stone, der mich daran erinnert, dass er Ragnars Rudel verlassen will, weil er Angst hat, dass man ihn hinauswirft, so wie er aus seiner eigenen Familie hinausgeworfen wurde. Er senkt seinen Blick, und meine Brust zieht sich zusammen. Das ist nicht, was ich will, dass sie sich zurückziehen, dass sie sich selbst weniger wert sind.

Diese Männer können mich in Stücke reißen, aber sie ziehen sich wegen Geheimnissen zurück, an denen sie festhalten, als hinge ihr Leben davon ab.

Nur Ragnar starrt mich mit einem Blick der Dominanz an ... natürlich hat er keinen Grund, mich zu hassen, aber würde er das, wenn er sein tiefstes Geheimnis preisgegeben hätte?

"Wie hast du überlebt?", frage ich ihn. "Ich hatte nie die Gelegenheit, dir zu sagen, wie man den Bann bricht."

Er zuckt mit den Schultern und legt den Kopf

schief, seine Lippen werden schmaler, doch sein Blick verlässt mich nicht. "Das wollte ich dich auch gerade fragen. Ich rannte mit dir in den Armen vor dem Bären davon, und das Nächste, was ich weiß, ist, dass ich ohnmächtig wurde und der Bär sich in nichts auflöste."

Seine blassblauen Augen mustern mich, und mir läuft ein Schauer über den Rücken. Er ist kein Mann, der sanft ist, wenn er denkt, dass ich ihm etwas verheimliche.

"Ich bin mir ziemlich sicher, dass Narah dich dazu gebracht hat, dein dunkelstes Geheimnis auszuplaudern, so wie sie es bei uns getan hat, denn das war es, was uns ohnmächtig gemacht hat", sagt Nikos bitter.

Meine Haltung wird unruhig, und ich kann mich nicht zurückhalten. "Gebt mir nicht die Schuld. Ich habe euch das Leben gerettet. Es tut mir leid, dass ihr etwas mit mir teilen musstet, aber ich verurteile euch nicht dafür, und ich werde es auch mit niemandem sonst teilen, also schiebt euren Hass woanders hin."

Ich möchte Nikos ins Gesicht schlagen, weil er so düster und furchteinflößend dasteht und offensichtlich nicht die Absicht hat, mir zu verzeihen. Aber ich habe nichts falsch gemacht, und meine Arme zittern an meinen Seiten.

"Niemand ist verärgert, weil du uns gerettet

hast", fügt Crius hinzu und versucht, den Friedens-stifter zu spielen. "Du musst verstehen, dass unsere Hintergründe beschissen und mehr als kaputt sind. Was glaubst du, warum wir vier uns so gut verste-hen? Und was wir geteilt haben, ist ein kleiner Einblick in unsere Schwäche. Das ist nichts, was man teilen möchte. Diese Scheiße macht uns weich und verletzlich. Also gib dem Ganzen Zeit und wir werden alle auf unsere Weise mit dem Scheiß fertig."

Meine Muskeln zwischen den Schulterblättern spannen sich an. "Gut, das verstehe ich, aber lasst es nicht an mir aus oder seht mich an, als sei ich der Teufel, obwohl ich gerade versucht habe, allen zu helfen."

Als ich vor ihnen stehe, schlagen mein Zorn und meine Frustration weiter Wellen, und in meinem Kopf kochen die wütenden Worte hoch, die ich ihnen entgegenschleudern möchte. Dazu kommt die verheerende Sehnsucht meiner Wölfin nach Martell und wie sie darauf besteht, dass es so viel einfacher wäre, wenn ich meine Magie kontrollieren könnte. Nur war ich nicht gut genug, sonst hätte er mich nicht zurückgewiesen. Ich erinnere mich nur noch an den Hass und die Angst in seinen Augen, als er mich ansah ... und jetzt zeigt sich ein ähnlicher Ausdruck in den Gesichtern dieser Alphas.

Als niemand etwas sagt, fahre ich fort. "Wie ich schon zu Crius sagte, empfehle ich, dass wir alle umkehren und diese Mission vergessen. Es ist eine verdammte Zeitverschwendung, und ich glaube, wir laufen in eine noch größere Falle."

Ich warte nicht darauf, ihre Antworten zu hören, weil ich vor Wut zittere. Stattdessen drehe ich mich um und laufe von ihnen weg ... um irgendwo anders als in ihrer Gegenwart zu sein. Wie können sie nur so undankbar sein?

Der Wald verschluckt mich, als ich ihn betrete, und ich atme schwer, habe Tränen in den Augen und hasse es, dass sie mich so fühlen lassen. Die Dinge, die sie mir erzählt haben, zerreißen mich, wie schrecklich traurig die Vergangenheit von jedem von ihnen ist. Ich wünschte, ich könnte das alles für sie wegwischen, aber sie lassen mich nicht einmal für sie da sein. Und sie sind nicht die Einzigen, die eine hässliche Vergangenheit haben.

"Narah", ruft Ragnar von hinten.

Aber ich eile vorwärts, schaue nicht zurück, bin nicht bereit, mich damit zu befassen oder zuzulassen, dass er sieht, wie ich ihretwegen weine.

Das haben sie nicht verdient.

Ich wische mir die Tränen aus den Augen, renne an den Bäumen vorbei und hasse es, wie schnell sich die Alphas gegen mich gewendet zu haben scheinen.

Ragnar ist direkt hinter mir, seine Schritte schlagen schnell auf dem Boden auf und kündigen sein Kommen an.

"Narah", schreit er, und sein Temperament verdüstert seine Stimme.

"Lass mich in Ruhe", werfe ich über meine Schulter.

Doch seine Hand umklammert mein Handgelenk, und ehe ich mich versehe, schwinge ich zurück und pralle direkt gegen seine steinerne Brust. "Warum rennst du weg? Wo willst du denn hin?"

Ich halte den Kopf gesenkt und hasse diese

Alphas mit jeder Faser meines Wesens dafür, dass ich mich zu ihnen hingezogen fühle und mich um sie sorge. Das ist nicht der Grund, warum ich in diese verdammten Wälder gekommen bin.

"Sprich mit mir", beharrt er in festem Ton.

Seine blauen Augen funkeln mich an, als ich aufschaue, und ich hatte erwartet, dass sie kalt und leer sein würden, aber in ihnen ist Wärme eingebrannt. Ich wehre mich gegen seinen Griff, will Abstand zwischen uns bringen, aber sein Griff hält mich fest.

Ich hebe mein Kinn höher, blinzle die Tränen weg und spreche ihn direkt an. "Wusstest du, dass ich tatsächlich darüber nachgedacht habe, euch vier mit den Bären zurückzulassen? Und ich muss sagen, die Idee war lächerlich verlockend."

Er berührt meine Schulter mit seiner freien Hand, und Sehnsucht breitet sich in meiner Magengrube aus. In mir herrscht Verwirrung über meine Gefühle, darüber, dass meine Wölfin darauf besteht, dass Martell uns holen kommt, während ich mich nur nach diesen Männern sehne. Die Antwort ist also, vor allen wegzulaufen, bis ich herausgefunden habe, was in dieser verfluchten Welt ich will.

"Warum hast du es nicht getan?", fragt er, als wäre es für ihn eine leichte Entscheidung gewesen.

"Was hättest du an meiner Stelle getan?", erwidere ich.

"Als mein Rudel hätte ich dich sofort gerettet. Als mein Feind hätte ich nicht einen Atemzug an dich verschwendet und dich sterben lassen."

Mir blieb der Mund offenstehe, als er so unverfroren zugab, dass er glaubt, ich hätte die falsche Entscheidung getroffen. "Es tut mir leid, aber damit ich das richtig verstehe - du hättest mich dem Tod überlassen?"

Ich zittere, als er über mir steht und mich mit seinem aufgeblasenen Alpha-Ego anstarrt, und doch habe ich Tränen für sie vergossen. Dieser Bastard. Er hat mich so aufgewühlt, dass ich nicht mal mehr weiß, warum ich um sie geweint habe.

"Nun, da unterscheiden wir uns eindeutig", schnauze ich und reiße mein Handgelenk aus seinem Griff, dann weiche ich von ihm zurück. "Ich habe ein Herz und könnte nie jemanden sterben lassen ... nicht einmal meinen Feind, wie es scheint."

Er beobachtet mich aus den Augenwinkeln und macht keine Anstalten, mir zu folgen.

"Aber ich verstehe es", sage ich. "Ich bin schwach, weil ich Gefühle habe, weil ich mich sorge, aber wenigstens ertrinke ich nicht in der Dunkelheit, die deine Männer da draußen verschlingt. Ihre Geheimnisse werden sie bei lebendigem Leib auffressen, bis sie von ihnen zerstört werden." Ich wende mich von ihm ab und eile davon.

Nur die schwachen Stimmen der anderen am

Flussufer füllen die Leere aus. In meinem Kopf dreht sich alles um das, was wir durchgemacht haben, um die Erinnerung daran, was mir jeder Alpha gestanden hat. Es sollte mich nicht beunruhigen. Sie sind nicht mein Problem, und doch dreht sich mir der Magen um, wenn ich an ihre Qualen denke.

Ich drehe mich um und laufe in die entgegengesetzte Richtung, weil ich genug habe. Ich will nicht länger Teil dieser Mission sein. Nicht, nachdem ich so dumm war, mich von diesen Wikinger-Alphas unterkriegen zu lassen und sie zu begehren. Wann, zum Teufel, ist das eigentlich passiert?

Mit einem einzigen Atemzug erwacht meine Magie, die Wälder schärfen sich unter meinem Blick, und Energielinien hüpfen über die Spitzen meiner dunklen Finger.

Um mich herum gibt es keine Zaubersprüche, und vor mir liegt helles Licht, wo sich der Wald lichtet. Ich eile vorwärts und stoße auf eine Wiese, auf der sich grünes Gras und gelbe Blumen wiegen. Man könnte mir sogar verzeihen, wenn ich glaube, dass dieser Ort schön ist, wenn er nicht mit allem, was er berührt, giftig ist. Das erkenne ich jetzt.

Ich laufe weiter, das lange Gras streift meine Knie.

Als ich mich umdrehe, stürmt Ragnar plötzlich aus dem Wald, mir dicht auf den Fersen, und mein Herz bleibt mir im Hals stecken, als ich die Grausamkeit in seinem Gesicht, die Wut in seinen Augen sehe.

Ich habe kaum Zeit, zu reagieren, als er auf mich zukommt. Starke Hände packen mich um die Taille, und er reißt mich nach hinten. Er dreht mich so, dass ich ihn ansehe, und Wut steigt in mir auf.

Ich drücke ihm eine Hand auf die Brust, meine Worte sind laut und zittrig. "Nein, du kannst mich nicht davon abhalten zu gehen."

Trotzdem zieht er mich näher an sich heran, mit Schmerz in den Augen und einem krächzenden Schmerz in der Kehle.

Der strenge Brandgeruch lässt mich zu der Stelle hinunterschauen, an der meine Hand auf seiner Brust ruht. Meine Berührung ist immer noch von Magie durchdrungen und brennt durch den Stoff seines Hemdes hindurch und markiert sein Fleisch mit meiner Macht.

Angst überkommt mich, und ich schalte die Magie mit einem einzigen Gedanken sofort ab, aber bevor ich meine Hand auch nur wegnehmen kann, ist sein Mund auf meinem.

Sein Mund ist kraftvoll und seine Küsse beherrschen mich, seine Zunge dringt in meinen Mund ein. Meine Lippen schmerzen von seiner Dringlichkeit, aber ich weiche nicht zurück.

Ich stöhne vor Vergnügen. Mein Körper schmilzt an ihm, und die ganze Welt löst sich um uns herum auf. Ich will gar nicht wahrhaben, welchen Einfluss Ragnar auf mich hat, wie seine Alphaseite mich mit seiner Anwesenheit erdrückt, oder dass ich mich nach so viel mehr sehne.

Meine Wölfin erhebt sich in mir und knurrt ihn an, damit er zurückweicht, aber Ragnars Wolf antwortet mit einem kehligen Knurren.

Vielleicht weiß mein Körper mehr darüber, was ich will, als meine Wölfin, die ihn bedroht. Ich lasse Ragnar nicht los und küsse ihn stattdessen genauso leidenschaftlich zurück. Ich schlinge meine Hände um seinen Hals und stelle mich auf die Zehenspitzen, um ihn besser erreichen zu können. Als hätte er meinen Eifer gespürt, ergreift er meine Taille und hebt mich an seinen Körper heran.

Instinktiv schlinge ich meine Beine um ihn, und der frühere Hohlraum in meiner Brust beginnt sich zu füllen. Jeder Zentimeter in mir schmerzt nach ihm, und ich sage mir, dass ich ihm nicht zeigen soll, wie sehr er mich berührt, aber ich versage kläglich.

Er unterbricht den Kuss, und unsere rasselnden Atemzüge vermischen sich.

"Du hast mich nicht ausreden lassen", sagt er. "Du bist nicht meine Feindin, Narah. Ich habe dir schon einmal gesagt, dass du unter meinem Schutz stehst, also werde ich bis zum Ende kämpfen, um dich zu retten."

"Das brauchst du nicht zu sagen. Nach dieser

Mission werde ich aus deinem Leben verschwinden, also tu nicht so, als würde ich dir etwas bedeuten."

Er seufzt vor Frustration. "Öffne deine Augen über das, was zwischen dir und mir vor sich geht ... zwischen uns allen." Sein Blick schweift über mein Gesicht, sucht nach meiner Antwort, nach meiner Reaktion.

Wie kann er es wagen, es mit der Art und Weise in Verbindung zu bringen, wie sie mich alle dazu gebracht haben, mich um sie zu kümmern, wie sehr ich sie begehrt habe. Bei dem Gedanken klammere ich mich fester an ihn, obwohl ich ihn weiter von mir wegschieben sollte. Aber in Wahrheit weiß ich nicht, ob ich das kann ... oder ob ich es will.

Mein Blick fällt auf seine Brust, wo sich mein Handabdruck nun als schwarzes Brandmal in sein Fleisch eingebrannt hat. "Ich habe dich verletzt."

"Ja, es brennt verdammt stark, aber ich werde es überleben." Seine Hände drücken meinen Hintern, während er seinen Unterleib gegen mich presst, seine große Erektion passt so perfekt zwischen meine Beine. Mein Ur-Hunger lässt mich mit den Hüften wippen, um mich an ihm zu reiben, eine Bewegung, die sich ganz natürlich anfühlt.

Meine Wangen erröten, weil ich so leicht und offen reagiere. Ein Stöhnen entweicht meinen Lippen, und er lächelt anerkennend über meine Reaktion. Ich muss wieder an Martell denken, wie er mich wegen meiner Magie verleugnet und mich eine Abscheulichkeit genannt hat, aber Ragnar zuckt nicht mit der Wimper, weil ich ihn gerade verbrannt habe.

Nur, dass ich seinem Charme zu schnell erliege, obwohl meine Priorität darin bestehen sollte, meine Schwestern zu finden und nicht mit einem Rudel Wikinger-Alphas ein Territorium zu erobern. Und als Antwort darauf sträubt sich meine Wölfin in mir vor Missbilligung, dass ich überhaupt einen anderen Alpha in Betracht ziehe, wenn wir Martell haben. Ich beiße die Zähne zusammen, denn nichts, was ich tue, wird sie dazu bringen, zu verstehen, dass er nicht unser Mann ist.

"Vielleicht sollten wir das nicht tun." Ich drücke mich gegen seine Brust, um meinen Kopf freizubekommen und mich nicht von den berauschenden Gefühlen beherrschen zu lassen. "Meine Wölfin hat ihren Gefährten bereits gefunden und sehnt sich nach ihm. Hast du gehört, wie sie dich vorhin angeknurrt hat?" Selbst in meinem Kopf hört sich meine lahme Ausrede genau so an. Ich habe Angst davor, mir die Gefühle zu erlauben, die ich für Ragnar hege.

Eine seiner Augenbrauen wölbt sich. "Wo ist dein Gefährte jetzt?"

"Hoffentlich so weit wie möglich von mir entfernt."

"Wo ist dann das Problem? Es ist nicht deine

Wölfin, die ich ficken will. Du musst die Anziehung zwischen uns spüren, Narah."

Meine Haut errötet bei seinen Worten. "Aber ich spüre auch, dass meine Wölfin dich zurückweist." Ich drücke mich gegen seine Schultern und versuche, auf die Beine zu kommen. Feuer füllt meine Lungen, dass meine Instinkte mich so leicht führen.

Ragnar leckt sich die Lippen. "Es gibt nur einen Weg, deine Wölfin umzuerziehen und sie dazu zu bringen, deinen Schicksalsgefährten zu vergessen. Wir richten sie neu aus."

Ich werfe ihm daraufhin einen verkniffenen Blick zu. "Wovon redest du?"

"Unsere Wölfe sind urwüchsige Tiere, die sich nur danach sehnen, sich mit ihrer Gefährtin zu vereinen." Ragnars Arme legen sich um mich, seine Muskeln sind angespannt, als er auf dem Feld auf die Knie sinkt, während ich mich immer noch an ihn klammere.

Mein Atem stockt in meiner Brust, als er mich auf den Rücken legt und mich mit seinem Körper umschließt. Ich halte meine Beine um ihn geschlungen, während ich wegen seines Vorschlags erzittere.

Das Gras kitzelt mich seitlich im Gesicht, während Ragnar meine Wange küsst und sich einen Weg zu meinem Hals bahnt. Ich schreie vor Vergnügen auf, meine Wirbelsäule krümmt sich als Reaktion darauf und ich drücke meine Brüste gegen ihn, während ein wachsendes Bedürfnis mich überkommt.

"Um deiner Wölfin zu helfen", flüstert er mir ins Ohr, "werde ich dich als mein Eigentum kennzeichnen."

Bei seinen Worten versteife ich mich unter ihm, und dann zittere ich, als ich höre, dass er mich zu seinem Eigentum machen will.

"Warte! Was? Das wagst du nicht. Und ist das überhaupt möglich?" Mein Magen hebt sich durch das protestierende Knurren meiner Wölfin, ihre Wut sickert durch meine Adern, während mein ganzer Körper vor Hitze brennt. Ich befinde mich zwischen zwei Extremen und habe das Gefühl, zwischen zwei übermächtigen Bedürfnissen zu zerreißen.

Er zieht sich zurück und sieht mich mit einem bösen Grinsen an. "Wovor hast du Angst, kleine Füchsin? Dass du es genießen wirst oder dass du dir endlich eingestehen musst, was du von mir willst?"

"Ich verstehe das nicht. Willst du mich zu deiner Gefährtin machen?" In meinem Kopf spielen sich alle möglichen Szenarien ab, in denen er mich verlässt, weil ich nicht gut genug für Martell war, wie kann ich also gut genug für ihn sein? Und was jetzt? Muss ich in ein Wesen mit einem Gefährten gezwungen werden?

"Sieh es als Ablenkung, um deine Wölfin davon abzuhalten, sich nach deinem Schicksalsgefährten zu sehnen. Es sei denn, du hast die feste Absicht, zu ihm zurückzukehren." Seine Hand gleitet über meine Schulter und meinen Brustkorb hinunter, bis sie meine Brust umfasst.

Ein Stöhnen entringt sich meiner Kehle, und ich bin auf jede einzelne Berührung, jede Bewegung seines Körpers an meinem eingestimmt. Er winkelt seine Hüften an, um perfekt zwischen meine Beine zu passen, und drückt seinen harten Schwanz an die Spitze meiner Oberschenkel. Die Wärme seines Körpers an meinem erinnert mich daran, wie winzig ich im Vergleich zu ihm bin, wie genau ich weiß, was ich tue, und trotzdem werde ich rot.

Als ich meine Stimme wiederfinde, frage ich: "Was bedeutet es eigentlich, mich als deinesgleichen zu bezeichnen?"

"Dass ich deiner Wölfin erlaube, zu glauben, dass ich dein Schicksalsgefährte bin, aber es wird keine schmerzhafte Sehnsucht geben, keine Qualen für deinen Seelenverwandten. Du wirst kaum einen anderen Schicksalsgefährten finden. Ich mache dir ein Geschenk, Narah. Du bist vor deinem Seelenverwandten weggelaufen, und jetzt werde ich dafür sorgen, dass du ihn vergisst."

"Ich bin nicht geflohen", gebe ich zu und weiß nicht, warum ich es ihm überhaupt gesagt habe, aber die Worte kommen mir trotzdem über die Lippen. "Der Bastard hat mich abgewiesen, dann wollte er mich umbringen, indem er mich von einer Klippe warf." Ich schnappe schwer nach Luft, als ich diese Worte laut ausspreche, denn sie erwecken den Schmerz, beiseite geworfen worden zu sein, als wäre ich ein Nichts. Die Erinnerung brennt entsetzlich.

Aber Ragnar reagiert nicht.

Ich wende meinen Kopf von ihm ab, Tränen brennen in meinen Augen, und plötzlich überkommt mich eine brennende Verlegenheit, so wie es bei den Männern, die ihre Geheimnisse preisgeben haben, der Fall gewesen sein muss. Ich will nicht das Mitleid in seinen Augen sehen, oder noch schlimmer, ich will nicht, dass er mich für so unwürdig hält, dass mein eigener Schicksalsgefährte mich nicht will. Aber ich kann nirgendwohin fliehen, wenn er mich in der Hand hat.

Er lässt sich näher herab und sein Mund fordert meinen erneut ein. Diesmal küsst er mich nicht hungrig, sondern sanft auf meine Lippen, lockt mich zu sich, so süß wie Honig. Eine Träne gleitet aus meinem Augenwinkel, weil die Gefühle in mir brennen. Sein Atem wird intensiver und seine Finger gleiten über meine Kieferpartie und halten mich dort fest, als er unseren Kuss unterbricht.

"Ich verspreche dir, kleine Füchsin, dass ich dieses verdammte Arschloch vernichten werde, weil es dir wehgetan hat. Ich werde ihn unerträgliches Leid ertragen lassen." Die Intensität seines Blicks zeugt von Aufrichtigkeit und er meint jedes verdammte Wort ernst. Anstatt mich zu demütigen, weil ich mein Geheimnis aufgedeckt habe, verspricht er mir Vergeltung, er setzt sich für mich ein.

Er fährt mit einem Finger unter ein Auge und fängt meine lose Träne auf. Trotz seiner Größe und seines dominanten Auftretens ist er ein Mann, dessen Werte tief in der Loyalität zu den Menschen, die ihm nahestehen, verwurzelt sind.

Sein Versprechen sollte mich nicht erregen, aber es entfacht ein Feuer tief in mir. Sein Verlangen vermischt sich mit meinem, und unter der Oberfläche lauern Gefühle, die ich nicht erleben sollte. Ich will nicht darüber nachdenken, was passiert, wenn wir getrennte Wege gehen, oder dass ich mich nach jemand anderem sehnen könnte, wie es meine Wölfin getan hat.

Wenn er mich küsst und mir verspricht, was er mir bieten wird, was Martell nie konnte, dann vertreibt ein Hoffnungsschimmer die Sorgen.

Mein Herz stottert, weil ich mich so leicht in Ragnar verguckt habe.

Jeder Zentimeter meines Körpers scheint zu erwachen und um seine Aufmerksamkeit zu buhlen.

Er leckt in langen Zügen über meinen Hals, während seine Hand mein Hemd hochzieht, grob und schnell. Er zieht den Stoff meines BHs zurück und lächelt über meine entblößten Brüste.

Ich zittere, bin fast versucht, mich zu bedecken, aber es hat etwas unglaublich Belohnendes, wenn ein so mächtiger Alpha mich studiert, als würde er die Welt zerstören, wenn sich jemand zwischen uns stellt.

"Du willst mein Geheimnis wissen", flüstert er und fährt mit seinem Mund zwischen das Tal meiner Brüste.

Ein Brummen ist alles, was ich zustande bringe, als seine Zunge meine Brüste neckt und sich ihren Weg zu meinen Brustwarzen bahnt. "Meine Schicksalsgefährtin hat mich auch zurückgewiesen."

Sein Mund fällt sofort auf meine Brustwarze und er saugt an mir, während seine Hand über meinen Bauch gleitet und die Knöpfe meiner Hose öffnet.

Das Schnippen seiner Zunge löst eine starke Erregung in mir aus. Eine einfache Berührung entfacht das Feuer der Begierde in meiner Magengrube, und ich glaube nicht, dass ich aufhören könnte, selbst wenn ich es wollte.

Doch seine Worte kreisen in meinem Kopf, während seine Finger meine andere Brustwarze umkreisen, und meine Wölfin ist da und erinnert mich daran, dass ich einen großen Fehler mache.

"Warte ... ist das wahr?" Seine Seelenverwandte hat ihn auch zurückgewiesen? Was könnte zwischen den beiden vorgefallen sein? Und wenn ich ihm jetzt in die Augen schaue, sehe ich so viel mehr als nur einen mächtigen Alpha. Er trägt die Narben seiner Vergangenheit als Schutz. Ich frage mich, wie lange ich brauchen werde, um wie er zu sein.

Er stöhnt ein Ja, dann zieht er sanft an meiner Brustwarze. Ich schreie vor Vergnügen auf und vergesse schnell, woran ich gerade gedacht habe. Bevor ich überhaupt begreifen kann, was jetzt kommt, hebt er meine Beine an und stützt meine Knöchel auf seine Schultern.

"Ich will dich ganz sehen, wenn du mir gehören willst." Er grinst, und ich atme zu schwer, um seine Worte richtig zu verstehen. Er hatte gesagt, dass dies eine vorgetäuschte Paarung sei, richtig? Um meine Wölfin zu verwirren.

Seine Finger fahren unter den Bund meiner Hose und meiner Unterwäsche, dann zieht er sie mir über die Hüften, die Beine hinunter, und reißt sie mir über die Stiefel hinweg von den Beinen.

Ich schnappe nach Luft, wie schnell wir uns jetzt bewegen, wie sehr ich unter ihm ertrinke, dass mein Verstand nicht mehr hinterherkommt.

Ich sehe nicht, wo er meine Kleider hinwirft, denn er liegt wieder über mir, und die Hitze seiner Brust flammt in mir auf, sein heißer Atem heizt mich auf. Er nimmt meinen Mund in seinen, und ich halte mich an seinen starken Schultern fest, meine Finger graben sich in die Muskeln. Ich hebe meinen Kopf, um den Kuss zu erwidern, weil ich ihn mehr brauche als Luft.

"Bist du sicher, dass das klappt?", flüstere ich gegen seinen Mundwinkel. Es muss funktionieren.

"Was glaubst du, wie ich damit umgegangen bin, meine Schicksalsgefährtin zu verlieren?", antwortet er, während er sich zurückzieht, um mich zu betrachten. Mein Körper errötet, und das ist die beste Art, den Impuls zu beschreiben, mich zu bedecken, meine Kleidung wieder anzuziehen, aus Angst, er könnte hassen, was er sieht.

Er hinterlässt eine Linie von Küssen auf meinem Bauch, und seine Zärtlichkeit vertreibt alle Gedanken. Seine breiten Schultern spreizen meine Beine, je tiefer er gleitet. Dann hebt er den Kopf und setzt ein verführerisches Lächeln auf. Eine Gänsehaut der Erregung gleitet über meine Haut. Wie soll ich jemals Nein zu ihm sagen ... doch der wichtigste Gedanke in meinem Kopf ist, warum sollte jemand einen Mann wie Ragnar verlassen? Wenn er mir gehören würde, würde ich die Welt zerstören, um ihn zu halten, damit er mich ansieht, als wäre nichts anderes wichtig als ich.

Das ist es, was ich bei Martell zu fühlen und zu erleben erwartet habe. Ich erschaudere innerlich, als meine Gedanken meine Wölfin dazu bringen, tief in meiner Brust zu wimmern, und ich verfluche mich selbst dafür, in diesem perfekten Moment überhaupt an diesen Bastard zu denken.

Ragnar rutscht tiefer und ist jetzt mit seinem Gesicht genau zwischen meinen Beinen, seine kräftigen Hände liegen auf meinen Innenschenkeln und spreizen mich weiter. Sanft bläst er einen Hauch auf meine entblößte Stelle, und ich kann mich nicht zurückhalten. Schnell lasse ich meine Hand über mich gleiten und meine Wangen brennen.

"Du erwartest, dass ich dir so helfe?", fragt er sarkastisch und zieht eine seiner Augenbrauen hoch. Ich hätte nie gedacht, dass ich jemals einen Mann zwischen meinen Beinen sehen würde, geschweige denn einen, der einem Gott ähnelt, einen, der so schön ist, dass ich in Ohnmacht fallen könnte. Ich verliere mich zu leicht an Ragnar.

Dann beugt er sich vor, und seine lange Zunge streicht über meine Finger, kitzelt mich, und ich zucke mit der Hand zurück. Es ist nur der Bruchteil einer Sekunde, und sein Mund ist an meiner Muschi.

Ich schreie auf, mein Rücken wölbt sich, weil er mich so hungrig nimmt. Ich weiß nicht, was ich erwarten soll, aber dass ... oh mein Gott, das ist unglaublich. Ich hatte keine Erfahrung mit Männern, wenn es um etwas Sexuelles ging. Ich habe gehört, wie Frauen über ihre Erfahrungen gesprochen haben, habe gesehen, wie die Männer mich angestarrt haben, wie sie sich selbst befummelt haben, aber nichts davon ist vergleichbar mit der echten Sache.

Ein starker Alpha, der zwischen meinen Beinen kniet, ist auf die bestmögliche Art und Weise erregend, sein Gesicht schiebt sich näher an die Stelle, wo ich ihn am meisten brauche.

"Du bist verdammt schön", flüstert er, dann fährt er mit seiner Zunge in langen Strichen über Nervenenden, die zum Leben erwachen.

Ich erschaudere bei jeder Berührung, mein Körper steht in Flammen, und ich brauche ihn, um die Flammen zu löschen. Mein Becken hebt sich bei jedem aufmerksamen Lecken, während er einen Finger in mich gleiten lässt und mich neckt, so wie er es letztens am Lagerfeuer getan hat.

Es ist schwer zu glauben, dass ich hier draußen von Ragnar verschlungen werde. Was hält die anderen Männer davon ab, herzukommen und uns zu finden? Und die Hexen? Aber diese Sorge verflüchtigt sich so schnell, wie sie aufsteigt, und überlässt mich der Gnade des Alphas.

Seine Zunge schnalzt schneller, und fällt in einen Rhythmus. Ein Wimmern entringt sich meiner Kehle, und mein ganzer Körper windet sich. Ich hätte nie erwartet, dass Ragnar mich leckt, und schon gar nicht, dass mein Körper als Antwort auf seinen Mund singt.

Je mehr er mich leckt, je härter er mich fingert, desto mehr steigt die Erregung in mir.

"Bitte, mach schneller." Ich stöhne, und er zieht sich zurück, was ihm ein lautes, protestierendes Knurren entlockt.

"Hast du etwas gesagt, kleine Füchsin?" Er leckt sich die glitzernden Lippen, dann drückt er zwei Finger in mich.

Meine Augen weiten sich, und ich reagiere darauf, indem ich meine Beine noch weiter spreize, denn die Erregung macht mich zu einem zittrigen Chaos.

"Gutes Mädchen. Du musst für mich bereit sein", sagt er.

Ich frage mich, wie groß er ist, um so eine Aussage zu machen, aber als er mich wieder mit dem Mund nimmt, verliere ich jeden logischen Sinn. Ich lasse mich auf den Rücken in die Wiese fallen und schwebe im Hochgefühl. Diesmal wechselt er zwischen Lecken und Saugen an meinen empfindlichen Lippen, was meinen ganzen Körper in Erregung versetzt.

Die feuchten Geräusche, die seine Finger machen, sind berauschend und so sexy. Es ist also keine Überraschung, wenn mich Wellen der Euphorie so schnell überrollen, dass ich schreie.

Meine Knie drücken sich um seinen Kopf und ich schlage mit der Faust ins Gras, aber er lässt mich nicht los, nimmt nur seine Finger heraus und steckt seine Zunge in mich, ohne mich aus dem Abgrund zu befreien.

Mit gekrümmten Zehen schließe ich die Augen und schwebe auf meinem Höhepunkt, ohne dass der Moment jemals enden will. Hier würde ich am liebsten für den Rest meines Lebens bleiben.

Ragnar löst schließlich seinen Griff und steht auf, während ich meine Schenkel zusammenpresse und stöhnend die letzten Fäden der Lust durch mich hindurchziehen lasse.

Erschöpft und schwer atmend bleibe ich liegen und starre zu Ragnar hoch, der es geschafft hat, sich zu entkleiden, während ich nicht hingesehen habe. Und gerade jetzt kann ich nicht aufhören, seine Erektion anzustarren, wie unglaublich gut ausgestattet er ist, und ich schlucke schwer.

"Mach dir keine Sorgen, kleine Füchsin, er wird schon passen", sagt er, während er seinen Schwanz ein paar Mal pumpt und seine Vorfreude zischt.

In diesem Moment nehme ich ihn ganz in mich auf, all die harten und scharfen Muskellinien, die Stärke, die er ausstrahlt. Ich stehe schlurfend auf und knie mich vor ihn, dann hebe ich meinen Kopf.

Eine Wildheit nimmt seinen Blick gefangen, und ich greife nach seiner großen Erektion, die Haut ist wie Seide, aber darunter ist sie eisern. Vor mir steht ein Mann aus Muskeln, und sein schwerer Schwanz liegt in meiner Hand. Doch meine Aufmerksamkeit wird auf den schwarzen Handabdruck auf seiner Brust gelenkt, seine Haut ist verkohlt und an den Rändern rot gefärbt. Ich habe ihm das angetan, und Schuldgefühle kräuseln sich in meiner Brust, denn es gibt keine Möglichkeit, diesen Schaden rückgängig zu machen.

Er knurrt, als ich sanft hin und her streiche. Seine Spitze glänzt vor Sperma und ich beuge mich vor, um ihm zu zeigen, dass ich nicht die Absicht habe, ihn zu verletzen.

"Nein", sagt er und entfernt sich aus meiner Reichweite, sein Schwanz entgleitet meinem Griff. "So sehr ich auch davon geträumt habe, diese süßen Kirschlippen, um meinen Schwanz zu haben, heute werde ich dich ficken. Ich werde dir geben, was du dir gewünscht hast, was mich vor Lust in den Wahnsinn getrieben hat. Leg dich für mich hin, kleine Füchsin, und spreize deine herrlichen Beine. Zeige mir, wie feucht du für mich bist." Seine Stimme ist tief und voller Lust, seine Augen sind von einem sexuellen Schleier erfüllt.

Ich folge seinen Anweisungen, ohne auch nur mit der Wimper zu zucken, und gehorche ihm, obwohl mich das Liegen auf dem flachen Gras und das Herablassen von ihm auf mich mit einem Gefühl der Beklemmung erfüllt. Es ist eine Sache, gefingert zu werden, aber seine Größe in mich aufzunehmen, zu wissen, dass ich einen Alpha ficke, der alles andere als normal ist, macht mir etwas Angst.

Mein Atem geht stoßweise, als er sich über mich drückt, mich einkesselt und seine Erektion sich an meine feuchte Muschi schmiegt. Ich zucke zusammen, als ich merke, wie groß und heiß er sich anfühlt, und ich bin mir nicht mehr so sicher, ob ich das jetzt tun soll. Er weiß, dass es mein erstes Mal ist, und ein leises Wimmern entweicht meinen Lippen, gefolgt von einem tiefen, gutturalen Knurren meiner Wölfin in meiner Brust. Sie strampelt in mir nach einem Ausweg, um zu entkommen, um mich aufzuhalten.

Aber Ragnar hat recht, die Verbindung zu Martell abzubrechen ist richtig, auch wenn das bedeutet, dass ich meine Wölfin verwirre. Ich hasse die Vorstellung, dass ein Teil von mir sich nach einem Monster sehnt, das versucht hat, mich zu töten. Alles daran ist falsch, also muss ich das trotz meiner Angst tun.

"Hab keine Angst", beruhigt er mich und bedeckt mein Gesicht mit so sanften Küssen, dass ich mich an ihn schmiege und mich nach seinen Armen sehne. Die seltsame Anziehungskraft, die er auf mich ausübt, ist unerwartet, ebenso wie seine Berührungen, die mich beruhigen.

Ich versuche, nicht an das zu denken, was kommt, und konzentriere mich stattdessen auf die

Aufmerksamkeit, mit der er mich überhäuft. Seine Hand gleitet zwischen uns und er richtet sich aus und fährt mit der Spitze seines Schwanzes an meiner glitschigen Länge entlang.

Meine Muskeln spannen sich an, doch je länger er mich reizt, desto mehr sehne ich mich nach dem, was er zu bieten hat. Er hat etwas so gefährlich Köstliches an sich, dass mein Herz schneller schlägt, als er seine Spitze in mich presst.

Im ersten Moment schreie ich auf, als würde ich erwarten, dass es wehtut, aber das Gegenteil ist der Fall.

"Atme tief ein", erklärt er, und die Sehnen in seiner Kehle bewegen sich mit seinen Worten. Ich möchte mich vorbeugen und seinen Hals lecken, um ihm genauso viel Freude zu bereiten, wie er mir bereitet hat.

Wenn ich ehrlich bin, fühle ich mich zu Ragnar hingezogen, seit wir uns das erste Mal getroffen haben, und wenn ich nervös bin, rede ich. "Willst du etwas wissen?", sage ich.

"Natürlich." Er dringt in mich ein, dehnt meine Öffnung, macht langsam.

Ich klammere mich an seine starken Arme, um mich für das zu wappnen, was er mir gleich geben wird, und ich zucke bei dem leichten Schmerz zusammen. "Ich habe auch davon geträumt, dass du mich nimmst." Die Worte sprudeln aus mir heraus.

Er lacht und gibt einen freundlichen Laut von sich, über den man sich nicht lustig machen sollte. "Ich weiß."

"Nein, tust du nicht."

Er dringt tiefer in mich ein, und ich stöhne lauter. Meine Gedanken kreisen um die Art und Weise, wie er mich bis zur unglaublichen Erregung dehnt, wie sich der Schmerz mit dem Verlangen vermischt, nur glaube ich nicht, dass er es ganz in mich hineinschaffen kann. Ich bin nicht für jemanden gemacht, der so groß ist wie er. Und die Angst zerrt an meiner Brust.

"Du wirst nicht passen."

Er beugt sich herunter und küsst mich, saugt an meiner Zunge und weckt das Feuer in mir. "Mit einem Hauch von Schmerz wirst du noch mehr Vergnügen finden", flüstert er, dann stößt er tiefer in mich hinein. "Ich gehe es langsam an, denn es ist dein erstes Mal."

Meine Augen flackern nach oben, und mein ganzer Körper erschrickt, weil sich meine Muskeln auf seltsame Weise um ihn herum entspannen, meine inneren Wände ihn umarmen, ihm entge-genkommen.

"Ich habe das ernst gemeint, was ich vorhin gesagt habe", sagt er. "Nach dem heutigen Tag wirst du mir gehören."

"Du meinst für meine Wölfin ..." Ich schreie auf,

als er sich zurückzieht und so hungrig wieder in mich eindringt, dass mein ganzer Körper erschaudert.

In seinen Augen liegt Erregung, und sein Mund erobert wieder meinen, stiehlt meine Schreie, zerdrückt meine Lippen und ist dabei ganz sanft.

Ich schlucke an der feurigen Leidenschaft vorbei, die in mir aufsteigt, und Ragnar beginnt, schneller in mich hinein und wieder herauszustoßen, die Reibung zwischen uns elektrisiert. Ich will mehr.

"Geht es dir gut?", fragt er, aber ich kann nicht antworten. Ich erschaudere vor Verlangen, das mich verschlingt, das sich anfühlt, als würde er mich auseinanderreißen und wieder zusammensetzen. Wie er mich der Realität entreißt, ist so, als würde ich in eine Million Stücke zerschmettert werden.

Ich nicke mit dem Kopf und lasse mich auf seine Bewegungen ein, als er ganz in mich eindringt, und ich hebe mein Becken, um jedem seiner Stöße entgegenzukommen. Er knurrt tief, der Klang ist verdammt sexy und so fordernd.

"Fuck, Narah", knurrt er befriedigt, drückt seinen Schwanz in mich hinein und wieder heraus, streichelt mich, füllt mich aus, neigt seine Hüften so, dass er tiefer an eine Stelle in mir dringt, die er noch nicht gefunden hatte.

Ein Schauer durchfährt mich und löst einen plötzlichen, unerwarteten Orgasmus aus. Mein

Magen flattert, ich knurre und wölbe mich gegen ihn.

Auch Ragnar brüllt plötzlich, als er ganz in mir ist, er hält inne und zischt. Meine Muschi klammert sich an seine Erektion, während meine Wölfin erwacht, nach vorne stürmt und Ragnar anknurrt, er solle sich zurückhalten. Aber ich bin zu sehr damit beschäftigt, zu stöhnen, als ob das, was zwischen uns explodiert, magisch wäre.

Er gleitet mit seinem Mund zu meinem Hals hinunter und knabbert an dem weichen Fleisch zwischen meinem Hals und meiner Schulter. Scharfe Zähne durchbrechen die Haut, und er beißt in das Fleisch.

"Au!", wimmere ich, während meine Muschi durch den Orgasmus zuckt. Ragnar schlürft mein Blut, vergräbt seine Zähne in mir und pumpt immer noch seinen Samen in mich, als wäre es ein endloser Vorrat. Und dann spüre ich, wie er in mir immer dicker wird, wächst.

Meine Wölfin stöhnt und strampelt in mir, kämpft gegen den Biss, gegen Ragnar. Und ich weiß nicht, worauf ich mich konzentrieren soll, denn es passiert so viel auf einmal.

Unglaubliches Vergnügen.

Scharfer, schneidender Schmerz.

Und meine Wölfin, die versucht, sich ihren Weg aus mir herauszukrallen.

Ich bekomme Panik, denn zu allem Überfluss verknotet sich Ragnar auch noch in mir. Ich weiß das, ich habe davon gehört, wie die Spitze eines Alphas anschwillt und meine Muschi sich um ihn herum zusammenzieht. Er sitzt in mir fest und kann nicht heraus, bis wir uns beruhigt haben. Aber das zu erleben, macht mir eine Heidenangst. Es ist ein seltsames Gefühl, wenn sich etwas in mir ausdehnt.

Ich schlage gegen ihn, während der Schmerz in meinem Nacken sticht. Es ist zu viel ... alles ist zu viel.

"Ragnar, ich kann das nicht tun. Lass mich gehen, bitte."

Er zieht sich von meinem Hals zurück und leckt sich die blutigen Lippen. "Atme tief durch, kleine Füchsin. Du wirst wieder gesund." Er stöhnt, und ich spüre, wie er mich immer noch mit seinem Samen überflutet. "Wie fühlt sich deine Wölfin jetzt?"

Ich brauche einen Moment, um seine Worte zu verstehen und die Angst zu ignorieren, die mich zerreißt. Ich suche tief in mir, um sie zu finden, und sie ist da und jammert nach Ragnars Verbindung. Meine Gedanken gehen automatisch zu Martell, um ihre Reaktion zu sehen, aber da ist nichts.

Ich blinzle ihn an. "Ich glaube, es hat funktioniert."

"Natürlich hat es das." Er lächelt und legt eine Hand auf meinen Rücken, mit der anderen hebt er uns vom Boden ab. Er kniet und ich sitze auf ihm, sein riesiger Schwanz steckt noch immer in mir.

Der Puls zwischen meinen Schenkeln pocht, weil ich ihn tief in mir vergraben habe.

"Ich werde meine Versprechen immer halten", sagt er und küsst mein Kinn. "Ich werde dir nicht wehtun, und deine Wölfin wird in ihrer Sehnsucht nach deinem Schicksalsgefährten erweichen. Für den Moment sind wir aneinandergebunden, aber verdammt, Narah, du bist so eng, ich könnte wieder kommen."

Ich lecke mir über die Lippen, kann kaum atmen, und mein Körper kribbelt, als er mit seinen Fingern über meine Wirbelsäule fährt. Seine Hand schlängelt sich um meine Taille und hinauf zu meiner Brust, wo er eine mit seiner großen Handfläche umfasst.

"Wie lange dauert es, bis wir uns trennen können?", flüstere ich und merke erst jetzt, dass die Bewegung tief in mir unergründliche Wünsche weckt. Meine Aufmerksamkeit richtet sich auf das Feuer zwischen uns, und ein leises Knurren ertönt in seiner Brust.

"Du bist so verdammt empfänglich für meine Berührungen." Er atmet schwer, bevor er auf meine Frage antwortet. "Das hängt ganz davon ab, wie oft ich dich noch kommen lasse, während ich in dir bin."

Mein Mund wird trocken. "Ich werde allein durch das hier zum Höhepunkt kommen? Und wenn ich sehe, wo wir sind, sollte das null weitere Male sein, richtig?"

Er grinst, und ich schüttle den Kopf, weil ich es hasse, dass wir hier draußen so verletzlich sind, aber Ragnar scheint das nicht zu beunruhigen.

"Lege dich an mich, kleine Füchsin. Lass deinen Körper entspannen, das wird dir helfen."

Ich tue, worum er mich bittet, schlinge meine Arme um ihn und schmiege mein Gesicht an seine Halsbeuge. Seine Haut ist weich an meinen Lippen, und alles an ihm riecht einladend - moschusartig und sexy - als würde es mir gehören. Ich schäme mich nicht für das, was wir getan haben. Ich fühle mich angebetet und verehrt. Ragnar ist ein faszinierender Liebhaber, aber ich mache mir Sorgen, ob ich ihm meine Schwäche für ihn zeige, wenn ich mich ihm hingebe. Jede seiner Berührungen entzündet alle meine Nervenenden.

Er ist großartig, und ich kann nicht leugnen, dass er nach mir ruft. Aber er kann nicht mein Gefährte sein. Nicht, wenn ich versuche, vor einem zu fliehen.

Seine Hand streichelt sanft über meinen Rücken, was die Anspannung lindert. "Du warst heute perfekt." Er küsst zärtlich meine Schulter.

Wir halten uns so lange, bis er so weit abgeschwollen ist, dass er aus mir rausrutschen kann. Dann, als wir beide völlig erschöpft sind, hebt er mich hoch und trägt mich dorthin zurück, wo die anderen Männer ihr Lager aufgeschlagen haben. Sie sind am Fluss und angeln, und als mir die Augen zufallen, legt mich Ragnar ans Feuer und deckt mich mit einer Decke zu.

Er streicht mir die Haare von der Stirn, und ich bin kurz davor, ohnmächtig zu werden, als die letzten Worte, die ich höre, lauten: "Vielleicht behalten wir dich ja doch."

ACHTZEHN

Ragnars Worte sind alles, woran ich die ganze Nacht und den größten Teil des Morgens gedacht habe, nachdem wir gestern tollen Sex gehabt haben.

Vielleicht behalten wir Sie ja doch.

Das war nicht Teil unserer Abmachung, und deshalb schlief ich kaum, vor Verwirrung, vor Wut, vor dem Kampf mit meinen eigenen Gefühlen, die mich zu ihm hinzogen, ... während er wie ein Bär grunzte. Die ganze Zeit über kämpfte mein Inneres zwischen dem Hass auf ihn, weil er dachte, er könne so eine Entscheidung treffen, und dem unbändigen Verlangen, das mich jedes Mal überkam, wenn ich mich an unsere gemeinsame Zeit erinnerte.

Seine Lippen.

Seine Berührung.

Sein Schwanz in mir.

Scheiße!

Ich hätte wissen müssen, dass es eine schlechte Idee war, aber ich bezweifle, dass ich etwas ändern würde, wenn ich die Möglichkeit dazu hätte.

Deshalb bin ich wütend ... mehr auf mich selbst, dass seine bloße Anwesenheit nach mir ruft. Die einzige andere Person, die das jemals mit mir gemacht hat, war Martell, also was auch immer zwischen Ragnar und mir vor sich geht, tut meinem Kopf weh. Ganz zu schweigen davon, dass ich mich nach unserem Sex so entspannt an ihm gefühlt habe, dass ich in seinen Armen eingeschlafen bin.

Natürlich war es eine schreckliche Idee gewesen, mit ihm Sex zu haben, und natürlich wusste ich es besser, aber ich bin der Schwäche erlegen. Und zu meiner Verteidigung: Einen Alpha wie Ragnar zu ignorieren, ist fast unmöglich. Ob es nun sein unwiderstehlicher Körper ist, sein Duft, die Art, wie er mich berührt, oder einfach die Tatsache, dass er mir mit seiner Verlockung keine Wahl lässt.

Aber ich mache niemandem etwas vor. Ich ging diese Bindung mit ihm mit offenen Augen ein, genau wissend, was ich tat, und ich hasse mich dafür, jeden einzelnen Moment davon geliebt zu haben. Ich habe es getan, um ein Monster aus meinem Leben zu tilgen, aber habe ich es schlimmer gemacht?

Meine Wölfin hat sich endlich mit ihrer Sucht

nach Martell abgefunden, das ist doch schon mal was, oder?

Ich schiebe den Riemen meiner Tasche über meine Schulter, was einen scharfen Schmerz in meinem Arm verursacht. Ich zucke zusammen und richte ihn über der Bisswunde, die Ragnar mir zugefügt hat, neu aus. Die Wunde ist zwar verheilt, aber sie hat dunkle Zahnabdrücke hinterlassen, wo er mich verdammt noch mal gebissen hat.

Meine Hand streift über die Stelle unter meinem Hemd, die unter den Fingerkuppen noch immer nicht verheilt ist.

Es war der einzige Weg, meine Wölfin zu zähmen, indem ich ihr Dominanz zeigte. Aber jetzt mache ich mir Sorgen, dass ich meine Wölfin in die Irre geführt habe. Und diese Frustration und Sorge bringt mich an den Rand der Tränen. Ich bin aus dem Rudel geflohen, um meine Schwestern und mich zu retten, und jetzt bin ich das Problem, denn ich kann nicht aufhören, mich zu diesen Alphas hingezogen zu fühlen, die anscheinend denken, ich gehöre zu ihnen.

Ich werfe einen Blick auf Ragnar, der einige Meter rechts von mir mit zurückgezogenen Schultern durch den Wald schlendert, und als sein Blick meinen trifft, zwinkert er mir zu und bringt mich auf der Stelle zum Schmelzen.

"Geht es dir gut?", fragt er.

Ich nicke und schenke ihm ein sanftes Lächeln. Meine Wölfin erwacht sofort durch seine Aufmerksamkeit und winselt, ich solle näher zu ihm hingehen, mich wieder mit ihm verbinden und einfordern, was uns gehört. Ragnar bestand darauf, dass das Zeichen sie von Martell ablenken würde und ich die Verlockung, die er auf sie ausübt, nicht mehr spüren würde.

Aber warum verstärkt sich dann der Schmerz in meiner Brust nach Ragnar, warum wächst mein Wunsch, dass er mir die Kleider vom Leib reißt und mich fickt? Diese Gefühle überwältigen mich und erinnern mich sehr an die Sehnsucht, die ich für Martell empfand.

Was ich nicht bereue, ist, dass ich meine Jungfräulichkeit an Ragnar verloren habe, weil ich ihn lieber mag als einen anderen Alpha, der mich verletzen würde ... denn unter all der Dominanz gibt es eine Sanftheit in Ragnars Seele. Etwas, das er vor allen anderen streng geheim hält.

Genau wie ich, wurde er von seiner Schicksalsgefährtin zurückgewiesen, und vielleicht ist es das, was mich zu ihm zieht. Dass wir beide ähnliche Qualen und Peinlichkeiten teilen. Ich würde ihn gerne darüber ausfragen, was mit ihm passiert ist, aber ich habe mein Glück bereits bei den anderen

Männern versucht, also denke ich, dass er es mir sagen kann, wenn er bereit ist.

Ich senke den Kopf, nachdem ich bemerkt habe, dass ich unbewusst näher an Ragnars Seite gegangen bin, und entferne mich wieder ein paar Schritte.

Crius schlendert auf meiner anderen Seite und bricht in ein Pfeifen aus, während Stone und Nikos hinter mir kein Wort sagen. Tatsächlich gehen sie mir seit heute Morgen aus dem Weg. Ich kann nicht sagen, ob sie immer noch sauer auf mich sind wegen der ganzen Geheimnistuerei oder ob sie Ragnar und mich tatsächlich auf dem Feld gesehen haben.

Es ist mir egal. Es sollte mir egal sein.

Mit einem tiefen Einatmen verdränge ich meine gemischten Gefühle. Dass ich in Ragnars Gegenwart fast augenblicklich erregt bin, dass ich Stone und Nikos erdrosseln möchte, damit sie aufhören, mich zu hassen. Und dass ich von Crius gerne mehr darüber erfahren würde, warum er glaubt, dass er es verdient hat, tot zu sein.

Alles an ihnen ist geheimnisvoll, und ich habe Dinge über sie entdeckt, die ich nie hätte entdecken sollen, denn jetzt fühle ich mich teilweise involviert. Okay, mehr als das.

Scheiße! Mach *deinen verdammten Kopf frei, Narah, und konzentriere dich nur auf die Mission. Nicht*

auf Ragnar und seinen riesigen Schwanz oder irgend-
einen der Wikinger-Alphas.

Auftrag.

Schwestern.

Freiheit.

Ich atme laut aus, versteife meine Wirbelsäule und wiederhole diese Worte in meinem Kopf.

Das Sonnenlicht brennt hell über meinen Kopf und meinen Schultern, und der Wald ist anders in diesem Teil des Waldes. Die Bäume sind größer, voller riesiger Blätter und roter Kugelfrüchte, und die Luft riecht auch frischer. Wir gehen durch den Wald, meine Hände sind voller Magie, aber in diesem Teil des Waldes gibt es nichts außer Schönheit.

"Fühlt es sich für euch auch so an, als hätten wir die giftigen Wälder hinter uns gelassen?", frage ich und nehme die malerische Landschaft um uns herum in Augenschein. Vor uns sehe ich ein kleines Reh, das über unseren Weg hüpft.

"Wir befinden uns definitiv an einem anderen Standort", stimmt Crius zu.

"Spürst du etwas, Narah?", fragt Ragnar.

Ich schüttle den Kopf und stolpere über einen Ast, als ich meinen Blick etwas zu lange auf seinem dunklen Haar verweilen lasse, das über sein Gesicht flattert, und darauf, wie schön er ist.

Er fängt meinen Arm auf und verhindert, dass

ich stürze und mich zum Gespött mache. "Vorsichtig, kleine Füchsin."

Mein Puls rast, und allein bei seiner Berührung brüllt meine Wölfin vor Verlangen. Mein Atem geht stoßweise bis in die Lungen, und ich ziehe mich schnell zurück.

"Geh vielleicht in meiner Nähe", schlägt er vor.

Während ich Ragnars Blick festhalte, versuche ich, mein vernebeltes Gehirn zu klären. Meine Wölfin ist da, knapp unter der Oberfläche meiner Brust, und schnuppert seinen erdigen, moschusartigen Duft, begierig nach seiner Aufmerksamkeit.

Seine Augen sind intensiv, während er meinen Körper abtastet, und zwischen meinen Schenkeln pocht der Puls. Eine Gänsehaut breitet sich auf meiner Haut aus. Ich bin noch unersättlicher für ihn als zuvor, aber er starrt mich mit demselben ausgehungerten Bedürfnis an.

Daraufhin durchströmt mich ein Flackern der Lust, und ein Teil von mir fragt sich, ob ich ihn vielleicht wegzerren und mich wieder mit ihm vergnügen könnte. Aber dieser Gedanke macht mir auch Angst. Ich bin jetzt überzeugt, dass das, was er mit mir gemacht hat, nicht nur eine einfache Verbindung war, um meine Wölfin zu verwirren. Verdammt, er hat mich auch verwirrt.

Aber mit dieser Komplikation will ich mich jetzt nicht befassen. Ich will nur diese Mission abschließen und mich später um den Rest kümmern.

"Was ist hier los?", fragt Crius, und als ich den Blick hebe, erröten meine Wangen, denn ich bin sicher, dass er meine Reaktion auf Ragnar bemerkt hat.

Aber als ich zu ihm schaue, sieht er mich nicht einmal an. Seine Aufmerksamkeit gilt etwas vor uns, und ich schaue auch in diese Richtung.

Zwischen den Bäumen sind in der Ferne zwei brennende Fackeln zu sehen. Sie flankieren ein schattenhaftes Tor, und zu beiden Seiten erstreckt sich ein hoher Zaun aus Ästen, die wie Schlangen ineinander verschlungen sind. Es gibt keine Hindernisse für den Zugang und niemand ist in Sicht.

Ich halte zusammen mit den Männern inne, und Stille bricht über uns herein. Wenn dies der Ort ist, an dem die Hexen leben, ist es nicht das, was ich erwartet habe. Obwohl ich in Wahrheit keine vorgefasste Meinung hatte, außer dass es größer sein würde. Größer. Mächtiger.

"Hier wohnen sie also?", fragt Stone.

"Ich weiß es nicht", antworte ich und rieche den Duft von brennendem Holz aus einem Feuer in der Nähe.

"Es ist wahrscheinlich ein Labyrinth", murmelt Nikos.

"Gehen wir also drumherum oder hinein?", fragt

Crius, und die ganze Aufmerksamkeit richtet sich auf Ragnar.

Er streicht sich mit der großen Handfläche durch das Haar, die Lippen zusammengepresst, und sieht mich an. "Was schlägst du vor?"

Mir stockt der Atem.

"Ich werde mich zuerst umsehen", antworte ich. "So ist es sicherer, wenn man bedenkt, wie der letzte Zauber verlaufen ist."

"Das wird nicht passieren", knurrt Stone, und ich kann nicht sagen, ob seine Worte aus Misstrauen oder aus Sorge, dass ich verletzt werden könnte, stammen.

"Am besten gehst du nicht allein", bekräftigt Ragnar, und das ist kein Argument, das ich hören will. Wenn sie darauf bestehen wollen, gut.

Ich lasse meine Tasche auf den Boden fallen, froh, den Druck auf der Bisswunde zu lindern, und in dem Moment marschiert Nikos an uns vorbei. Er legt den Weg schnell zurück und hat nicht vor, langsamer zu werden.

Mein Puls dröhnt in meinen Ohren. "Nikos, das ist keine gute Idee." Meistens verstehe ich seinen sturen Arsch nicht.

"Ich schaffe das", knurrt er, und seine Arroganz macht mich wütend.

Ich eile vorwärts und hole ihn ein. Als wir ein gutes Stück vom Rest der Gruppe entfernt sind, starre ich ihn an. "Was zum Teufel ist los mit dir? Was, wenn du in einen Zauber hineinläufst? Bist du immer noch sauer wegen der Sache mit dem Bären? Ich wollte dein blödes Geheimnis nicht hören, okay, also komm drüber weg. Nächstes Mal lasse ich dich auf jeden Fall sterben."

Ich stürme auf den Eingang zu und bin es leid, mich mit so vielen Gefühlen auseinanderzusetzen. Das ist nicht der Zustand, in dem ich sein will, wenn ich womöglich mit den Hexen in Kontakt komme. Ablenkung wird uns alle umbringen, aber diese Alphas machen mich wahnsinnig.

Nikos ist in Sekundenschnelle neben mir, sein Schatten wirft sich über mich, seine Finger schlingen sich um meinen Arm und bringen mich zum Stillstand. "Du irrst dich, wenn du glaubst, dass dies irgendetwas mit dem letzten Zauberspruch zu tun hat."

Ich runzle die Stirn, und zwischen uns herrscht eine seltsame Stille, während mein Verstand sich beruhigt und versucht, seine Worte zu verstehen. Mir fällt nur ein Grund ein, warum er wütend auf mich sein könnte. "Ich weiß nicht, was ich sagen soll. Ragnar hat mir mit meinem Wolfsproblem geholfen."

Seine Kinnlade krampft sich zusammen. "Ich rede nicht davon, dass du und er ficken, denn was du nicht weißt, ist, dass wir in diesem Rudel alles teilen.

Was Ragnar gehört, gehört uns allen, und das bedeutet, dass jeder von uns jetzt eine Kostprobe haben will. Aber das ist es nicht, worauf ich sauer bin."

Ich blinzle ihn an, verblüfft über seine Offenbarung, und möchte schreien, weil ich dem nie zugestimmt habe. "Du irrst dich, denn was mit Ragnar und mir passiert ist, war eine einmalige Sache, um meine Wölfin zu kontrollieren."

Er lacht verbittert. "Sag mir, Narah, wie reagiert deine Wölfin heute Morgen auf Ragnar? Er hat dich markiert, nicht wahr? Du weißt, dass dich das an einen Alpha bindet, ob ihr nun ein Paar seid, oder nicht? Solange du dieses Zeichen trägst, wirst du dich immer nach ihm sehnen."

Ich schüttele den Kopf, während mich Panik überkommt. Nach Martell bin ich nicht bereit, mir Hoffnungen zu machen und sie wieder zu zerstören. Ich wende meinen Blick zu Ragnar, der uns genauso aufmerksam beobachtet wie die beiden anderen Alphas.

"Du hast die Wahl, ob du auch den anderen erlaubst, dich zu markieren, so wie du es Ragnar erlaubt hast."

Die Härchen in meinem Nacken versteifen sich. Das geht alles viel zu schnell. Ich bin nicht auf diese Mission gekommen, um vier Partner zu finden, die mich nach ihnen schmachten lassen. Ich muss vorrangig meine Schwestern finden.

"Bitte, hör jetzt auf zu reden."

Der Wald wirbelt um mich herum, während Wut in mir aufsteigt. *Dieser Bastard.* Das ist nicht das, was ich wollte, außer dass er gesagt hat, ich würde mich nicht mehr nach ihm sehnen ... oder meinte er, ich würde mich nur nicht mehr nach Martell sehnen, sondern in Wirklichkeit nach ihm sabbern? Ich weiß es nicht, aber ich fühle mich plötzlich unwohl. Ich muss das mit Ragnar klären, ich muss die Wahrheit aus seinem Munde hören. Mir ist jetzt schon mulmig zumute, weil er mir nicht alles gesagt hat.

Wenn ich Nikos ansehe, lächelt er nicht, er scheint nicht glücklich darüber zu sein, mir das Gefühl zu geben, dass die Welt sich öffnen und mich verschlucken will.

Ich habe kein Vertrauen in diese Alphas. Je mehr ich sie kennenlerne, desto mehr stelle ich alles infrage. Was Crius vorhin gesagt hat, wird immer erschreckender. Diese vier Alphas sind gebrochen, und wenn ich es zulasse, werden sie mich mit in den Abgrund der Hölle reißen.

Er runzelt die Stirn, während meine Gedanken verschwimmen. Um meine Schwestern zu finden, muss ich die Hexen ausfindig machen und dann von hier verschwinden, weg von diesen Männern. Abstand muss die Lösung sein.

Die Bisswunde an meiner Schulter erinnert mich an meine missliche Lage.

"Dann sag mir", sage ich, "was zum Teufel hat dich so wütend gemacht? Was könnte ich jetzt getan haben, dass du mich hasst?"

"Denkst du, ich hasse dich?", fragt er, und sein sanfter Ton überrascht mich. Ich erinnere mich an unseren Kuss in unserer ersten Nacht in den giftigen Wäldern, wie er mich in seinen Bann gezogen hat, in jeder erdenklichen Weise. "Du irrst dich, Narah. Es ist die Tatsache, dass ich nie dazu bestimmt war, mich um dich zu kümmern oder mich darum zu scheren, ob du stirbst. Stattdessen stelle ich meine eigenen Entscheidungen infrage, um sicherzustellen, dass ich an deiner Seite bleibe. Wie beschissen ist das denn?" Seine Schultern spannen sich an, aber er schaut nicht weg.

Hitze dringt in meine Brust und breitet sich dort aus. Er will so sehr mit mir zusammen sein, dass er es in Ragnars Rudel nicht aushält? Wir sind von Anfang an aneinandergeraten, und sicher, ich bin seinem Aussehen und seiner Dominanz zum Opfer gefallen, und die Tatsache, dass er ein Ausgesto-ßener wie ich ist, lässt mich ihn mehr mögen, als ich sollte. Aber seine Offenbarung ist nicht das, was ich erwarte.

Ich sauge die kühle Luft ein und schüttle den Kopf, weil er verwirrt sein muss. "Nein, sag so etwas nicht, wenn es nicht wahr ist. Ich werde euch alle verlassen, sobald das hier vorbei ist. Das war die Abmachung. Sonst nichts."

Die Worte von Ragnar kommen mir wieder in den Sinn. *Vielleicht behalten wir dich ja doch.*

"Das ist es, was mich ankotzt. Ich will niemanden, aber dann stürmst du in unser Leben."

Ich kann meine Stimme nicht finden, weiß nicht, wie ich ihm antworten soll. Vielleicht spielen diese Wälder wieder mit unserem Verstand. Wir greifen nach den Menschen in unserer Nähe, um nicht zugeben zu müssen, dass dieser Ort uns eine Heidenangst einjagt.

Ich bekomme keine Luft mehr in die Lunge, während ich versuche, alles zu verarbeiten. Aber es ist zu viel, und nichts kommt zur Ruhe.

"Ich muss gehen", murmle ich und eile zum offenen Eingang, ich brauche Luft, will allein sein, um nachdenken zu können.

Die Teile um mich herum weigern sich, an ihren Platz zu fallen, dass ich tun sollte, was ich will. Ich tue das für meine Schwestern, warum also begehre ich diese Männer? Warum hasst ein Teil von mir Ragnar nicht dafür, dass er mich für sich beansprucht, während der Rest von mir Angst hat, dass er mich irgendwann abstößt, wenn er genug von mir hat?

Ein Stich durchzuckt meine Brust, eine verletzte

Resignation darüber, dass ich in diesen Schlamassel hineingeraten bin, weil ich einen Deal mit Ragnar gemacht habe, um meine Schwestern zu finden.

Nikos stellt sich wortlos neben mich, und wir beide begeben uns mit schweren Gedanken auf unbekanntes Terrain.

"Vergiss, was ich gesagt habe", murmelt er.

"Glaubst du wirklich, dass es so einfach ist?" Ich wünschte, ich könnte die ganze verdammte Mission vergessen.

Er wirft mir einen schiefen Blick zu und richtet dann seine Aufmerksamkeit auf das offene Tor vor uns. Die hoch aufragende Mauer, die sich zu beiden Seiten erstreckt und im Wald verschwindet, liegt bedrohlich inmitten der Bäume. Das offene Tor besteht aus verdrehtem und knorrigem Holz, an den Spitzen der Tür ragen spitze Holzstücke in den Himmel. Mir läuft es eiskalt den Rücken herunter, aber dafür sind wir ja hergekommen.

Das Knirschen von Laub ist hinter uns zu hören, und ich drehe mich um, um Stone zu sehen, der sich zu uns gesellt. "Ich dachte, du könntest ein weiteres Paar Hände gebrauchen, aber ich wollte dir erst einmal Raum geben, um den Zoff mit deinem Liebhaber zu klären." Er wirft einen Blick zu Nikos, dann zu mir. In seinen Worten schwingt Heiterkeit mit, und ich kann nicht sagen, ob er sich über uns lustig macht oder ein eifersüchtiger Arsch ist. In dem

Moment bemerke ich das blaue Leuchten seiner Runen unter seinem weißen Hemd, und trotz seiner Unhöflichkeit bin ich froh, ihn an meiner Seite zu haben.

"Okay gehen wir rein", sage ich.

Wir treten über die Schwelle, und ein Schauer läuft mir über den Rücken. Goldene Linien der Macht tanzen wie wild über meine Finger, das scharfe Kribbeln der Magie läuft meine Arme hinauf.

"Lasst mich zuerst eintreten", sage ich ihnen.

In dem Tor stehe ich vor einer weiteren Mauer aus verschlungenen Ästen, die so hoch ist, dass man sie nicht einfach durchbrechen kann. Zu beiden Seiten von mir befindet sich ein schmaler Pfad, der sich zwischen den beiden Mauern befindet. Beide erstrecken sich über eine Länge von fast zwei Metern und verschwinden dann in einer Kurve außer Sichtweite.

Als ich zu den Männern hinüberblicke, die mir gefolgt sind, deutet Stone mit der Hand an, dass Nikos und ich nach rechts gehen sollen, während er die linke Seite übernimmt.

Wir bewegen uns hastig, bis wir um die Kurve gehen.

Ich bleibe wie angewurzelt stehen, mein Herz schlägt mir bis zum Hals, als wir auf eine riesige Öffnung starren, die sich in ein riesiges offenes Land ergießt. Es gibt Dutzende von kleinen Holzhütten, hohe Bäume, mit Häusern, die in die starken Äste gebaut sind, und Menschen, die sich dort herumtreiben, Männer und Frauen, zusammen mit Kindern. Familien leben in der Sicherheit dieser Mauern, und plötzlich macht sich in meiner Brust Panik breit, was Ragnar hier vorhat.

Magie krallt sich in meinen Rücken, und mein Atem geht zu schnell. Eine unsichtbare Kraft zerrt mich an meiner Brust nach vorne, um das Gelände zu betreten und mich ihnen anzuschließen, aber ich grabe meine Fersen in den Boden, weil ich Angst habe, mich zu bewegen.

"Verdammt ja, wir haben sie gefunden", flüstert Nikos neben mir. "Ich muss die anderen holen."

"Nein, warte!", sage ich, aber er sprintet bereits den Weg zurück, den wir gekommen sind, und von Stone ist keine Spur zu sehen. Ein kalter Schauer läuft mir über den Rücken.

Irgendetwas stimmt da nicht. Warum sollte der Eingang zum Hexenzirkel nicht besser bewacht sein? Das ist zu einfach ... es ist eine Falle. Es muss eine sein.

Ich kehre zu dem kleinen Dorf zurück, aber stattdessen stehe ich jemandem gegenüber, der vor Sekunden noch nicht da war.

Eine junge Frau mit zwei schwarzen Strichen auf den Wangen und zwei weiteren auf der Stirn und rötlichem, lockigem Haar, das ihr über die Schultern fällt. Sie begrüßt mich mit einem finsteren Lächeln, aber ich verliere mich in ihren völlig weißen Augen.

Ich zucke zurück und stolpere von ihrem ausgestreckten Arm weg.

Sie kommt näher, und ihre Worte dringen in mich ein. "Du hast es endlich geschafft."

NEUNZEHN

Narah geht mir nicht aus dem Kopf. Sie dringt in jeden Zentimeter von mir ein, und ich bin wie besessen. Ich spüre noch immer ihren weichen Körper unter mir, höre ihre sexy Laute, schmecke sie auf meiner Zunge. Sie ist köstlich, und ich ahnte von Anfang an, dass es kein Zurück mehr geben würde, wenn ich es mit ihr zu weit treiben würde.

Ich wusste es, aber ich konnte nicht aufhören. Und als ich den Hunger in ihren Augen sah, fiel ich. Sie hat mir das Geschenk gemacht, ihr Erster zu sein, und dafür werde ich für immer ihr gehören. Jetzt muss ich sie nur noch davon überzeugen.

Die Grenze zwischen meiner Mission und Narah verschwimmt mit jedem Tag, und das löst in meinem Kopf den Alarm aus, dass ich die Kontrolle verliere.

Ihr bei ihrem Paarungsproblem zu helfen, war ein echter Grund meinerseits, aber ein weiterer Grund war, diesen Schwanz aus ihrem Kopf zu entfernen. Der Gedanke, dass er ihre Gedanken verzehrt und die Aufmerksamkeit ihrer Wölfin auf sich zieht, zerriss mich. Es trieb mich in den Wahnsinn, und wären wir nicht in diesen verfluchten Wäldern, stünde ich bereits vor seiner Tür und würde ihm den Kopf von seinen verdammten Schultern reißen.

Als sie mir erzählte, dass er versucht hat, sie zu töten, schien es, als wäre eine unsichtbare Klinge in mein Herz gestoßen worden, und sie ist seitdem dortgeblieben, hat sich mit meinem Schmerz und meiner wachsenden Wut vereint. Ohne es wirklich zu wollen, packt mich das Verlangen nach ihr an den Eiern. Mit ihr sehne ich mich danach, sie zu beanspruchen, bis ich spüre, wie sie bei meiner Berührung zerbricht.

Für sie würde ich einen Krieg beginnen, meine Seele verkaufen, die Kontrolle verlieren. Sie verzehrt mich bis zum Wahnsinn, und ich sehne mich nach so viel mehr. Das Blut rast durch meinen Körper, mein Adrenalin ist unerbittlich.

Ich verliere den Verstand, und jetzt kann ich nur noch beten, dass wir im Land der Hexen angekommen sind, um die Mission zu beginnen. Um den wilden Sektor in Besitz zu nehmen und Narah an unserer Seite zu haben. Sie erinnert mich an etwas in mir, an den Teil meines Herzens, der wie wild um den Sieg kämpft, und ich bewundere ihre Hartnäckigkeit, ihre feurige Leidenschaft.

Mein Schwanz zuckt nach ihr. Nachdem ich sie markiert habe, hat sich etwas zwischen uns verändert. Es hat uns auf eine Weise verbunden, die ich nie erwartet hätte, und ich will mehr. Ich brauche verdammt noch mal mehr.

"Alles in Ordnung?", fragt Crius und blickt in meine Richtung. "Du grunzt so komisch."

Die Wut kocht hoch, aber jede Reaktion, die ich beabsichtigt hatte, wird durch den schrillen Pfiff von der anderen Seite des Waldes zunichtegemacht.

Ich bin angespannt und hebe meinen Kopf zum Eingangstor vor mir.

Nikos und Stone winken uns heran. Mein Puls rast und ich bin bereit zu kämpfen, bereit, nicht mehr in diesen verdammten Gefühlen zu ertrinken.

"Das ist es", gurrt Crius und hüpft dabei fast auf den Zehenspitzen. Sein Kiefer krampft sich zusammen, und brennende Energie strahlt von ihm aus.

"Beruhige dich", sage ich und lege ihm eine Hand auf die Schulter. "Heb dir das für den richtigen Zeitpunkt auf. Bis dahin, verliere nicht den Kopf."

Er nickt, und als er meinen Blick erwidert, sind

seine Augen wild vor Adrenalin, von dem Eifer, von den Göttern gesegnet zu werden. Mein Griff wird fester. Er ist schon so lange an meiner Seite, dass ich ihm bedingungslos vertraue. Und mit den Hexen ist er unser Geheimplan, falls etwas schiefgeht. Obwohl ich bete, dass es nicht so weit kommt, denn ich bin nicht bereit, meinen besten Freund zu verlieren.

Bei dem Gedanken balle ich meine Hände zu Fäusten. Das muss auf meine Art funktionieren.

Wir durchqueren den stillen Wald mit langen Schritten, der Geruch eines Feuers liegt in der Luft. Ich scanne den Eingang, wo die beiden anderen stehen. "Wo ist Narah?", frage ich und stelle fest, dass sie nirgends zu sehen ist. Die beiden schauen hinter sich und am Eingang vorbei, dann wieder zu mir.

"Sie ist gerade drinnen. Aber Ragnar, wir haben das große Los gezogen. Die Hexen sind hier, so viele von ihnen. Verdammt, wir haben es dorthin geschafft, wo niemand sonst war." Die Runen auf Stones Brust leuchten in einem hellen Blau.

Ich räuspere mich, mein Puls brennt, ich will es hinter mich bringen, und doch kann ich nur daran denken, Narah in Sicherheit zu bringen. "Okay, wir kennen also den Plan. Wir behalten Narah in unserer Nähe. Seid ihr bereit, einen Pakt mit dem Teufel einzugehen?"

"Scheiße, ja!", knurrt Nikos. Stone nickt,

während Crius schnell und flach atmet und sich sein Blick verfinstert.

"Los geht's." Ich marschiere am Eingang vorbei und lasse meinen Blick nach links und rechts schweifen. Keine Spur von Narah, was mir einen Schauer über den Rücken jagt.

"Sie war gerade dort." Nikos deutet nach rechts, und ich gehe einen Gang entlang, der von hohen Wänden aus dicht geflochtenen Ästen flankiert wird. Doch meine Gedanken verdunkeln sich, als ich um die Biegung biege und vor einer offenen Lichtung stehe. In der Ferne sind Bäume und Hütten zu sehen, aber mein Blick fällt auf eine Hexe mit feuerrotem Haar, die Narah am Arm in Richtung des Dorfes zieht.

Ein besitzergreifendes Knurren entringt sich meiner Kehle. Nur über meine Leiche werden sie mir Narah wegnehmen.

Ich blicke zu meinen Männern hinter mir, die mir den Weg weisen, und in Sekundenschnelle stürmen wir ihnen hinterher, das Feuer im Nacken.

Narah

"BLEIB UNTEN!" Die Hexe stößt mich mit unglaublicher Kraft zu Boden, und ich bin nicht so dumm, zu glauben, dass das nur Muskelkraft ist ...

sie setzt ihre Macht ein. Meine Haut kräuselt sich, die Haare in meinem Nacken stellen sich auf, und Magie strömt über meine Finger. Selbst das Land zittert unter meiner Berührung, die ganze Gegend ist ein Leuchtfeuer mächtiger Verzauberung.

Ich beiße meinen Kiefer zusammen, obwohl mich Panik durchströmt, wie leicht wir in eine Falle getappt sind. Wie ich es besser wusste, mich aber von vier hinreißenden Alphas ablenken ließ.

Ich drehe meinen Kopf zurück und erwarte, dass die rothaarige Hexe mich angreift, aber stattdessen beobachtet sie vier riesige Gestalten, die vom Eingang her auf uns zustürmen.

Mein Magen verhärtet sich angesichts der entgegenkommenden Kraft.

Meine Wikinger!

Ich bin verzweifelt, weil ich weiß, dass es schlecht für sie ausgehen wird, dass sie die Hexen unmöglich besiegen können. Die Macht, die ich spüre, ist astronomisch - wie können sie sich gegen einen so mächtigen Hexenzirkel verteidigen? Anfangs war es mir egal, was mit ihnen passiert, aber jetzt ... verdammt. Jetzt sterbe ich innerlich bei dem Gedanken, dass sie tot sein werden.

Dennoch bewegen sie sich blitzschnell über das offene Land.

Ragnar führt den Angriff an, und mein Herz schlägt mir bis in den Brustkorb. Die Art und Weise, wie er sich bewegt, hat etwas Wildes, Animalisches. Es ist fast raubtierhaft, tief am Boden, jeder schnelle Schritt ist kalkuliert. Die drei anderen, die genauso tödlich sind wie er, stürmen neben ihm her, bereit, jeden auszuschalten, der sich ihnen in den Weg stellt. Sie sind so, wie ich sie noch nie zuvor gesehen habe, ihre Präsenz summt vor ihrer eigenen Kraft.

Ragnars scharfer Blick verlässt niemals den Feind, die Hexe, die ohne Furcht vor ihnen steht. Es gibt keinen Ort, an dem man sich verstecken kann, weil das Land so weitläufig und ungeschützt ist, wo der Hexenzirkel jeden Eindringling wittern würde. Das sehe ich jetzt. Nach ihren früheren Worten an mich bin ich nun mehr denn je davon überzeugt, dass wir nur deshalb heil in ihrem Dorf angekommen sind, weil sie es zugelassen haben.

Ich stehe gerade auf, als die Hexe einen Arm gegen die sich nähernden Männer erhebt und unverständliche Worte murmelt.

"Halt, tu ihnen nicht weh!", schreie ich.

Plötzlich kräuselt sich die Luft in den Händen der Hexe.

Die Angst, dass sie ihnen etwas antun könnte, durchzuckt mich und ich drehe mich in ihre Richtung. Ohne nachzudenken, stürze ich mich auf die Frau, meine Hände sprühen vor Energie. Ich rufe meine Kraft aus den tiefsten Abgründen meines Inneren. Dunkle, bedrohliche und gewalttätige

Magie peitscht gegen mein Inneres und will alles loslassen. Und das schließt meine Wölfin ein, die knurrend nach Freiheit verlangt. Meine Haut juckt von der Kraft, die sie mir aufzwingt, von der Verzweiflung, herauszukommen.

Ich stoße gegen den Rücken der Hexe, schlage meine Hände an die Seiten ihres Kopfes und lasse alles los, was ich habe. Feuer bricht aus meinen Fingerspitzen hervor und ergießt sich in die Frau.

Sie schreit, bäumt sich gegen mich auf, ihre Hände stürzen sich auf meine. Ich stöhne auf, als die Kraft aus mir herausströmt, und ich tue nichts, um sie zu stoppen, denn die Wut treibt mich an, niemals aufzuhören.

Etwas Scharfes trifft mich so unerwartet mitten in den Rücken, dass ich vor Schmerz aufschreie und rückwärts stolpere, wobei meine Beine unter mir einknicken. Die rothaarige Hexe liegt auf dem Boden, brüllt vor Schmerz und hält sich den Kopf, während ich vor Schmerzen schreie, die im Zickzack über meinen Rücken laufen.

Schatten werfen sich über mich, und ich hebe den Kopf, um drei Frauen um mich herum zu sehen, alle mit ähnlichen Gesichtsmalereien, mit Macht und Wut in ihren Augen. Sie bewegen sich schnell, ohne ein Wort zu sagen, während ich ihnen meine Hände entgegenstrecke und sie mit meiner Kraft zurückstoße. Es kommen noch mehr, und ich schleudere meine Arme, meine Kraft verbrennt alles, was ich berühre. Sie schreien und ziehen sich zurück, nur um von zwei weiteren Hexen abgelöst zu werden.

"Lasst mich los", schreie ich, strample und dränge auf Befreiung.

Ich trete und schleudere Speere aus goldener Magie gegen sie, als sich der eiskalte Kuss des Stahls abrupt von hinten um meinen Hals klammert. Verzweifelt greife ich nach der metallenen Fessel und ziehe an dem Halsband.

"Nimm es mir ab, nimm es ab!", schreie ich und mein Körper zittert vor Wut. Alle weichen vor mir zurück, und da sehe ich, dass die Magie an meinen Händen erloschen ist. Ich habe Angst, dass sie meine Kraft blockiert haben, dass ich nutzlos geworden bin, während sie uns überwältigen.

Erschrocken drehe ich mich auf der Stelle um und will weglaufen, aber da sehe ich, dass die vier Alphas durch eine unsichtbare Kraft in der Luft schweben. Eine andere Hexe hat sie in ihrem Netz gefangen. Sie krallen sich an die Kehle, ihre Gesichter verlieren die Farbe.

Tränen bahnen sich einen Weg über meine Wangen, und ich stürze mich auf Ragnar und greife nach seinen Beinen. Die Berührung versetzt mir einen Stromstoß, der mich zur Seite schleudert. Ich lande auf meinem Hintern, rapple mich aber genauso schnell wieder auf, und unbändige Wut steigt in mir auf.

"Lasst sie frei", schreie ich die Gruppe von Hexen an, eine Ansammlung von Männern und Frauen, die alle amüsiert zusehen. Schwarze Farbe ziert auch ihre Gesichter, was das einzige Element ist, das sie verbindet, denn sie sind normal gekleidet. Keine schwarzen Roben, wie ich sie mir vorgestellt hatte. Aber es ist seltsam, dass niemand von ihnen so dunkle, verbrannte Finger hat wie ich. Niemand.

Aber keiner antwortet mir oder zeigt auch nur ein Fünkchen Mitgefühl für die Notlage der Männer.

Die Luft summt von ihrer Kraft.

"Bitte, tut ihnen nichts", flehe ich und hasse es, jemals vor den Hexen zu kriechen, doch meine Wölfin knurrt in meiner Brust und offenbart mein wahres Wesen. Diese Hexen sind ein Teil von mir, aber ich passe nicht zu ihnen, nicht wahr? Ich bin ein Halbblut, doch die Art, wie sie mich ansehen, ist eher von seltsamer Verwunderung und Belustigung als von Verachtung erfüllt.

"Eindringlinge haben auf unserem heiligen Land nichts zu suchen, vor allem keine Bestien." Eine Frau tritt vor, vielleicht Ende zwanzig, und sie tritt mit einer Autorität auf, die die anderen in ihrer Gegenwart zusammenzucken lässt. Sie ist größer als ich, ihr Haar ist schwarz wie die Nacht und fällt ihr in sanften Wellen über die Schultern. Das schlichte

Kleid, das sie trägt, hat die Farbe von Veilchen und folgt jeder ihrer Kurven. In der Mitte ihrer Stirn hat sie ein schwarzes Mal in Form einer Mondsichel. Mutter hat mir einmal erzählt, dass ein Hexenzirkel von einer Oberhexe regiert wird, und ich kann nur vermuten, dass sie es ist, die sich uns nähert.

"Aber für dich, Narah, werde ich deine einzige Bitte erfüllen." Sie spricht meinen Namen so leicht aus, als ob er ihr schon oft über die Lippen gekommen wäre. Aber woher kennt sie mich?

"Ich bin zum Teil eine Wölfin wie sie, also bin ich auch eine Bestie", erwidere ich.

"Ja, das stimmt, aber ich kann damit umgehen, weil du die Macht hast, die wir wollen." Sie wendet sich an die Hexe, die die Männer gefangen genommen hat, und legt ihr eine Hand auf die Schulter. "Das ist genug."

Die Alphas fallen abrupt aus der Luft.

Sie knurren wütend, als sie auf ihre Hintern fallen, aber nichts hält sie lange unten, und sie stehen in Sekundenschnelle wieder auf. Ich eile an ihre Seite und begegne Ragnars Blick. Das Zittern in seinen Augen beunruhigt mich.

Ich ziehe an der Metallklammer um meinen Hals, aber die Oberhexe antwortet, bevor ich fragen kann. "Hör auf, deine Zeit zu verschwenden, Narah."

"Woher weißt du, wer ich bin?", frage ich und ein Knurren ertönt in meiner Kehle.

Aber es ist Ragnars Stimme, die mitschwingt, als er neben mich tritt und mich mit seiner Präsenz überragt. "Ich berufe mich auf den Lupus-Pakt, die uralte Regel der Magie zwischen Wölfen und Hexen, die eingehalten werden muss, sobald sie beschworen wird."

Seine Worte verwirren mich zunächst, und ich weiß nicht, wovon er spricht. Ich habe noch nie gehört, dass jemand von einem Lupus-Pakt gesprochen hat.

Die Hexe neigt ihren Kopf zur Seite und mustert Ragnar von Kopf bis Fuß. "Hast du einen Namen, Junge?", fragt sie, und ich kann nicht anders, als mich zu fragen, wie alt sie wirklich ist, wenn sie Ragnar anspricht, als wäre sie so viel älter als er.

"Ragnar", sagt er ganz sachlich, seine frühere Aggression ist gebändigt. Es beeindruckt mich, wie gut er sich beherrscht, und ich stelle fest, dass er weder den Namen seines Rudels noch den seiner Eltern preisgibt. Wissen ist Macht für eine Hexe.

"Wie ich sehe, kennst du dich gut mit den alten Methoden aus und hast auch zwei Männer dabei, die die Flamme der Magie tragen. Ich bin beeindruckt."

Zwei? Ich runzle die Stirn und schaue hinter mich zu Stone, dessen Runen blau durch den Stoff seines Hemdes leuchten, aber wer ist der andere? Crius, Nikos?

Crius läuft in einem kleinen Kreis direkt hinter

Ragnar hin und her, aufgeregt und nervös, als ob jeden Moment sein Wolf ausbrechen könnte. Was ist nur los mit ihm?

"Dann weißt du, dass jeder, der sich nicht an dem angekündigten Lupus-Pakt beteiligt, verflucht wird", erklärt Ragnar.

Sie nickt. "Das tue ich. Du kannst mich Lyra nennen. Da du nun meine Aufmerksamkeit hast, Junge, sprich, was du denkst, denn der Grund meines Hierseins geht dich nichts an. Ich sorge mich nur um das Mädchen, und meine Geduld wird langsam knapp."

Auf ihre Worte hin legt Ragnar seinen Arm um meine Taille und zieht mich an seine Seite, was meine Wölfin dazu bringt, nach Freiheit zu streben. Mein Herz flattert bei Ragnars Berührung, bei seiner Besitzergreifung.

"Nur damit das klar ist: Sie gehört zu mir", sagt er und hebt das Kinn, die Brust herausgestreckt. "Außerdem haben mein Rudel und ich den wilden Sektor für uns beansprucht, einschließlich dieses Waldes, und als Teil unserer Herrschaft werden wir deinen Zirkel in Ruhe lassen. Keine Hexe wird unter meiner Herrschaft zu Schaden kommen. Haben wir eine Vereinbarung?"

Stille durchdringt die Luft. Mein Atem geht schnell, und meine Wölfin ist da und drängt sich gegen mich, um zu entkommen, aber im Moment brauche ich meine Magie und nicht sie. Panik kräuselt sich unter meinem Brustbein. Ich hatte keine Ahnung von Ragnars Plan, hierherzukommen und Anspruch auf das Land zu erheben, um die Hexen zu bezwingen. Ich wünschte, ich hätte es vorher erfahren, damit ich ihn anders hätte lenken können, obwohl ich bezweifle, dass er auf mich gehört hätte. Natürlich erscheint alles viel klarer, wenn man Fehler gemacht hat.

"Ragnar, du bist unangemeldet in mein Dorf eingedrungen, dir ist also klar, dass der Waffenstillstand damit hinfällig ist", sagt Lyra, und ihre Mundwinkel ziehen sich nach oben. Sie ist eine schöne Frau, aber hinter ihren tiefgrünen Augen verbirgt sich Dunkelheit.

Ihre Schultern richten sich auf, und sie hebt eine Hand, die von einer Kugel aus dunklem Licht umgeben ist. Mit ihr kommt ein Funke der Magie in die Luft, der an meinen Armen reibt, und meine Haut juckt unter der Fessel um meinen Hals.

"Um dir zu zeigen, dass ich euch nichts Böses will", beginnt sie und macht einen Schritt nach vorne, "können du und deine Wölfe unversehrt gehen. Das heißt aber nicht, dass ihr vor meinem Zorn sicher seid, wenn wir uns jemals wieder über den Weg laufen. Wenn ihr etwas anderes tut, werde ich jeden von euch in dieser Sekunde bei lebendigem

Leib häuten", droht sie mit heiserer und lauter Stimme. "Narah bleibt bei uns."

Ragnar stößt ein Lachen aus, das spöttisch klingt. "Du hältst mich für einen Narren. Ich bin nicht hier, um zu verhandeln, Hexe. Ich sage dir, wie der Wilde Sektor von nun an regiert werden wird. Ich biete dir die Freiheit von Hass und Verfolgung durch die Wölfe jenseits dieses Waldes. Ihr müsst euch hier nicht mehr wie Mäuse verstecken. Und im Gegenzug werdet ihr mir nicht im Weg stehen. Und, wie gesagt, Narah gehört mir und wird nicht von meiner Seite weichen", knurrt er und legt seinen Arm um mich.

"Was wollt ihr von mir?", frage ich Lyra, neugierig und darauf bedacht zu verstehen, was sie in mir sehen.

Die Frau richtet ihre Aufmerksamkeit auf mich, ebenso wie alle anderen, die uns schweigend beobachten. Es ist zermürbend, von so vielen Augen gemustert zu werden, aber ich schlucke das dicke Gefühl in meiner Kehle hinunter und halte den Kopf hoch.

"Du wirst bei uns bleiben, so wie es deine Schwester Kaira getan hat. "

Mein Inneres gefriert. Das ist eine Überraschung, mit der ich nicht gerechnet hatte. "Warte! M-meine Schwester?" Meine Stimme stottert, und ich stolpere nach vorne, aber Ragnar hält mich an der Taille fest und drückt mich an seine Seite. "Sie ist hier und lebt?"

Ich wusste, dass die Leiche, die Ragnar gefunden hatte, nicht Kaira war.

"Wenn das der Fall ist", wirft Ragnar ein, der mich fester umklammert, als würde er bis zum Tod kämpfen, bevor er mich loslässt, "dann bring Kaira nach vorne."

Ich kann nicht anders, als mich in diesem Moment in Ragnar zu verlieben, weil er der Logiker ist.

Stone und Nikos stehen jetzt auf beiden Seiten von uns und bilden eine Mauer aus uns und ihnen, und ich bin mit ihnen zusammen und zur Abwechslung mal nicht allein.

Dennoch bleibt mir der Atem im Hals stecken, und alle Gefühle, die ich zurückgehalten habe, strömen heraus, und ich weine ... Freudentränen, dass sie lebt. Natürlich habe ich mir das eingeredet, aber der Restzweifel hat mich nie verlassen.

"Wo ist sie?" Ich schnappe nach Luft, scanne die Menge und erwarte fast, dass sie auf mich zu rennt, meinen Namen ruft, dass ich sie weinen sehe. Meine Arme zittern an meinen Seiten. Vielleicht ist das der Grund, warum sie uns erlaubt haben, hierherzukommen. Wegen meiner Schwester.

"Du musst eine Entscheidung treffen", sagt Lyra. "Deine Schwester oder die Wölfe."

"Wo ist Kaira?", frage ich und lasse meinen Blick durch die Menge schweifen.

Aber es ist Crius, der sich hinter uns bewegt, der mich ablenkt, seine Schritte werden immer intensiver, und das fängt an, mir auf die Nerven zu gehen.

"Lass mich das machen", knurrt er in Ragnars Ohr. "Sie lügen verdammt noch mal, die ganze Bande. Jetzt ist der richtige Zeitpunkt." Seine Augen sind geweitet, sein Körper ist zittrig, während er rasend atmet.

"Geht es dir gut?", flüstere ich ihm über meine Schulter zu.

Er nickt und wendet seine Aufmerksamkeit schnell wieder den Hexen zu, wobei sich seine Oberlippe zu einem leisen Knurren nach oben wölbt. Ich will ihn am Arm berühren, um ihn zu beruhigen, als ein elektrischer Funke von seiner Haut meinen Arm hinaufzischt. Ich zucke zusammen und reiße meine Hand zurück.

Und die Erkenntnis trifft mich. Er ist der Zweite. Crius besitzt auch Magie. Wie konnte ich das nicht bemerken? Warum haben sie so viele Geheimnisse vor mir gehabt?

Ragnar schüttelt den Kopf. "Halt still, Crius."

Was wird Crius tun?

Lyra steht aufrecht, ihr Blick verfinstert sich auf uns. Sie hebt ihre Hand, die von schwarzem Rauch umhüllt ist, wie bei den Bären, die die Männer angegriffen haben. Sie ist nicht dumm und muss spüren, dass mit Crius etwas nicht stimmt.

Mir läuft ein Schauer über den Rücken, dass ich so wenig über sie weiß, dass sie mich im Unklaren gelassen haben. Was immer Crius geplant hat, wird den Zorn der Hexen auf uns alle lenken, und ich werde sie nicht beschützen können.

Aber Crius hört nicht auf, auf und abzulaufen, und er kratzt sich hektisch.

"Ragnar", flüstere ich verzweifelt. "Was ist los mit Crius?"

"Wie lautet deine Entscheidung, Narah?", verlangt Lyra und lenkt meine Aufmerksamkeit wieder auf sie. "Wählst du deine Schwester oder die Wölfe?"

Ich schlucke schwer und schaue ihr in die Tiefe ihrer Augen, ich schwöre, dass ich Flammen dahinter sehe. "Ich will zuerst Kaira sehen."

"Und ich werde nicht noch einmal fragen. Du musst eine Entscheidung treffen, sonst ist es vorbei." Der schwarze Rauch an ihrer Hand entzündet sich zu langen Flammen, und ihre Augen lächeln, als ob sie das genießt. Sie ist nicht ungeduldig, sondern genießt es, dass wir uns winden.

Ich sage mir, dass sie nur blufft, aber ich zittere und bin nicht bereit, ein solches Risiko einzugehen, dass ich mich irren könnte.

Ihr Befehl kommt mit Bestimmtheit, und ich

verstehe die Botschaft, die sich hinter ihrem bösartigen Ton verbirgt: Wenn ich mich für die Hexen entscheide, werde ich die Wölfe nie wieder sehen. Lyra wird sie töten, das ist klar. Ich schnappe nach Luft und werde daran erinnert, dass Jae immer noch, wer weiß wo, versteckt ist. Und ich werde Jae nicht der Gnade der Wölfe überlassen, verloren in der Welt da draußen.

Meine Wangen jucken von den Tränen, die nicht aufhören wollen zu fließen. Wie soll ich mich zwischen meinen Schwestern entscheiden? Ich presse die Lippen aufeinander und weiß, dass meine Entscheidung mich zerstören wird.

Meine Kehle scheint sich zuzuschnüren, und als ich zu den vier Männern zurückblicke, packt mich die Verzweiflung, sie zu retten.

"Das macht mir keinen Spaß", sagt Lyra mit einem Lachen in der Stimme.

"Wir werden nicht gehen, bevor du Kaira zurückgibst. Glaube mir, Lyra, du willst mich in diesem Punkt nicht drängen", verspricht Ragnar mit seiner schweren und kraftvollen Stimme.

Plötzlich wird eine Gestalt aus der Masse nach vorne geschoben und taucht vor uns auf. Jemand in einem tiefblauen Kleid, das ihr bis zu den Knöcheln fällt und an der Taille eng anliegt. Als ich ihr bezauberndes Gesicht, ihre Sommersprossen und das kurze braune Haar, das sie sich hinter die Ohren gesteckt hat, betrachte, kommt mir ein Schrei über die Lippen.

"Kaira", murmle ich, und mein Herz klopft so heftig, dass es mich erdrückt. Ich wehre mich gegen Ragnars Griff, aber er lässt mich nicht los.

Ich wende meine Aufmerksamkeit wieder ihm zu. "Lass mich los." Wut entströmt meiner Stimme.

Er schüttelt den Kopf, die Augenbrauen vor Zorn zusammengekniffen. "Irgendetwas stimmt hier nicht."

"Wovon redest du?"

Erst als ich einen Blick auf meine Schwester werfe und sehe, wie sie an Lyras Seite schlendert und nicht zu mir rennt, wie ich es mir vorgestellt hatte, beginne ich zu verstehen.

Mein Herz krampft sich zusammen, und Panik macht sich breit, als einige der Puzzleteile langsam einen Sinn ergeben. Sie hat immer Magie in sich getragen wie ich, hat sie also nach ihrer Flucht vor den Sturmwölfen bei den Hexen Trost gefunden. Aber das erklärt nicht ihr jetziges Verhalten.

Ich liebe dich, Narah, waren die letzten Worte, die sie zu mir sagte, bevor sie in den Wald floh. Aber das selbstbewusste Mädchen, das vor mir steht und die schwarzen Linien der Magie in ihrem Gesicht trägt, ähnelt meiner Schwester nicht. Dieses Mädchen fürchtete sich vor den Alphas, weinte so viele Nächte um unsere Eltern, wenn sie dachte, niemand würde es bemerken. Sie fragte mich einmal, ob es einen Weg gäbe, die Magie aus ihren Adern zu brennen, damit sie normal sein könnte.

"Kaira", rufe ich ihr zu und drücke mich gegen Ragnar, wobei sich die Fessel an meinem Hals in mein Fleisch bohrt.

Dennoch lehnt sie sich zu Lyra und flüstert etwas, während sie ihren Blick von mir abwendet. Ein Wimmern ertönt in meiner Brust, meine Wölfin spürt den Schmerz über die Entfernung meiner Schwester. So viele Fragen quälen mich, während ich jede ihrer Bewegungen beobachte, wie sie sich mehr darum zu kümmern scheint, Lyra zu beeindrucken, als zu mir zurückzukehren.

Ich habe Angst, dass sie ihr eine Gehirnwäsche verpasst haben, dass sie so weit weg ist, dass ich sie verloren haben könnte. Als sie einen Blick auf mich wirft und sich mir nähert, zeigt sich ein seltsames Grinsen auf ihrem Gesicht, das mir Angst macht.

"Ich habe dich vermisst", sagt sie mir, aber es klingt nicht aufrichtig. Ihre Zurückweisung ist mehr als ein brutaler Schlag ins Gesicht - es ist eine grausame Erinnerung daran, dass diese Welt jeden Einzelnen von uns brechen wird.

Ich zittere, als sie lächelnd auf mich zugeht. Innerlich zerfetzt es mich in Stücke. Ich habe nur noch meine Schwestern auf dieser Welt, und ich kann Kaira nicht verlieren. Meine Knie werden bei dem Gedanken schwach, und ich stehe wie betäubt da, mein Gehirn schießt mit Anweisungen um sich, aber ich kann mich nicht bewegen. Alles, woran ich denken kann, ist, wie weit sie von mir entfernt ist. Ich beobachte jede ihrer Bewegungen und versuche, mir einen Reim auf jede Geste zu machen. Erinnerungen an die Zeit, in der ich aufgewachsen bin, durchzucken mich. Sie und ich, wie wir im Wald jagten, um unsere Mahlzeiten zu besorgen, wie wir weinten, nachdem wir unsere Eltern verloren hatten. Als wir dachten, Jae würde nicht zusehen, wie Kaira mir die Haare richtete, bevor ich zu den Rudeltreffen ging, und sogar meine Paarungsnacht mit Martell.

Aber jetzt macht mich ihre übermäßig süße Stimme krank.

Ich höre, wie Crius etwas zu Ragnar murmelt, aber ich bin zu abgelenkt, um darauf zu achten.

"Vorsicht", flüstert Stone von meiner rechten Seite, während Nikos einen Schritt nach vorne macht und das Schlimmste erwartet.

Ich suche das Gesicht meiner Schwester nach etwas Vertrautem ab, nach einem Bruchteil dessen, was sie einmal war. "Kaira, was ist mit dir passiert?", murmle ich und meine Stimme bricht.

"Hör auf, Zeit zu verschwenden, Schwester", drängt sie und bleibt einige Meter vor mir stehen. So nah sieht sie älter aus, als wäre sie in so kurzer Zeit um so viel gealtert. "Du musst Jae auch hierherbringen. Hier ist es sicherer als da draußen. Ich habe Lyra überzeugt, deine Wölfe zu verschonen ... vorerst. Und sie hat noch ein Angebot für dich."

"Warum verhältst du dich so?", frage ich, während mir die Knie weich werden, weil mich der Herzschmerz erschüttert.

"Hör gut zu, Narah." Und da bemerke ich ein leichtes Zittern in ihrer Stimme, das Anzeichen dafür, dass hier etwas viel Tieferes vor sich geht, dass sie vielleicht ihre Hände verdreht hat, um Lyras Anweisungen zu befolgen. Hinter ihr wartet die Oberhexe wie eine hungrige Löwin, die sich auf sie stürzen will.

"Vielleicht gibt es einen Weg, dir klarzumachen, warum du hierhergehörst und nicht zu den Wölfen. Warum du die falsche Seite gewählt hast, Schwester, und wenn du jetzt nicht die Augen öffnest, wirst du so viel verlieren."

Ihre Worte klingen in meinen Ohren ... sie kommen mir so bekannt vor, als ob ich sie schon einmal gehört hätte.

Meine Finger krümmen sich zu Fäusten und Ragnars Anwesenheit an meiner Seite erinnert mich daran, dass ich nicht allein bin. Aber geht es ihm wirklich um Kaira oder nur darum, die Zustimmung der Hexen zu seiner Führung des Sektors zu erlangen?

Ich erschaudere, und da kehren Kairas Worte wie

ein Sturm aus der Vision zurück, die ich hatte, die Vision, in der sie Gesichtsbemalung hatte und genau diese Worte zu mir sagte.

Du hast die falsche Seite gewählt, Schwester.

Ich schüttle den Kopf, alle Wärme ist aus meinem Körper gewichen, mein Herz klopft in meinen Ohren. Mich überkommen dieselben verheerenden Gefühle wie in der Vision, in der Kaira nicht sie selbst war, in der sie ihre eigenen Pläne hatte und in der sie Jae opferte, indem sie mich ablenkte.

Ich weiche zurück, der Albtraum, der sich in meinem Kopf abspielt, überflutet mich mit einer Dunkelheit, die die Welt auf die Seite kippt. Irgendetwas stimmt nicht mit diesem Bild, und Unbehagen macht sich in meinem Inneren breit.

"Was ist dein Angebot?", fragt Ragnar, aber ich ziehe fest an seiner Hand.

"Wir müssen gehen. Jetzt." Die Worte kommen mir nicht über die Lippen, während mir ein Schauer über den Rücken läuft, denn plötzlich traue ich Kaira nicht mehr. Das ist nicht meine Schwester, das kann nicht sein. Wenn meine Vision ein Hinweis auf das ist, was kommen wird, dann kann ich Kaira nicht trauen.

"Unsere Mutter ist noch am Leben, Narah", sagt Kaira und lächelt. Ihre Worte bringen mich zu einem abrupten Halt. Wenn ich dachte, dass es mich erschüttert, Kaira lebendig zu finden, dann trifft mich ihre neue Enthüllung in den Solarplexus. Ich kann nicht mehr atmen.

"Was hast du gerade gesagt?"

"Unsere Mutter ist der Grund, warum wir Vater verloren haben, warum du aus dem Rudel der Sturmwölfe verstoßen wurdest und warum du immer für das gejagt werden wirst, was du bist. Sie ist der Grund, warum sich die Mitglieder dieses Hexenzirkels in den Wäldern verstecken. Sie hat dich, mich und Jae der Gnade der Wölfe überlassen, weil sie wusste, dass wir unter diesen Wilden sterben würden, und genau das hat sie sich erhofft. Was glaubst du, was sie mit uns machen wird, wenn sie herausfindet, dass wir frei von dem Rudel sind?"

Mein Kopf schwirrt, meine Sicht verdunkelt sich in Flecken. Übelkeit macht sich in meinem Bauch breit. Das ist zu viel.

Bei ihrer Andeutung, dass unsere Mutter unseren Tod gewollt hat, dass ihr vorgetäuschter Tod irgendwie den unseres Vaters verursacht hat, schießen mir Tränen in die Augen. Ragnar hält mich aufrecht. Ohne ihn wäre ich umgekippt.

"Narah, hör mir zu", fährt Kaira fort. "Du und Jae seid da draußen in Gefahr. Bring sie mit uns hierher. Und was auch immer du tust, lass nicht zu, dass Mutter dich findet."

DANKE, DASS SIE LOST WOLF LESEN

Bewertungen sind super wichtig für Autoren und helfen anderen Lesern besser zu entscheiden, welche Bücher Sie lesen werden. Also falls Sie einen Augenblick Zeit haben, lassen Sie eine Bewertung.

Holen Sie sich eine Kopie von **Broken Wolf** noch heute!

Entdecken Sie mehr Bücher von Mila Young und finden Sie Ihr, und sie lebten glücklich bis ans Ende ihrer Tage!

Fangen Sie an zu lesen.

Broken Wolf

Gibt es so etwas wie eine zweite Chance?

Unsere Mission ist einfach: meine Mutter aufspüren und einen Weg finden, meine Schwester vor den Hexen zu retten. Das sollte leicht sein, aber in unserer Welt läuft nichts nach Plan, vor allem nicht, wenn man mit vier sexy Wikinger-Alphas unterwegs ist, die bereit sind, einen Krieg zu beginnen, um den wilden Sektor zu übernehmen ... und mich!

Je mehr Zeit ich mit ihnen verbringe, desto mehr spüre ich, wie sich mein Geist, mein Körper und meine Seele ihrem Willen und ihren Wünschen beugen. Das verkompliziert die Dinge, vor allem, wenn meine Vergangenheit rachsüchtig zurückkehrt.

Als ob das nicht schon schlimm genug wäre, sind die gefährlich bösen Alphas, denen ich nahestehe, auch noch dazu verflucht, an meiner Seite zu bleiben, ob sie wollen oder nicht, was es noch viel schwieriger macht, ihnen zu vertrauen.

Broken Wolf, Buch zwei der Wilde Wölfe Serie, ist voll von sexy Alphas, einer starken Heldin und spannenden Abenteuern, die den Leser die Seiten bis spät in die Nacht umblättern lassen! Das Buch spielt in der gleichen Welt wie die Ash Wölfe-Reihe, mit einigen bekannten Charakteren. Es kann gelesen werden, ohne vorher die Ash Wölfe-Reihe gelesen zu haben. Holen Sie sich Ihr Exemplar noch heute!

ÜBER MILA YOUNG

Mila Young geht alles mit dem Eifer und der Tapferkeit ihrer Märchenhelden an, deren Geschichten sie beim Heranwachsen begleiten haben. Sie erlegt Monster, real und imaginär, als gäbe es kein Morgen. Tagsüber herrscht sie über eine Tastatur als Marketing Koryphäe. Nachts kämpft sie mit ihrem mächtigen Stift-Schwert, erschafft Märchen Neuerzählungen und sexy Geschichten mit einem Happy End. In ihrer Freizeit liebt sie es, eine mächtige Kriegerin vorzugeben, spaziert mit ihren Hunden am Strand, kuschelt mit ihren Katzen und verschlingt jedes Fantasymärchen, das sie in die Finger bekommen kann.

Für weitere Informationen...
mila@milayoungbooks.com

www.milayoungbooks.com

www.ingramcontent.com/pod-product-compliance
Lightning Source LLC
Chambersburg PA
CBHW030959190726
48285CB00004BB/1384